www.ingramcontent.com/pod-product-compliance
Lightning Source LLC
Chambersburg PA
CBHW030638190726
48286CB00008B/2571

* 9 7 8 1 9 5 7 7 5 6 2 9 5 *

بلونت سنگھ

غزل سرا

https://www.ghazalsara.org

Pehla Patthar By Balvant Singh

Fiction - Urdu

Title: .... *Pehla Patthar*
Author: .... *Balwant Singh*
Published By:........................... *GhazalSara.Org*
Published:................................ *November 2022*
Original Publish Date: *1953*
ISBN:.. *978-1-957756-29-5*

Printed and bound in The United States of America

نام کتاب .... پہلا پتھر
مصنف............................... بلونت سنگھ
ناشر .... غزل سرا ڈاٹ آرگ (یاور ماجد)
اشاعت................................ نومبر 2022
پہلی اشاعت.......................... 1953
آئی ایس بی این................... 978-1-957756-29-5

اس کتاب کی اشاعت ریاست ہائے متحدہ امریکہ میں ہوئی

فہرست

بلونت سنگھ (پیدائش: جون ۱۹۲۱ء - ۲۷ مئی ۱۹۸۶ء) بیسویں صدی کے اردو اور ہندی کے مشہور و معروف ڈراما نویس، ناول و افسانہ نگار اور صحافی تھے جنہوں نے جگا، پہلا پتھر، تار و پود، ہندوستان ہمارا جیسے افسانوی مجموعے اور کالے کوس، رات، چور اور چاند، چک پیراں کا جسّا جیسے لازوال ناول تخلیق کیے اور اپنی تخلیقی صلاحیتوں سے اردو افسانے کو عالمی شناخت دینے میں اہم کردار ادا کیا۔

غزل سرا ڈاٹ آرگ پراجیکٹ کی فکشن سیریز کی یہ دوسری کتاب ہے جس میں ان کے مجموعے ''پہلا پتھر'' کے تمام افسانے مجتمع کر کے شائع کیے جا رہے ہیں، امید ہے افسانوں کی یہ شاندار کتاب آپ کی لائبریری میں ایک خوبصورت اضافہ ثابت ہو گی۔

غزل سرا ڈاٹ آرگ

غزل سرا کی مزید کتابیں

غزل سرا ڈاٹ آرگ پراجیکٹ کی دوسری کتابیں، ای بُک اور پرنٹ فارمیٹ میں

کلیاتِ میر تقی میر	میر تقی میر	ای بُک
کلیاتِ غالب	مرزا اسد اللہ خان غالب	ای بُک
کلیاتِ علامہ اقبال	ڈاکٹر علامہ محمد اقبال	ہارڈ کور اور پیپر بیک
بانگِ درا	ڈاکٹر علامہ محمد اقبال	ای بُک
بالِ جبریل	ڈاکٹر علامہ محمد اقبال	ای بُک
ضربِ کلیم	ڈاکٹر علامہ محمد اقبال	ای بُک
ارمغانِ حجاز	ڈاکٹر علامہ محمد اقبال	ای بُک
آنکھ بھر آسمان	یاور ماجد	ای بُک، ہارڈ کور ، پیپربیک
منٹو کے حاشیے	سعادت حسن منٹو	ہارڈ کور، پیپر بیک
ماورا	ن م راشد	ای بُک
ایران میں اجنبی	ن م راشد	ای بُک
لا = انسان	ن م راشد	ای بُک
پہلا پتھر	بلونت سنگھ	ہارڈ کور اور پیپر بیک
تار و پود	بلونت سنگھ	ہارڈ کور اور پیپر بیک
ہندوستاں ہمارا	بلونت سنگھ	ہارڈ کور اور پیپر بیک
بلونت سنگھ کے منتخب افسانے		ہارڈ کور اور پیپر بیک

Visit the following site for purchase links

https://www.ghazalsara.org/PrintBooks

ghzalsara.org@outlook.com

بازگشت

۴ جون ۱۹۲۳ء کی شام کو طوفان میل تپتی ہوئی پٹریوں پر اندھادھند گجرات کی جانب چلی جارہی تھی۔ منیر احمد انٹر کلاس کے ڈبے میں خاموش اور بے حس بیٹھا تھا۔ گرد، کوئلے کے ذروں اور لو سے بچنے کے لیے اس نے سامنے کی کھڑکی کا موٹا شیشہ اوپر کو چڑھا دیا تھا۔ شیشے میں سے پیلا آسمان، پھیلے ہوئے کھیت اور درختوں کے جھنڈ گھومتے ہوئے دکھائی دے رہے تھے۔

ڈبّے میں بہت کم لوگ تھے۔ کچھ لوگ باتیں کر رہے تھے۔ بیشتر دھوتی کے پلّو یا کسی اخبار سے پنکھا جھَلتے ہوئے اونگھ رہے تھے۔ ان کی کن پٹیوں اور تھوڑیوں پر پسینے کی بوندیں جھلک رہی تھیں۔

منیر احمد ایک منحنی سا پستہ قامت شخص تھا۔ اس کے چہرے کی بناوٹ چھوہارے کے مانند تھی۔ آنکھیں چھوٹی چھوٹی اور چمک سے خالی۔ ہاتھ پر چوہے کے پنجوں کی طرح بالکل ہلکے پھلکے، انگلیاں پتلی پتلی، ہاتھوں کے پیچھے کی رگیں ابھری ہوئیں۔ وہ صورت سے ایک سادہ لوح اور کمزور طبیعت شخص نظر آتا تھا۔ چہرے سے کسی قسم کے شدید جذبات کا اظہار نہیں ہوتا تھا۔ زندگی میں جو کچھ اسے پیش آچکا تھا وہ اس سے اب ایک قسم کا سمجھوتا کر چکا تھا۔

۱۹۱۲ء میں ڈاکٹری پاس کرنے کے بعد اس نے لاہور میں پریکٹس شروع کر دی تھی۔ لیکن ان میں اسے ذرہ برابر بھی کامیابی حاصل نہ ہوئی۔ اس پیشہ میں انسان کی شخصیت اور اس کی چرب زبانی ہی سے لوگ زیادہ تر متاثر ہوتے ہیں۔ لیکن منیر احمد نہ صرف اپنے فن میں کچھ کچا تھا بلکہ اس کی زبان پر بھی تالہ پڑا ہوا تھا۔ مریض کو دیکھ کر وہ گھبرا جاتا تھا اور مریض اس کی گھبراہٹ دیکھ کر پریشان ہو جاتا تھا۔۔ وہ مریض کی کلائی ہاتھ میں لے کر اس قدر احمقانہ انداز سے آنکھیں جھپکاتا کہ مریض کو پورا یقین ہو جاتا کہ ڈاکٹر کو مرض کا پتہ نہیں چلا۔ اس کی شخصیت تو کچھ بھی نہیں تھی۔ یہ بھی کس قدر عجیب بات ہے کہ لوگ موٹے تازے ڈاکٹر کو دیکھتے ہیں تو سمجھتے ہیں کہ وہ واقعی قابل ہے اور اگر کہیں منیر احمد جیسے شخص کو دیکھ پائیں تو بس یہی سمجھتے ہیں کہ یہ ڈاکٹر

تو خود ہی زندہ در گور ہے۔ ہمارا علاج کیا کرے گا۔

گاؤں میں اس کے بوڑھے والدین رہتے تھے۔ جنہوں نے عمر بھر کی کمائی اس کی تعلیم پر صرف کر دی تھی اور وہ اس پر خوش تھے۔ اگر چہ نقد روپیہ بیٹے کی تعلیم پر خرچ کر چکے تھے۔ لیکن ان کی کچھ آبائی زمین بھی تھی۔ ایک مرہٹ تھا۔ کچی اینٹوں کا ایک مکان تھا۔ پھر ان کا لڑکا ڈاکٹر بن کر روپیہ بھی کما رہا تھا۔ ہر چند منیر احمد کی پریکٹس سو روپیہ ماہوار سے کبھی تجاوز نہیں کرتی تھی اور لاہور جیسے شہر میں اتنی کم پریکٹس کچھ بڑی حوصلہ افزا نہیں تھی۔ لیکن اس کے والدین کو کوئی شکایت نہ تھی۔ وہ ہر مہینے ایک روز کے لیے اپنے گاؤں چلا جاتا اور ساٹھ ستر روپیہ نقد اپنے باپ کے ہاتھ پر رکھ دیتا۔ اس کی ماں اس دن پھولی نہ سماتی۔ ہنس ہنس کر پڑوسنوں سے باتیں کرتی۔ اس کا باپ اپنا روپیہ لوہے کی ایک الماری میں رکھا کرتا تھا۔ منیر چاہتا تھا کہ کل رقم بنک میں جمع رہے۔ لیکن چونکہ اس کا باپ پرانے خیال کا آدمی تھا۔ اسی لیے وہ اپنے باپ کا دل نہیں دکھانا چاہتا تھا۔ گاؤں والے اس بات سے بالکل بے خبر تھے کہ منیر احمد ساٹھ روپیہ ماہوار گھر والوں کو لا کر دیتا ہے کیونکہ جب کبھی منیر احمد گاؤں میں آتا تو کوٹ پتلون پہنے اور ٹائی لگائے ہوتا۔ ان دنوں بیسٹ اور انگریزی کپڑے کبھی کبھار ہی دیکھنے میں آئے تھے۔ اس لیے کھیتوں میں کام کرنے والے ناواقف لوگ اسے کوئی بڑا افسر سمجھ کر سلام بھی کر دیا کرتے تھے۔

منیر احمد کے اخراجات بہت کم تھے۔ آٹا، گھی، شکر اور ستو وغیرہ تو گھر ہی سے لے جاتا تھا۔ دیگر اخراجات کی میزان چالیس روپے ماہوار سے زیادہ نہ ہوتی تھی۔ البتہ کوٹ اور پتلون وہ ضرور پہنتا تھا۔ اس کا خیال تھا کہ اگر وہ انگریزی کپڑے پہننا بھی ترک کر دے تو لوگ اسے بالکل ٹٹ پونجیا ہی سمجھنے لگیں گے۔

۱۹۱۴ء میں جنگ شروع ہو گئی۔ ۱۹۱۵ء میں وہ دوستوں کے کہنے سننے سے فوج میں ملازم ہو گیا۔ ڈاکٹری پاس نوجوانوں کی فوج میں اشد ضرورت تھی اور پھر منیر احمد کا تین سالہ عملی تجربہ بھی اس کی قابلیت کا ایک بین ثبوت تھا۔ فوج میں نوکر ہونے کے بعد جب وہ وردی پہن کر گاؤں میں پہنچا تو اس کا باپ بھونچکا سا رہ گیا۔ اس نے سمجھا کہ بیٹا کوتوال بن گیا ہے۔ منیر احمد نے ہر ممکن طریقہ سے باپ کو اپنا رینک سمجھانے کی کوشش کی۔ لیکن باپ نے اس کی باتوں کی طرف کچھ دھیان ہی نہیں کیا۔ اسے یقین تھا کہ چونکہ اس کے بیٹے کے اختیارات اب بہت وسیع ہو گئے ہیں۔ اس لیے گاؤں کے لوگ ان سے دب کر رہیں گے۔

وہ فروری میں بھرتی ہوا اور مئی میں اسے سمندر پار جانے کا حکم ملا۔ اس کی ماں تو رو رو کر ہلکان ہو گئی۔ یہاں تک کہ اس کے چلے جانے کے بعد جلد ہی مر بھی گئی۔ اس کی شادی کو بھی زیادہ عرصہ نہ ہوا تھا۔ ۱۹۱۵ء

کے اخیر میں اپنے باپ کی ایک چٹھی فرانس میں ملی کہ اس کے ہاں ایک لڑکی پیدا ہوئی تھی اور اس کی بیوی جان بر نہ ہوسکی۔

صوبے دار میجر منیر احمد چپ چاپ بیٹھا، کھڑکی کے شیشے میں سے چکر کھاتے ہوئے کھیتوں اور بجلی کے کھمبوں پر بیٹھے ہوئے گدھوں کی طرف دیکھ رہا تھا۔ شام ہو چکی تھی۔ وہ وزیر آباد سے آگے نکل آئے تھے۔ معاً اس کے ابرو ملنے لگے۔ اب گاڑی ایسے مقامات کے قریب سے ہو کر گزر رہی تھی۔ جن سے وہ بخوبی واقف تھا۔ وہ ان بل کھاتی ہوئی نہروں پر نہانے کے لیے جایا کرتا تھا۔ کسی پیر صاحب کا ٹوٹا پھوٹا مقبرہ بھی نظر آ رہا تھا۔ اس کے قریب ایک مسجد بھی تھی۔

گاڑی منڈی ڈنگران کے اسٹیشن پر رکے بغیر ہی آگے بڑھ گئی۔ اس چھوٹے سے اسٹیشن سے ان کا گاؤں ایک میل کے فاصلے پر تھا۔ پہلے جب وہ لاہور سے آیا کرتا تو پسنجر ٹرین اسے اسی اسٹیشن پر اتار دیتی تھی۔ اس وقت بھی ببول کے درختوں میں سے مکانات کا مدھم سا خاکہ نظر آ رہا تھا۔ اسٹیشن سے نصف میل کے فاصلے پر ان کا اپنا رہٹ تھا۔ اپنے رہٹ پر نگاہ پڑتے ہی وہ بے چین سا ہو گیا۔ وہ دور ہی سے ان مقامات کو بخوبی دیکھ سکتا تھا۔ وہ اپنے رہٹ سے اس قدر اچھی طرح واقف تھا کہ گاڑی میں بیٹھے بیٹھے اسے معلوم ہو گیا کہ کون سا درخت کٹ چکا ہے۔ کون سی دیوار گرا دی گئی ہے اور کون سی نئی دیوار تعمیر کر دی گئی ہے۔ اس طرف گنّے پیلنے کا بیلن تھا۔ زمین میں گڑے ہوئے بیلن کے قریب ایک طرف کو بڑھی ہوئی چھوٹی سی دیوار تھی۔ اسی دیوار کے قریب اس نے پہلی مرتبہ اپنی ہونے والی بیوی کا منہ چوما تھا۔

جب وہ لاہور میں پریکٹس کرتا تھا تو ایک مرتبہ گاؤں میں ایک عزیز کی شادی کے موقع پر اسے زیادہ دنوں کے لیے دکان بند کر کے گاؤں جانا پڑا اور جب وہ گھر پہنچا تو اس نے دیکھا کہ ان کے ہاں ایک خوبصورت جوان لڑکی بیٹھی ہوئی ہے۔ وہ اسے پہچان نہ سکا۔

اس کی ماں کہنے لگی ”ارے بیٹا! تو ڈاکٹر ہو گیا ہے اور پھر اسے نہیں پہچانتا“

منیر احمد کو بعض اوقات ماں کی باتیں بڑی بے تکی معلوم ہونے لگتی تھیں۔ اس کی ماں نے اس پر بس نہیں کی بلکہ وہ باتیں بناتی ہی چلی گئیں۔ یہاں تک کہ وہ لڑکی ہنسنے لگی۔ منیر پہلے ہی کھسیانا ہو رہا تھا اور پھر اس کی ماں ۔۔اس نے لڑکی کی طرف دیکھا تو اس کی ہنسی بند ہو گئی۔ اس نے اپنے دونوں ہونٹ خوب اچھی طرح بھینچ لیے شاید لڑکی پر اس کی ٹائی کا رعب جم گیا تھا۔

وہ اس کے حقیقی پھوپھا کی لڑکی بیگماں تھی۔

بیگماں قد اور اور مضبوط ہاتھ پاؤں کی لڑکی تھی۔ اس کا جسم اچھی صحت کی وجہ سے ذرا بھاری ضرور تھا۔ لیکن بے ڈول اور ڈھیلا ڈھالا نہ تھا۔ اپنے گھر کا سارا کام کاج وہی کرتی تھی۔ آٹا پیسنا، چرخہ کاتنا، روئی دھنکنا، گائے بھینس کے لیے سانی کرنا، کھیتوں پر بھائیوں کے لیے کھانا لے جانا، رہٹ سے پانی کی تین تین گاگریں ایک ساتھ بھر کر لانا اور اس پر اچھی غذا اور کھلی ہوا۔ نتیجہ یہ تھا کہ وہ شہر کی زرد رو نازک بدن، پچکی سینہ سپاٹ لڑکیوں کے برعکس خوب بھرے ہوئے جسم کی گل رُخ اور تنو مند لڑکی تھی۔۔ کم از کم منیر احمد کو وہ بہت پسند تھی۔ لیکن ایسی لڑکی سے محبت کا سوال لازماً پیدا ہی نہیں ہوتا تھا۔

پہلے دن بیگماں ہی نے اسے کھانا کھلایا۔ وہ چارپائی پر سر جھکائے بیٹھا کھاتا رہا۔ پھر بیگماں اس کی طرف دیکھ کر مسکراتی تھی اور وہ خفت مٹانے کے لیے دیکھتا تھا۔

جب وہ اکیلا ہوتا اور بیاہ والے گھر سے لڑکیوں کے ڈھولک بجانے اور گیت گانے کی آوازیں سنائی دیتیں تو بیگماں، نہ معلوم کہاں سے آن ٹپکتی۔ گھر میں اس طرح گھومتی جیسے کوئی چیز ڈھونڈ رہی ہو۔ کبھی کھونٹی سے نئی رنگی ہوئی چنری اتار کر سر پر ڈال لیتی۔ کبھی لکڑی کی چوکی پر بیٹھ کر ایڑیاں رگڑ رگڑ کر پاؤں دھونے لگتی۔ کبھی کبھی چپہ بھر روٹی نمکین چھاچھ کے ساتھ کھا لیتی غرض کسی نہ کسی بہانے سے گھر پر ضرور آتی اور کسی نہ کسی حیلے سے اس سے بات بھی ضرور کرتی۔۔

ایک روز رات کے وقت جب کہ صحن میں دیا جل رہا تھا۔ سب لوگ کھانا وانا کھا کر بیاہ والے گھر جانے کو تیار تھے۔ منیر احمد جھک کر جوتا پہن رہا تھا کہ اس کی پیٹھ پر ایک کنکر آن لگا۔ اس نے گھوم کر دیکھا تو بیگماں نے شرارت سے مسکراتے ہوئے منہ دوسری طرف کر لیا تھا۔

اسی طرح بے تکلفی ہو گئی۔ ایک دوسرے پر کنکر پھینکے جانے لگے۔

ایک شام کے وقت وہ اپنے رہٹ پر گیا۔ اس کا باپ بیاہ والوں کے کام میں پھنسا ہوا تھا۔ یہ شام کا وقت تھا۔ رہٹ آہستہ آہستہ چل رہا تھا۔ وہ تہبند باندھے سیاہ پمپ شو پہنے رہٹ کی گدّی پر بیٹھا تھا اور دل ہی دل میں اپنے اس عشق پر غور کر رہا تھا اور آخر بیگماں کی ان شرارتوں اور ہنسی مذاق کی تہہ میں کیا راز تھا۔ شاید یہ سب معصوم شرارتیں ہوں۔ بے چاری سیدھے سادھے مزاج کی ہنسوڑ لڑکی ہے۔ یونہی دل بہلاوے کے لیے چہل کرنے لگتی ہو گی۔ وہ کس قدر مضبوط قد اور اور حسین لڑکی تھی۔ اس کے مقابلے میں وہ پست قامت دبلا پتلا اور بدصورت نہ سہی تو خوب صورت تو ہرگز نہیں ہے۔ اس نے سنا تھا کہ گاؤں کی لڑکیاں سیدھے سادے مزاج کی ہوتی ہیں۔ ظاہری ٹیپ ٹاپ پر ریجھ جاتی ہیں۔ ممکن ہے بیگماں کو اس سے محبت ہو گئی ہو

۔۔اس کا دل دھڑکنے لگا۔۔ بیگماں کے جسم کے لمس کا تصور ہی کس قدر سرور آفریں تھا جب کبھی وہ اس سے چھو جاتا تو اس کے جسم میں سر سے پیروں تک سنسناہٹ پھیل جاتی۔۔ بیگماں کا جسم شراب کے ایک لبریز پیمانے کی طرح چھلکا جاتا تھا۔

اتنے میں اسے ایک کنکر آن کر لگا۔

اس کا دل بلیوں اچھلنے لگا۔ اس نے گھوم کر دیکھا کوئی بھی صورت نظر نہ آئی۔ اس نے مسکرا کر منہ پھیر لیا۔ وہ حیران تھا کہ بیگماں اتنی دور کیسے چلی آئی۔۔ معاً دوبارہ کنکر لگا۔ اس نے فوراً سر گھما کر دیکھا اور کچی دیوار کی آڑ میں اسے چوڑیوں والی کلائی کی جھلک دکھائی دی۔ وہ آہستہ آہستہ اس کی طرف بڑھا۔ اتنے میں ادھر سے تیسرا کنکر مارنے کے لیے ہاتھ اٹھا۔۔ بیگماں نے نشانہ باندھنے کے لیے جھانک کر دیکھا اور ایک دم سامنے دیکھ کر اس نے مسرت کی ایک چیخ ماری اور بھاگ کر دور جا کھڑی ہوئی۔ رہٹ کے ارد گرد وہ ایک دوسرے کے پیچھے بھاگتے پھرے۔ بیگماں چیخ چیخ کر ہنس رہی تھی۔ طویلے کی ایک دیوار ذرا آگے کو بڑھی ہوئی تھی۔ بیگماں منیر کو چکر دے کر اس دیوار کے پیچھے چھپ گئی۔ منیر دبے پاؤں بڑھا تو بیگماں اس کی جانب سے بے خبر دیوار کی دوسری طرف تاک لگائے کھڑی تھی۔ اس کی چنریا کندھوں پر گری ہوئی تھی۔ پیٹھ دیوار سے لگی تھی اور دونوں ہاتھ دیوار پر لگے ہوئے تھے۔ گھنے بالوں کے ساتھ بندھا ہوا لمبا چٹلا پنڈلیوں کے اوپر جھول رہا تھا۔ اس کا دم پھولا ہوا تھا۔ چھاتیاں نیچے اوپر ہو رہی تھیں۔۔ منیر چپکے سے قدم ناپتا ہوا پہنچا اور ایک دم اس نے اپنے دونوں ہاتھ بیگماں کے دونوں طرف دیوار پر ٹیک دیئے اور اسے گھیرے میں لے لیا۔۔ وہ چونک کر چیخی اور پھر کھلکھلا کر ہنسنے لگی۔ اس وقت وہ کس قدر خوش تھی۔ رہٹ کے اس خاموش گوشے میں دیوار کے ساتھ لگی ہوئی بیگماں۔۔ اس کے نتھنے پھڑک رہے تھے۔ گال تمتمائے ہوئے تھے۔ آنکھیں چمک رہی تھیں۔ نہ معلوم اس وقت منیر احمد نے اس کی طرف کن نظروں سے دیکھا کہ اس کی شوخی شرم میں تبدیل ہو گئی اور وہ آنکھیں جھکا کر زمین کی طرف دیکھنے لگی۔

ہر طرف خاموشی طاری تھی صرف پیپل کے گھنے درخت کی کھوکھ میں طوطے پھڑ پھڑا رہے تھے۔

شدت جذبات سے منیر احمد کی ٹانگیں کانپ رہی تھیں "بیگماں۔۔" اس کا گلا خشک ہو رہا تھا۔

بیگماں نے آہستہ سے اوڑھنی کو سنوار کر سر ڈھانپتے ہوئے ایک اُچٹتی سی نگاہ منیر پر ڈالی۔ تو اس کے رخسار شفق زدہ ہو گئے۔ وہ زمین کی طرف دیکھتی ہوئی بولی "مجھے جانے دیجیے"

منیر احمد اپنی دونوں ہتھیلیاں دیوار پر ٹکائے کھڑا تھا۔ بیگماں نے حرکت کی۔ لیکن منیر کی پتلی پتلی باہیں اسے

گھیرے میں لیے ہوئے تھیں۔ وہ ان کی طرف ایسے دیکھنے لگی جیسے یہ لوہے کے حلقے ہوں جنہیں ہٹا دینا اس کی طاقت سے باہر تھا۔

منیر نے بڑی نرمی سے اسے اپنے بازوؤں میں لے لیا اور بڑی بے تابی سے اس کا رخسار چوما۔۔ بیگماں زمین کی طرف دیکھتی رہی۔ اس نے اپنا منہ چھپانے کی کوشش نہیں کی۔ اس کے رخسار خون کی حدت سے اور بھی گرم ہو گئے۔ منیر نے چند ٹوٹے پھوٹے کلمے کہے اور بار بار اس کے ہونٹ چومنے لگا۔ بیگماں نے جسم ڈھیلا چھوڑ دیا۔۔ کتنی زندگی تھی۔ اس جسم میں، کس قدر انوکھا سرور تھا۔۔ وہ اسی طرح ایک دوسرے سے بغل گیر ہو کر نہ معلوم کتنی دیر تک کھڑے رہے۔

انجن سیٹیاں دیتا ہوا چلا جا رہا تھا۔ اس کے رہٹ کا وہ منظر آنکھوں سے اوجھل ہوتا جا رہا تھا۔۔ محبت کے اس آغاز کا انجام بھی اچھا ہوا۔ ان دونوں کی شادی ہو گئی ابھی وہ آٹھ ماہ کے قریب ہی ایک ساتھ رہ چکے تھے کہ اسے ہندوستان سے باہر جانا پڑا۔ اسے ایک ٹانگ جنگ کے دیوتا کی بھینٹ کرنی پڑی۔۔ اس کے چلے جانے کے بعد اسے اپنی بیوی کی ایک چٹھی موصول ہوئی جس میں اس نے ٹوٹی پھوٹی اردو میں لکھا تھا۔ وہ اس کے بغیر بہت اداس رہتی ہے۔ خواب میں اس کی صورت دیکھتی ہے۔۔ لڑکی پیدا ہوئی تو اس کی بیوی مر گئی۔ جب اسے اس بات کی اطلاع ملی تو وہ رو پڑا اور اس پر اس کا اس قدر شدید اثر پڑا کہ اس کے اعصاب کمزور ہو گئے اور وہ زندگی سے اس قدر بیزار ہو گیا کہ جنگ ختم ہونے کے بعد بھی واپس آنے کو اس کا جی نہ چاہتا تھا۔ اس نے باپ کو لکھ دیا کہ اپنی پوتی کا خیال رکھے۔۔ دو سال پہلے جب وہ قاہرہ میں تھا تو معلوم ہوا کہ اس کا باپ بھی فوت ہو گیا ہے۔ اس کے بعد عزیزوں کے پے در پے خطوط آنے لگے کہ اس کا چچا اس کی زمین کی ساری آمدنی بٹور رہا ہے۔ اس کی بچی کی پرورش بھی بے پروائی سے ہو رہی ہے۔

آخر کار اس نے وطن کا رخ کیا۔

اس کی زندگی میں بے کراں مسرت چھپر پھاڑ کر داخل ہوئی تھی۔ کیا وہ خواب میں بھی خیال کر سکتا تھا کہ وہ اس قدر خوب صورت اور محبت کرنے والی بیوی کا شوہر بنے گا۔ وہ اس سرور اور لذت کو جو اسے اپنی بیوی سے حاصل ہوئی تھی۔ مرتے دم تک نہیں بھلا سکتا تھا۔ یہ اس کی خوش بختی کی دلیل ہی تو تھی کہ ایسی سرور انگیز اور البیلی بیوی اسے حاصل ہوئی۔ لیکن ابھی اس نے جام لبوں سے لگایا ہی تھا کہ ہاتھ سے چھوٹ کر ریزہ ریزہ ہو گیا۔ اب اس کی زندگی اس قدر بے کیف بلکہ تلخ ہو گئی تھی کہ اگر اسے اپنی ننھی بچی کا خیال نہ ہوتا تو وہ کبھی کا خودکشی کر لیتا۔۔ باقی زندگی اب وہ اس بے پایاں مسرت اور سراپا ناز کی یاد ہی میں بسر کر سکتا

تھا۔ وہ ایک ٹانگ سے لنگڑا بھی ہو چکا تھا۔ پہلے اس کا خیال تھا کہ وہ دوسری شادی کر لے۔ لیکن اب اسے کوئی خوب صورت لڑکی پسند نہیں کرسکتی تھی۔ اس نے شکست قبول کر لی تھی۔ اب وہ اپنی زندگی اسی طرح بسر کرنے پر مطمئن تھا۔ اس کا خیال تھا کہ آبائی زمین بیچ کر وہ دنیا سے الگ تھلگ کسی پرسکون گوشہ میں پڑا رہے زندگی کی گہما گہمی سے اسے کچھ بھی دلچسپی باقی نہ رہی تھی۔

ڈبّے میں ہلچل پیدا ہو گئی۔ گاڑی گجرات کے نزدیک پہنچ رہی تھی شہر کے نواح میں اسے وہ سب مکانات اور درخت اور چھوٹی موٹی دکانیں یاد تھیں۔ ایک عرصہ دراز کے بعد وہ واپس آ رہا تھا۔ ہر چیز پہلے ہی کی طرح تھی۔ مگر اس کے باوجود اس کی اپنی زندگی میں ایک انقلاب عظیم پیدا ہو چکا تھا۔ ایک سرے سے نقشہ ہی بدل چکا تھا۔

گاڑی آہستہ آہستہ چلتی ہوئی پلیٹ فارم پر رک گئی۔ باہر کے لوگوں نے اندر کی طرف ہلہ بول دیا اور گاڑی کے اندر کے لوگ باہر کی طرف لپکے۔ خیر اس کے ڈبے میں افراتفری نہیں پیدا ہوئی تھی۔ باہر سے دو قلی آئے۔ اسے وردی پوش دیکھ کر اس کا سامان اٹھایا اور وہ بغلوں میں بیساکھیاں دبائے باہر نکلا اور قلیوں کے ساتھ جب پھاٹک سے باہر آیا تو اس نے گاؤں کو جانے والے کسی تانگے کے لیے نگاہ ادھر ادھر دوڑائی۔ ایک شخص کی زبانی معلوم ہوا کہ تانگہ ابھی واپس نہیں گیا، بازار سے آنے ہی والا ہے۔

منیر احمد نے سامان ایک دکان پر رکھا اور دکاندار سے کہہ دیا کہ جب تانگہ آئے تو اس کا سامان اس میں رکھوا دے۔ پھر وہ بازار کی طرف چلا گیا۔ اس نے سوچا کہ تھوڑی دیر سیر کر لے شہر اسٹیشن سے کافی فاصلے پر تھا۔ راستے میں ہر شے سے وہ مانوس تھا۔ بازار میں وہی پرانی دکانیں اور چہل پہل تھی۔ جا بجا کمہاروں کی دکانیں خوب صورت صراحیاں، گھڑے، پیالے، ہانڈیاں، کوزے، کونڈے ۔۔ ہر چیز جانی پہچانی ہوئی تھی۔ وہی اجڈ لوگ، وہی غلیظ بازار، ہر طرف گرد و غبار، لمبے لمبے پٹوں والے جوان۔ وہ تانگے سے اتر کر دونوں بیساکھیوں کے سہارے بازار کے کنارے پر کھڑا ہو گیا۔ اس کے خشک ہونٹوں پر ایک موہوم سی مسکراہٹ پیدا ہوئی۔ جب اس نے چنوں کا خوانچہ دیکھا تو دامن صبر ہاتھ سے جاتا رہا۔ مسالے میں لت پت چنوں سے لبریز پرات بیچ بیچ میں ہری مرچیں، پیاز کے قتلے ٹھسے ہوئے اس نے دو پیسے کے چنے لیے اور ان پر لیموں نچوڑ کر پتے کے چمچے سے انہیں کھانے لگا۔

اس کے بعد وہ اِدھر اُدھر گھومتا رہا۔ اسے کپڑوں کے چند ٹکڑے پسند آئے تو اس نے اپنی بچی کے لیے خرید لیے۔ چچا کے بچوں کے لیے ریوڑیاں اور چڑوے لیے اور پھر تانگہ پر سوار ہو کر جب اسٹیشن پر پہنچا

تو ان کے گاؤں کا تانگہ جانے کے لیے تیار کھڑا تھا۔

کھیتوں کے بیچ میں سے ہو کر تانگہ ناہموار کچی سڑک پر ہچکولے کھاتا ہوا چلا جار ہا تھا۔ منیر احمد اپنے خیالات میں غلطاں تھا۔ دل پر اداسی کے بادل چھائے ہوئے تھے۔

اسی طرح سوچتے سوچتے اسے اپنی بچی کا خیال آیا۔ وہ نہیں جانتا تھا کہ وہ اپنے ذہن میں اس کا کیسا تصور باندھے۔ شاید لڑکی اپنی ماں کی طرح خوب صورت ہو یا خود اس کی طرح کمزور، بے ڈول اور معمولی صورت والی۔ راستے میں دوسری سواریوں نے اس سے کوئی بات نہیں کی۔ سواریاں اگلے گاؤں کی تھیں اور تانگہ والا ایک نوجوان لڑکا تھا۔ جو اس سے واقف نہیں تھا۔

آخر تانگہ اس کے چھوٹے سے گاؤں تک جا ہی پہنچا۔ اس نے تانگہ والے کو پیسے دیئے تو گاؤں کے باہر موچیوں کے لڑکے اس کے گرد جمع ہو گئے۔ چند بڑے بوڑھے بھی ٹھٹک کر اس کی طرف دیکھنے لگے۔ چماروں کے لڑکوں میں سے ایک نے اس کا سامان اٹھایا اور وہ اپنے گھر کی طرف روانہ ہو گیا۔ قاہرہ کے عظیم الشان اور بارونق قہوہ خانوں کے بعد یہ تنگ گلیاں کچھ عجیب سی معلوم ہو رہی تھیں۔

اپنی گلی میں پہنچ کر اس نے اپنے مکان کے دروازے پر نگاہ ڈالی۔ دروازہ بند تھا۔ غالباً جب سے اس کا باپ مرا تھا۔ تبھی سے بند ہو گا۔ دروازے کے آگے کچے چبوترے پر کچھ ٹھیکریاں اور سوکھے ہوئے پتے گرے پڑے تھے۔

ساتھ والا مکان اس کے چچا کا تھا۔ اس نے اندر داخل ہو کر آواز دی۔ اس کا چچا حقہ اٹھائے ہوئے باہر آیا۔ پہلے چند لمحوں تک تو اس نے اسے پہچانا ہی نہیں۔ ایک تو تفکرات کی وجہ سے منیر کی صورت بدل گئی تھی، دوسرے اب وہ ایک ٹانگ سے لنگڑا بھی ہو چکا تھا لیکن اس نے اپنے چچا کو پہچان لیا تھا۔ اس کا چچا قد آور سرخی مائل، سیاہ رنگ کا ایک گرانڈیل شخص تھا۔ اس نے کہا "چچا! میں منیر احمد ہوں۔ پہچانا نہیں کیا" چچا کے ہاتھ سے حقہ چھوٹ گیا۔ دونوں بغل گیر ہو گئے۔ چچا اس کا ہمدرد اور خیر خواہ تھا۔ لیکن اس کی چچی بڑی زمانہ ساز عورت تھی۔ وہ بھی آواز سن کر آ گئی اور دعائیں دے دے کر وہی حسب معمول ادھر ادھر کی باتیں بنانے لگی۔ پھر وہ گڑ کا شربت بنانے کے لیے اندر چلی گئی۔ منیر زیادہ دیر تک ضبط نہ کر سکا۔ اس نے فوراً اپنی بچی کو دیکھنے کی خواہش ظاہر کی۔ چچا نے کہا کہ بچے باہر کھیلنے گئے ہوئے ہیں دیکھتا ہوں شاید وہ گھر ہی میں ہو۔

تھوڑی دیر بعد چچا کی آواز آنے لگی "چلو بٹیا! تمہارے ابا آئے ہیں"

وہ آگے بڑھا اور پھر رک گیا۔۔ دروازے میں ایک میلی کچیلی، دبلی پتلی، بکھرے ہوئے بالوں والی زرد رو خوب صوت بچی کھڑی تھی۔منیر احمد نے ایک لمحہ کے لیے سکوت کیا۔ وہ اس کی بچی تھی۔۔ اس کی آنکھیں بڑی تھیں۔ بھنویں نہایت حسین خم کھائے ہوئے، گالوں کی ہڈیاں کمزوری کی وجہ سے کچھ ابھر آئی تھیں۔ بچی اسے دیکھ کر خوش نہیں ہوئی، بلکہ وہ اداس، بے حرکت اور چپ چاپ کھڑی رہی۔

منیر احمد بیساکھیاں ٹیکتا ہوا آگے بڑھا۔ چچا نے لڑکی کو اٹھا کر اس کے بازوؤں میں دے دیا۔ منیر احمد نے اپنی بیٹی کو گلے لگا کر ہونٹ اس کی پیشانی پر رکھ دیئے۔ چچا شربت لینے کے لیے اندر چلا گیا، اور وہ اسے اسی طرح گلے سے لپٹائے کھڑا رہا۔

"میری بچی۔۔میری بچی!"

اس کے جسم کی تکان دور ہو گئی۔ اسے ایسا معلوم ہوا کہ جیسے کسی نے دم کر کے اس کے تمام دکھ جسم سے باہر کھینچ لیے ہوں۔خوشی اور اطمینان کی لہر اسے اپنے ہاتھوں اور پاؤں کے ناخنوں تک محسوس ہوئی۔ وہ چارپائی پر بیٹھ گیا۔ اس نے بچی کی طرف دیکھا۔ بچی کی آنکھوں میں مسکراہٹ کھیل رہی تھی۔۔ ایسا معلوم ہوتا تھا کہ گھر میں اسے پیار کرنے والا کوئی نہیں تھا۔ نہ معلوم گھر والوں کا اس کے ساتھ کیسا سلوک تھا۔ بچی کی آنکھوں کے تلے گڑھوں کی گہرائیوں میں ایک ایسی اداسی تھی جسے بھانپ کر منیر احمد کا دل بھر آیا۔

اس کے دل میں چچا کے خلاف ایک شکایت تھی لیکن وہ اسے زبان پر نہ لایا۔ چچا نے شربت کا لوٹا اور گلاس ایک اسٹول پر رکھ دیا۔۔ اتنے میں گلی کے لوگ بھی جمع ہو گئے۔ وہ لوگ جو پہلے اس کے بے تکلف دوست تھے اسے جھک جھک کر سلام کرنے لگے۔ ان میں سے بہتوں نے اسے پہچانا ہی نہیں۔ وہ اسے پولیس کا کوئی افسر سمجھ بیٹھے۔ ادھر ادھر کے بچے بھی جمع ہو گئے اور جب انھوں نے آشاں کو ایک باوردی آدمی کی گود میں بیٹھے ہوئے دیکھا تو وہ بہت مرعوب ہوئے اور ننھی بچی کو بھی اس بات کا احساس ہو گیا کہ اب وہ اپنے باپ کی گود میں ہے۔

جب منیر احمد کو شربت کا گلاس دیا گیا تو اس نے پہلے بچی کے منہ سے لگا دیا۔ بچی نے اس کے گلے میں حمائل کردہ بازوؤں کی گرفت کو اور بھی تنگ کرتے ہوئے انکار کے طور پر سر ہلا دیا۔ اس کا منشا تھا کہ پہلے اس کا باپ شربت پی لے۔ وہ ایک ذہین بچی تھی۔

منیر نے پچکار کر کہا "نہیں بیٹا پیو۔۔ شاباش شاباش۔۔"

تھوڑی دیر کے بعد چچا کے بچے بھی آ گئے۔ منیر نے ریوڑیوں اور لڈوؤں کی ٹوکری ان کے حوالے کر دی۔

تھوڑی دیر تک ادھر ادھر کی باتیں کرنے کے بعد اس نے اپنے گھر کی چابیاں طلب کی اور اپنی بچی کو گود میں اٹھائے ہوئے گھر کی طرف گیا۔ باہر کا تالا کھولا اور ڈیوڑھی میں داخل ہوا اور دو قدم بڑھ کر ٹھٹکا اور پھر ایک منظر بجلی کی طرح اس کی آنکھوں کے سامنے کوند گیا۔۔ جب اسے ہندوستان سے باہر جانے کا حکم ملا تو چونکہ مہلت بہت کم ملی تھی۔ اس لیے وہ بھاگم بھاگ گھر والوں سے ملنے کے لیے ایک ہی دن کے لیے آیا تھا۔ سارا دن ضروری سامان باندھنے میں لگے رہے۔ پھر گئی رات تک آپس میں باتیں ہوتی رہیں۔ اس کی ماں ساری رات روتی رہی۔۔ بیوی سے کھل کر باتیں کرنے کے لیے وقت ہی نہ ملا۔

دوسرے دن روانہ ہونے سے پہلے اس کا سامان تانگہ پر رکھ دیا گیا۔ وہ اسی ڈیوڑھی میں بیٹھا تھا۔ قریب ہی اس کی ماں بیٹھی روئے جارہی تھی۔ اس نے اسے تسکین دینے کی کوشش کی۔ لیکن اس بڑھیا کے تو حواس ہی قائم نہ رہے تھے۔ پھر نہ معلوم ہوا کس کام سے اٹھ کر گلی کی طرف چلی گئی۔ اتنے میں بائیں ہاتھ والے دروازے سے اس کی بیوی اندر داخل ہوئی۔ وہ منظر اس کے ذہن میں نقش ہو کر رہ گیا۔

اس وقت اس کی محبوب بیوی کی سرمگیں آنکھوں کے گوشوں میں آنسو جھلک رہے تھے۔ وہ باریک ململ کی سیاہ رنگ کی قمیص پہنے ہوئے تھی۔ قمیص کے نیچے جالی دار بنیان تھی۔ اس کی پتلی لچک دار کمر کے دونوں خطوط جوں جوں اوپر اٹھتے تھے توں توں کشادہ ہوتے جارہے تھے۔ اس کا انگیا کی ضرورت سے بے نیاز سینہ کس قدر دل فریب تھا۔ سر ڈھانپنے کے لیے جب اس نے دونوں ہاتھ اوپر اٹھائے تو اس کی بنیان اوپر کو سرک گئی اور تنی ہوئی چکنی جلد پر اس کی کوڑی کی طرح دلکش ناف دکھائی دینے لگی۔ پیٹ کے موہوم سے دل فریب ابھار پر ایک نہایت دل نشیں گہرائی۔۔ وہ اس جسم کا بھوکا تھا۔ وہ اس بدن کی پرستش کرتا تھا وہ تنے ہوئے چکنے۔۔ گوشت سے پُر کولہوں پر فدا تھا۔ جس جسم کی لچک دار جلد کی جدت اور نمی کو محسوس کر کے اس پر بے ہوشی سی طاری ہونے لگتی تھی۔۔ وہ لڑکھڑاتے ہوئے قدموں کے ساتھ آگے بڑھا۔ وہ نہیں جانتا تھا کہ جس جسم میں نشہ اور شراب لہریں مارتی تھی۔ اس سے لطف اندوز ہونے سے بڑھ کر دنیا میں اور کیا شے ہو سکتی تھی۔۔ قریب تھا کہ وہ اسے اپنے بازوؤں میں لے لے کہ اتنے میں اس کی ماں اندر ہوئی۔ اس کے قدم رک گئے۔ اس نے آنکھوں ہی آنکھوں میں رخصت چاہی۔ اس نے نظروں ہی نظروں میں بیوی کو تسلی دی کہ وہ جلد ہی لوٹ آئے گا۔

ڈیوڑھی میں کھڑے کھڑے آج کئی برس بعد وہی پرانا منظر اس کی آنکھوں کے سامنے پھر رہا تھا۔ اس کا دل بیٹھنے لگا۔ اسے یوں معلوم ہوا جیسے اس مرتبہ اس پر پھر کمزوری اعصاب کا حملہ ہو گا۔ اس نے دیوار کا

سہارا لیا اور بہ مشکل اپنی بچی کو سنبھالے رکھا۔

تھوڑی دیر بعد اس کا سامان بھی آ گیا۔ اپنے ویران گھر کے بیچوں بیچ اس نے چارپائی ڈال کر بستر بچھا دیا۔ پھر وہ اپنی بیٹی سے باتیں کرنے لگا۔ اس کے لیے کھلونے پھل اور کپڑے نکالے۔ بچی بہت خوش ہوئی۔ سرسوں کے چراغ کی روشنی میں اس کی لڑکی گئی رات تک اس سے باتیں کرتی رہی اور پھر باپ کے گلے سے لپٹ کر سو گئی۔ منیر احمد کو نیند نہ آئی۔ وہ ایک ہاتھ سے بچی کو پنکھا جھلتا رہا اور دوسرا ہاتھ سر کے نیچے رکھ کر آسمان کی طرف تکتا رہا۔ اب یہ گھر اسے کاٹنے کو دوڑتا تھا۔ اگر اسے یہیں رہنا پڑے تو وہ پاگل ہو جائے۔

دوسرے دن اس نے چچا سے زمین بیچ دینے کا ارادہ ظاہر کیا۔ لڑائی ختم ہو چکی تھی۔ زمینوں کی قیمتیں نسبتاً گر چکی تھیں۔ لیکن جنگ میں لوگوں نے کمایا بھی خوب تھا۔ اس لیے اس کی زمین کے کئی گاہک نکل آئے اور کسی قدر کش مکش اور سودا بازی کے بعد اس نے کل زمین اور مکان تیرہ ہزار روپے میں بیچ ڈالا۔

یہ سب کام آٹھ دس دن کے اندر ختم ہو گیا۔ جب اس کے گھر کا ساز و سامان چھکڑوں پر لدنے لگا تو گاؤں کے لوگ اور اس کے دور و نزدیک کے رشتہ دار جمع ہو گئے اور سب اس کے اس ارادہ پر اظہار افسوس کرنے لگے۔ اس کے ان دوستوں نے جو بچپن ہی سے اس کے ساتھی تھے۔ اسے تاکید کی کہ وہ اپنے آبائی گاؤں میں ضرور آتا رہے۔

منیر احمد نے کانگڑے کی وادی میں ایک چھوٹے سے قصبے میں پریکٹس شروع کر دی۔

یہ ایک پہاڑی مقام تھا۔ اس وادی میں ہرے بھرے سبزہ زار اور اونچے اونچے درختوں کے جنگل تھے۔ پہاڑوں سے آنے والی آڑی ترچھی برساتی ندیاں تھیں جو یا تو برسات کے دنوں میں بہتی تھیں، یا جب پہاڑوں کی چوٹیوں پر برف پگھلنے لگتی اور چاروں طرف پر وقار پہاڑ رعونت کے ساتھ کھڑے نظر آتے تھے۔

لڑائی سے پہلے یہ ایک چھوٹا سا قصبہ تھا۔ لیکن لڑائی کے دنوں میں اسے بہت فروغ حاصل ہوا۔ یہاں کے جنگلوں سے لکڑی حاصل کی جاتی تھی۔ لڑائی کے دنوں ہی میں یہاں ماچس بنانے اور ریشم کے تیار کرنے کے دو کارخانے بھی قائم ہو گئے پہلے یہ لوگ کشمیر میں کام کیا کرتے تھے لیکن چونکہ وہ جگہ بہت دور تھی، اس لیے اس جگہ کا انتخاب کیا گیا۔ گورنمنٹ نے بھی کتنے اور لکڑی کی پیٹیاں بنانے کے کارخانے قائم کر دیئے تھے۔ اس طرح بہت سے سرکاری اور غیر سرکاری لوگ بھی اس جگہ آن بسے تھے۔ بہت سے لوگوں کو یہ مقام اس قدر پسند آیا کہ انھوں نے زمینیں خرید کر مکان بنوا لیے اور مستقل طور پر اسی جگہ رہنے لگے۔

قصبہ سے باہر بڑی تعداد میں بنگلہ نما مکان بنے ہوئے تھے۔ یہاں زیادہ تر عیسائی رہتے تھے یا بے چارے غریب اینگلو انڈین۔ اس جگہ رہنے والے وہ لوگ تھے جن کی مالی حالت زیادہ اچھی نہیں تھی لیکن سفید پوشی بھی لازمی تھی جو لوگ دراصل امیر تھے وہ سول لائنز میں رہتے تھے۔

ہر مکان کے اردگرد کچھ زمین چھوڑدی گئی تھی۔ سبھی مکان تقریباً ایک ہی ڈیزائن کے بنے ہوئے تھے۔ ہر ایک میں تین تین کمرے۔ ان کے علاوہ باتھ روم، اسٹور روم، برآمدے، علیحدہ باورچی خانہ، صحن، وغیرہ۔ جو زمین باہر بچی ہوئی تھی اس میں مکان کے سامنے والے حصہ میں پھولوں کی کیاریاں بنائی جاسکتی اور پچھلی جانب سبزیاں اُگائی جاسکتی تھیں۔ بعض لوگوں نے بیڈمنٹن کورٹ بھی بنا رکھے تھے۔

ان مکانوں کے درمیان ہری بھری قد آدم باڑیں تھیں۔ ان باڑوں کی پتیاں گہرے سبز رنگ کی تھیں۔ برسات کے دنوں میں ان میں ہلکے نیلے رنگ کے چھوٹے چھوٹے پھول کھلتے تھے اور بارش میں دھلے دھلائے پھولوں کے غنچے آنکھوں کو بہت ہی بھلے معلوم ہوتے تھے۔

مکان میں داخل ہونے سے پہلے اس کی خوب اچھی طرح سے صفائی کروائی گئی۔ دیواروں پر سفیدی، دروازوں پر نیا پالش، باقی تھوڑی بہت مرمت ہو جانے کے بعد سارا سامان مکان میں رکھ دیا گیا۔ تین کمروں میں سے ایک ڈرائنگ روم بنادیا تھا اور ایک بڑا کمرہ اس نے اپنے لیے مخصوص کرلیا اور اپنے نام کی لکڑی کی چھوٹی سی تختی پھاٹک پر لٹکادی۔

منیر احمد نے اپنے ہمسایوں کی طرح مکانوں کے سامنے کے حصے میں کیاریاں بنوائیں۔ پچھلے حصہ میں سبزیاں لگائیں۔ صرف ایک کونے میں جنگلی گلاب کے لیے پیڑ رہنے دیئے۔ ان کی اوٹ میں لوہے کے ایک بڑی سی بنچ پڑی تھی۔ یہاں پیڑ کے اونچے اونچے درختوں کا سایہ بھی تھا۔ بعد میں مکان کی پچھلی طرف بیڈمنٹن کھیلنے کا کورٹ بھی بنالیا گیا۔

باہر کے برآمدے میں لوہے کے تاروں کے بنے ہوئے گملے لٹکادیئے گئے۔ ان میں سے رنگ برنگ کے پھولوں کی بیلیں نیچے لٹکی رہتی تھیں۔ کمرے اپنی حیثیت کے مطابق اس نے سجالیے۔

رہنے کا ٹھکانہ بنالینے کے بعد منیر احمد نے آشاں (عائشہ) کو ایک مقامی اسکول میں داخل کرادیا۔ یہ ایک مشن اسکول تھا جہاں انگریزی میں تعلیم دی جاتی تھی۔

باپ کے ساتھ چند ہی دن رہنے کے بعد آشاں کے چہرے کا رنگ بدلنے لگا اس کے اعضا میں پھرتی اور آنکھوں میں بچپن کی شوخی عود کر آئی۔ اسکول کے جونیئر کلاسوں تک مخلوط طریقہ تعلیم رائج تھا۔ اس

لیے آشاں کی لڑکیوں کے علاوہ لڑکوں سے بھی دوستی قائم ہوگئی۔ جب کبھی منیر احمد اپنے مکان کے برآمدے میں جھولنے والی کرسی پر بیٹھا کوئی کتاب دیکھ رہا ہوتا تو آشاں کے دوست اور سہیلیاں آتیں اور خوش نوا پرندوں کی طرح چہچہا کر کہتیں "گڈ ایوننگ انکل"۔

منیر نے دوسری لڑکیوں کی طرح آشاں کے سر کے بال بھی کتروا ڈالے۔ اس خیال سے کہ جب وہ بڑی ہو جائے گی تو اس کے بال چھوڑ دیئے جائیں گے۔

آشاں کی سب سے گہری سہیلی ان کے پڑوسی ہندوستانی پادری مسیح پال سنگھ کی لڑکی تھی۔ مسیح پال سنگھ پہلے سکھ تھا۔ پھر عیسائی ہو گیا۔ وہ بہت ہی حلیم الطبع شخص تھا۔ اگرچہ اس کے ہاتھ پاؤں کی بناوٹ اور جسم کا ڈھانچہ پنجاب کے سکھوں کی طرح خوب مضبوط تھا لیکن اس کے صفاچٹ چہرے سے ہیبت اور خشونت کے وہ آثار ہویدا نہ تھے جو بعض سکھوں کی صورت سے ظاہر ہوتے ہیں۔ اس کی آنکھوں سے محبت اور اطمینان چھن چھن کر نکلتا ہوا دکھائی دیتا تھا۔ اس کی شادی ایک اینگلو انڈین عورت سے ہوئی تھی۔ دونوں کی عمر میں بہت تفاوت تھا۔ وہ تقریباً بیالیس برس کی عمر کا تھا اور بیوی ستائیس اٹھائیس سال کی۔ ان کے دو بچے تھے۔ ایک شیر خوار لڑکا اور ایک آشاں کی ہم عمر لڑکی مارتھا۔ مارتھا بھی آشا کے مشن اسکول ہی میں پڑھتی تھی۔ ان دونوں کی خوب گاڑھی چھنتی تھی۔ ان کی محبت کی وجہ سے منیر احمد کی ان کے ہاں بھی آمد و رفت تھی۔

منیر احمد کی مسیح پال سنگھ سے پہلی ملاقات اس وقت ہوئی تھی۔ جب آشاں نے اپنی منہ بولی بہن مارتھا کو بطور تحفہ ایک گڑیا نذر کی تھی۔ تھوڑی ہی دیر بعد مسیح پال سنگھ گڑیا ہاتھ میں لیے ان کے پھاٹک میں داخل ہوا۔ منیر نے دور ہی سے اسے پہچان لیا۔ اگرچہ پہلے کبھی ان کی آپس میں گفتگو نہ ہوئی تھی۔ لیکن وہ اس کی صورت سے آشنا تھا۔ اس نے بارہا اسے اپنے باغ کی کیاریوں میں چہل قدمی کرتے یا چیڑھ کے درختوں کے تلے انجیل پڑھتے دیکھا تھا۔ جب وہ قریب آیا تو سلام دعا کے بعد مسیح پال سنگھ نے گڑیا دکھاتے ہوئے اپنی مخصوص نرم آواز میں پوچھا "ڈاکٹر صاحب! یہ گڑیا میری لڑکی آپ کے ہاں سے لے گئی تھی۔ وہ کہتی تھی کہ آپ کی بچی نے اسے بطور تحفہ نذر کی ہے"

منیر احمد نے کرسی پیش کرتے ہوئے کہا "جی ہاں یہ درست ہے۔ مارتھا آشاں کی منہ بولی بہن ہے۔ آشاں مجھ سے کہہ رہی تھی کہ وہ اپنی دو گڑیوں میں سے ایک مارتھا کو دے دینا چاہتی ہے"

مسیح پال سنگھ دل فریب انداز میں مسکرا دیا "مجھے یونہی شک گزرا۔ مارتھا باہر گئی ہوئی ہے۔ میں نے سوچا آپ سے دریافت کر لوں۔ اب مجھے مارتھا سے اس غلط فہمی کے لیے معافی مانگنی ہو گی"

منیر احمد نے اسے یقین دلایا کہ مارتھا بہت ہی نیک اور ایماندار بچی ہے۔

اس کے بعد وہ پندرہ بیس منٹ تک اِدھر اُدھر کی باتیں کرتے رہے۔

اس طرح ان کی ایک دوسرے کے ہاں آمدورفت شروع ہوئی۔

اس مقام پر سدا بہار ہی کا موسم رہتا تھا۔ جب وہ آشاں کو اچھے اچھے کپڑے پہنا کر باہر لے جاتا تو قدرت کے حسین مناظر، ڈھلوانوں کی شادابی، پہاڑیوں کی شادابی، پہاڑوں کی متانت اور اس کی بچی کی مینا کی سی باتوں سے اس کے دل کو بڑی تسکین حاصل ہوتی تھی۔۔ کبھی کبھی وہ دور نکل جاتے تو بعض اوقات انہیں وہ پہاڑی لڑکے دکھائی دیتے جو ندی کے کنارے دم سادھے بیٹھے رہتے تھے۔ دراصل وہ مچھلیاں پکڑنے کی دھن میں ہوتے تھے ایک بڑے سے کٹورے میں کندھے ہوئے آٹے کی گولی رکھ کر وہ اس کے اوپر ایک مضبوط کپڑا باندھ دیتے تھے اور کپڑے کے بیچوں بیچ ایک سوراخ کر دیتے۔ پانی کی رو میں مچھلیاں بہتی ہوئی آتیں اور ان میں سے پندرہ بیس اس سوراخ میں داخل ہو جاتیں۔ گم صم بیٹھے ہوئے وہ پہاڑی لڑکے ایک دم سمادھی سے چونک پڑتے اور کٹورا پانی سے باہر نکال کر رکھ دیتے تھے اور جلدی سے کپڑا ہٹا کر تڑپتی ہوئی مچھلیاں تھالی میں الٹ دیتے۔

سب سے ظالم تو کیڑے پکڑنے والے ہوتے تھے۔ یہ لوگ برسات کے دنوں میں نہروں یا ندیوں کے کنارے دور دور تک پاؤں کے بل اکڑوں بیٹھے نظر آتے تھے۔ ڈیڑھ ہاتھ لمبی لکڑی کے ایک سرے پر پندرہ بیس کیچوے بندھے ہوتے تھے۔ کیکڑا کیچوؤں کی طرف لپک کر آتا۔ جونہی وہ کیچوؤں کو اپنی گرفت میں لیتا شکاری جھٹ لاٹھی اچک کر اسے ایک جھٹکے کے ساتھ کنارے پر پھینک دیتے۔ کیکڑا سراسیمگی میں بے ڈھنگی سی چال سے پانی کی طرف لپکتا۔ لیکن پیشتر اس کے کہ وہ پانی کے قریب پہنچنے پائے شکاری اس کی ایک ٹانگ لاٹھی سے دبا کر توڑ ڈالتا۔ کیکڑا درد کی شدت میں پاگلوں کی طرح ادھر ادھر بھاگ جانے کی کوشش کرتا۔ لیکن یکے بعد دیگرے اس کی سب ٹانگیں اور بازو توڑ کر پرے پھینک دیئے جاتے۔ اس وقت مارے اذیت کے اس کی آنکھیں باہر کو ابل آتی تھیں۔ لیکن وہ تھیلے میں اپنے دوسرے ساتھیوں کی طرح بے بس پڑا رہتا تھا۔ آشاں جب یہ منظر دیکھتی تو اس کا دل کانپ اٹھتا۔ وہ پوچھتی ''ابا! وہ ان کا کیا کریں گے''

اس وقت شکاری ننھی لڑکی کی بات سن کر کہتا ''بی بی! اسے بنگالی بابو کھایا کرتے ہیں''

۔۔ وہاں بنگالی بابوؤں کی بھی کمی نہ تھی۔ اس لیے ان لوگوں کا یہ نیا بیوپار بھی خوب چل رہا تھا

آشاں بڑی ذہین لڑکی ثابت ہوئی۔ وہ اسکول کی بہت اچھی طالبات میں سے سمجھی جاتی تھی۔ اسکول میں چھوٹے چھوٹے ڈرامے بھی کھیلے جاتے تھے۔ ایک مرتبہ آشاں کو اس فاختہ کا پارٹ دیا گیا جس کا بھائی دانہ چگنے گیا اور وہاں وہ ایک چیل کے گھونسلے میں جا پھنسا اوپر سے چیل آ گئی اور اپنے بچوں کو پروں میں چھپا کر بیٹھ گئی۔ ادھر اس کی بہن فاختہ یعنی آشاں بہت پریشان تھی۔ وہ اسے ڈھونڈتے ڈھونڈتے اس جگہ پہنچی اور بڑی مشکل سے اپنے بھائی کو رہائی دلائی۔

وہ کئی ایک کھیل بھی کھیل لیتی تھی۔ اسے رسی پھاندنے میں بھی بڑی مہارت حاصل تھی۔ اس بات میں اسکول کی صرف دو لڑکیاں اس کا مقابلہ کرسکتی تھیں۔ باقی بے چاری تو منہ دیکھتی ہی رہ جاتی تھیں۔ وہ بے چاری شہری لڑکیاں تھیں۔ ان کی رگوں میں وہ خون کہاں جو آشاں کی نس نس میں دوڑ رہا تھا۔

اس کے علاوہ اسے گیند کھیلنا بھی خوب آتا تھا۔ وہ ربڑ کے گیند کو ایک مرتبہ فرش پر دے مارتی اور پھر گیند اچھالے ہی جاتی اور اسے کبھی زمین پر گرنے نہ دیتی اس کھیل میں اسکول کی کوئی ہوشیار سے ہوشیار لڑکی بھی اس کا مقابلہ نہ کرسکتی تھی۔

دن گزرتے گئے۔

منیر احمد کی مصروفیتیں بڑھتی گئیں۔ اب اس کا مطب بھی چل نکلا تھا۔ چار گھنٹے صبح اور چار گھنٹہ شام کے وقت وہ مطب ہی میں گزارتا تھا صرف اتوار کے دن کی چھٹی کرتا یعنی شام کے وقت مطب میں نہ جاتا۔ اس نے اپنے مکان ہی پر پریکٹس شروع کر دی تھی۔ صرف اتنا اضافہ ضرور کیا تھا کہ مالک مکان سے کہہ کر اپنے کمرے کے آگے والے حصے کے سامنے ایک سائبان کھڑا کروالیا تھا۔ اس سائبان کے اندر لکڑی کے بنچ بچھے ہوئے تھے۔ مریض آتے اور ان پر بیٹھے اپنی باری کا انتظار کرتے تھے۔

ڈاکٹری کے علاوہ اس کا دوسرا شغل مرغی خانہ تھا۔ اس نے مکان کی پچھلی جانب بڑے اہتمام کے ساتھ ایک مرغی خانہ بنوالیا تھا۔ مرغیاں پالنے کے فن پر اس نے بہت سی کتابیں منگوائیں۔ کتابوں میں لکھی ہوئی ہدایتوں کے مطابق ایک بہت بڑی جالی مرغی خانہ کے چاروں طرف لگوادی۔ جال کے اندر اینٹوں کے چھوٹے چھوٹے خانے بنوادیئے تاکہ مرغ اور مرغیاں، سردی گرمی سے بچ سکیں اور مرغیاں انڈے دے سکیں۔ اس نے اعلیٰ نسل کی انگریزی مرغیاں اور مرغے خرید کر پالے۔ چند ہی سال بعد ان کی تعداد اس قدر زیادہ ہوگئی کہ اگر وہ چاہتا تو اچھی خاصی تجارت شروع کرسکتا تھا۔ لیکن اس نے سوچا کون یہ نیا جھنجھٹ مول لے۔ اس کا وقت خاصہ گزر جاتا تھا۔ دسترخوان پر بلاناغہ انڈے کھانے کو ملنے لگے تھے اور پھر

چوزے بھی تعداد میں اس قدر زیادہ تھے کہ ہر روز کھائے جاتے تو ختم نہ ہوتے۔

باغبانی بھی اس کا ایک دلچسپ مشغلہ تھا۔اب اسے پھولوں کی قسم سے بھی کافی واقفیت ہو گئی تھی۔وہ اپنے ہاتھ سے کیاریاں بنا کر پھولوں کے پودے لگاتا۔پھولوں کے ساتھ وہ سبزیوں کو بھی نظر انداز نہ کرتا تھا۔ ہر موسم کی سبزی ترکاری اس کے چھوٹے سے باغ سے مل سکتی تھی۔

ان مشاغل کے بعد جو وقت ملتا وہ پادری صاحب کی صحبت میں گزار دیتا۔آشاں عموماً اپنی سہیلیوں میں مصروف رہتی اور وہ اپنے دوست مسیح پال سنگھ کے ساتھ باتیں کرتا۔دینیات میں مسیح پال سنگھ کا علم بہت وسیع تھا اور سب سے اہم بات یہ تھی کہ محض انجیل پڑھ لینا یا مسیح کے گن گا لینا ہی اس کا مذہب نہ تھا بلکہ وہ عملی زندگی میں بھی مذہب کی اعلیٰ تعلیمات کو مدِّنظر رکھتا۔وہ ایک عالم باعمل تھا اور شاید اسی وجہ سے اس کے چہرے سے ایک ابدی مسرت اور اطمینان کا نور جھلکتا تھا۔اس کی آواز دھیمی ہوتی تھی۔اس کی گفتگو میں تیزی وطراری کا شائبہ تک نہ تھا۔منیر احمد کو اس کی یہ ادا بہت پسند تھی کہ وہ دوسروں کی بات کان دھر کر سنتا تھا۔اسے اپنی بات کہنے کی جلدی نہ ہوتی تھی۔وہ بڑے اطمینان سے مسکرا مسکرا کر دوسروں کی باتیں سنتا۔ خواہ وہ باتیں کتنی بھی خشک کیوں نہ ہوتیں یا کہنے والا کتنی بھی غلط بیانی سے کام کیوں نہ لیتا۔اس کی پیشانی پر بل تک نہ آتا۔

اس کی محبت میں منیر احمد کو ہمیشہ ہی انتہا درجے کی خوشی کا احساس ہوتا تھا۔مسیح پال سنگھ کے مکان کے اردگرد ان کی بہ نسبت دگنی زمین خالی پڑی تھی۔شاید زمین کے مالک کا اس جگہ ایک اور مکان بنوانے کا خیال ہو جو کسی مصلحت سے بنوایا گیا۔خیر سر دست وہ ساری جگہ مسیح پال سنگھ کے تصرف میں تھی۔مسیح پال سنگھ نے کوئی باغ نہیں لگوایا تھا۔وہ کہتا تھا کہ اس کا مزاج اسٹیونسن کی طرح تھا۔

اسے زمین میں سادہ ٹکڑا بہت پسند تھا۔اسی طرح اپنے احاطے میں چیڑھ کے درختوں تلے بیٹھنا اسے بہت مرغوب تھا۔

شام کے وقت منیر احمد بھی درختوں کے اس جھنڈ تلے جا بیٹھتا تھا۔منیر احمد کو مذہب یا فلسفے کی باریکیوں سے زیادہ دلچسپی نہ تھی اور نہ وہ انہیں سمجھتا ہی تھا۔لیکن وہ اس کی تقریر میں سے کام کی کوئی نہ کوئی بات پا ہی لیتا تھا۔مثلاً جب وہ کہتا "ابتدا میں کلمہ تھا۔کلمہ خدا کے ساتھ تھا۔کلمہ خدا تھا"۔اور پھر وہ اس کی تشریح کرتا تو منیر احمد کچھ نہ سمجھنے کے باوجود اس کی عظمت اور قابلیت کا قائل ہو جاتا۔اسے یقین تھا کہ اگر کوئی بڑے سے بڑا عالم بھی آ کر اس کی یہ گفتگو سنے تو اس سے متاثر ہوئے بغیر نہ رہے۔ان زیادہ گہری باتوں کے

بجائے اسے حضرت مسیح کے سیدھے سادے اقوال زیادہ پسند تھے اور پھر بائبل کی وہ دلچسپ کہانیاں بڑے غور سے سنتا۔ بھولے ہوئے بیٹے کی کہانی۔ سات کنواریوں کا قصہ بیج بونے والے کا افسانہ وغیرہ اسے واقعی بہت پسند تھے۔ وہ یہ کہانیاں آشاں کو بھی سنایا کرتا۔ کئی رات تک آسمان سے باتیں کرنے والے چیڑھ کے درختوں تلے مسیح پال سنگھ، اس کی بیوی اور منیر احمد باتیں کیا کرتے تھے۔ مسیح پال سنگھ کی آواز میں بڑی شیرینی تھی۔ جب وہ باتیں کرتے وقت اپنے ہاتھوں کو بھی ایک خاص انداز سے حرکت دیتا تو سننے والے پر سرور ساطاری ہو جاتا۔ جب کبھی منیر احمد کو ماضی کی یاد ستاتی تو مسیح پال سنگھ کی آواز ہی سن کر اسے اپنے دکھ دور ہوتے ہوئے محسوس ہوتے تھے۔

ہفتہ میں ایک مرتبہ وہ سب لوگ بائیسکوپ دیکھنے چلے جاتے تھے۔ ان دنوں وہاں خاموش تصویریں آتی تھیں۔ ان میں بعض مذہبی کھیل بھی ہوتے تھے جنہیں دیکھ کر مسیح پال سنگھ کی آنکھوں میں آنسو آجاتے تھے۔

ارد گرد پہاڑوں میں بہت سے تفریح کے مقامات بھی تھے۔ کبھی وہ سب مل کر پکنک پر بھی چلے جاتے۔ سارا دن ہنسی مذاق، گھومنے پھرنے اور نہانے دھونے میں گزر جاتا تھا۔

رفتہ رفتہ منیر احمد بڑھاپے کی طرف قدم بڑھاتا گیا اور اس کی بچی شباب کی جانب۔

آشاں جب پندرہویں برس میں پہنچی تو اس کی جوانی کے سامنے اس کی ماں کا شباب بھی پھیکا پڑ گیا۔ یہ صحت مند اور متناسب الاعضا لڑکی ہزاروں میں ایک تھی۔ اس کا رنگ گورا نہ سہی، لیکن خون کی حدت سے اس کے رخسار گلنار تھے۔ ہونٹ رس بھری قاشیں جیسے ابھی ان میں سے شہد ٹپک پڑے گا۔ وہ روایت کہ بعض صورتیں خدا فرصت آرام سے بیٹھ کر پوری توجہ سے بناتا ہے اسی پر صادق آتی تھی۔ لیکن وہ اس وقت اپنے حسن و شباب سے اس قدر بے خبر تھی جیسے ایک چھ برس کی بچی۔۔ وہی دوڑ بھاگ، کود پھاند، چھین جھپٹ ۔۔ جب منیر احمد پلنگ پر بیٹھا کوئی کتاب پڑھنے میں منہمک ہوتا تو وہ بچوں کی طرح مٹکتی ہوئی آتی اور پلنگ پر لیٹ کر باپ کا ہاتھ اپنے رخسار کے ساتھ ملنے لگتی۔ وہ سمجھ جاتا کہ اس وقت اس کی بیٹی کوئی فرمائش لائی ہے۔ وہ اچک کر اس کی پیشانی پر بوسہ دیتا اور پوچھتا "آشو! آج لاڈلی بیٹی کی کیا فرمائش ہے"

اس پر وہ کھلکھلا کر ہنسنے لگتی "ابا! آپ کو میرے دل کا حال کیوں کر معلوم ہو جاتا ہے۔ کیا آپ غیب دان ہیں"

وہ آشاں کی پیٹھ پر ہاتھ پھیرتے ہوئے کہتا۔ ہاں آشو! میں غیب دان ہوں۔ کم از کم تمہارے دل کی باتیں

مجھ سے چھپی نہیں رہ سکتیں“

اس کے بعد کچھ پر لطف باتیں ہوتیں اور اپنی فرمائش منظور ہو جانے پر وہ اپنے کمرے میں چلی جاتی۔

آشاں ابھی تک اس قدر الہڑ تھی کہ منیر احمد کو یہی خیال آتا کہ اس کے لاڈ پیار کی وجہ سے اس لڑکی کو دنیا داری کی ہوا تک نہیں لگنے پائی۔ ابھی تک وہ ننھی بچی ہی ہے۔ اس نے بارہا آشاں کو مارتھا کے ساتھ کمرے میں رقص کرتے دیکھا تھا۔ وہ دونوں ایک ساتھ قدم اٹھاتیں۔ جسم کے ہر عضو کی حرکتوں میں ہم آہنگی پیدا کرنے کی کوشش کرتیں اور بڑے انہماک سے باریک آواز میں کوئی گیت شروع کر دیتیں۔

منیر احمد نے بیٹی کو اسکول سے ہٹا لیا۔ البتہ استانی اسے گھر پر پڑھانے کے لیے آتی تھیں۔ اس کے بال کٹوانے بھی اب بند کر دیئے تھے اور وہ بڑھ کر بڑے گھنے اور لمبے ہو گئے تھے۔۔ آشاں کی مارتھا کے سوا کسی اور کے گھر زیادہ آمد و رفت نہیں تھی۔ اس نے انگریزی طریقہ پہ تعلیم پائی تھی۔ برقعے کی حد تک پردہ کی پابندی کرنا اس کے بس کی بات نہ تھی۔

تین چار برس اور گزر گئے۔

آشاں نے وہ جوبن نکالا کہ اگر وہ گاؤں میں ہوتی تو علاقہ بھر میں ایک شور سا مچ جاتا اور کئی دل پھینک نوجوانوں کے سر پھٹ گئے ہوتے لیکن دنیا کے اس خاموش گوشہ میں ایک جنگلی پھول کی طرح کھل کر رہ گئی تھی اور اس کا جسم گرمیِ شباب سے پھٹک رہا تھا۔ آنکھوں میں وہ طراوت پیدا ہو گئی تھی جو صرف بھرپور شباب ہی کا نتیجہ ہو سکتی تھی۔ ہونٹوں پر ایک ایسی نم دار چکنائی نمودار ہو گی تھی جس پر بھونرے منڈلاتے رہیں۔ وہ پلنگ پر پڑی پڑی انگڑائیاں لیتی اس کے جسم کا جوڑ جوڑ ٹوٹتا۔ جسم کے اعضا میں میٹھی میٹھی خلش محسوس ہوتی۔ وہ بیٹھے بیٹھے گہرے سانس لے کر سینہ تان لیتی اور دزدیدہ دزدیدہ نظروں سے اس کی طرف دیکھتی اور پھر راستہ بھولی ہوئی ہرنی کی طرح متوحش نگاہوں سے ادھر ادھر دیکھنے لگتی۔ وہ گھنٹوں چارپائی پر پڑی پڑی بے چینی سے کروٹیں لے لے کر اپنے جسم کو ادھر ادھر پٹختی۔

گرمیوں کا موسم تھا۔ اتوار کا دن اور دوپہر کا وقت۔ منیر احمد اخبار دیکھ رہا تھا۔ اس پر غنودگی سی طاری تھی اور پھر اسے پتہ بھی نہیں چلا کہ کب نیند نے اسے آدبایا اور پھر یکایک جو آنکھ کھلی تو اسے پسینہ آرہا تھا۔ اس نے بجلی کا پنکھا چلا دیا۔ پانی کا لوٹا لے کر غسل خانے میں گیا۔ منہ پر ٹھنڈے پانی کے چھینٹے دیئے۔ وہ اپنے ہاتھوں کو الٹ پلٹ کر دیکھنے لگا۔ اب اس کے ہاتھ کی جلد پر سلوٹیں پڑ رہی تھیں۔ جسم کی رنگت بھی پھیکی پڑ گئی تھی۔ وہ بدن میں بھی پہلے کی بہ نسبت کچھ نقاہت محسوس کر رہا تھا۔ اس نے سوچا کہ اب وہ بوڑھا ہو رہا ہے۔

وہ بیساکھیاں بغلوں میں دبائے باہر کھلی ہوا میں نکل آیا۔ ہوا بند تھی لیکن آسمان کے ایک گوشے سے سرمئی رنگ کے بادل پھیل کر سورج کو اپنے دامن میں چھپا لینا چاہتے تھے۔ گھٹا کے آگے آگے چیلیں پرواز کر رہی تھیں۔ جس کا مطلب تھا کہ بارش ہوگی۔

وہ کیاریوں میں سے ہوتا ہوا جنگلی گلاب کے پیڑوں کے جھنڈ کی طرف چلا گیا۔ اس جگہ دو تین چیڑھ کے درخت بھی موجود تھے۔ اسے خیال آیا کہ ایک عرصہ سے لوہے کی بنچ گلاب کے جھنڈ کے پیچھے پڑی ہے۔ اگر اسے جھنڈ کے اس طرف درخت تلے رکھ دیا جائے تو جس دن بادل چھائے ہوئے ہوں۔ وہ صبح و شام اس پر بیٹھ کر باغ کا نظارہ کرسکتا ہے۔

انھی خیالات میں غلطاں وہ آگے بڑھا معاً کنج میں بچھی ہوئی بنچ پر۔۔ آشاں کسی اجنبی نوجوان کے پہلو میں بیٹھی ہوئی تھی۔

منیر احمد دم بخود رہ گیا۔۔ کس قدر ناقابلِ یقین۔۔ آشاں بدمست شرابوں کی طرح نوجوان کے شانے پر گری پڑی تھی۔ ڈھیلے ڈھالے بال بے احتیاط سے ادھر ادھر بکھرے ہوئے تھے، نتھنے پھڑک رہے، دوپٹہ سینے پر سے کھسک چکا تھا اور ایک گول گورا شانہ عریاں تھا۔ نیچے گریبان میں سے اس کی داہنی چھاتی کا ابھار صاف نظر آ رہا تھا اور وہ اجنبی اس کے شانوں، گردن، ہونٹوں اور آنکھوں پر بے در پے بوسے دیئے جا رہا تھا۔ اس وقت آشاں اپنے ماحول سے اس قدر بے خبر تھی کہ اسے اپنے تن بدن کا کچھ ہوش ہی نہ تھا۔ وہ کسی پکے ہوئے پھل کی طرح ٹہنی سے ٹوٹا ہی چاہتی تھی۔

یہ ہوش ربا نظارہ اس قدر خلافِ امید تھا اور پھر اس قدر اچانک اس کی آنکھوں کے سامنے آ گیا کہ وہ بت بنا کھڑا رہ گیا۔ اسے یہ بھی خیال نہیں آیا کہ اسے ایسے موقع پر ٹل جانا چاہیے۔ پہلے حیرت اور غضب کے مارے اس کی آنکھیں کھلی کی کھلی رہ گئیں۔ اس کا ایک پاؤں زمین میں گر گیا۔

دفعتاً اجنبی کی نگاہ اس پر پڑی۔ بجلی کے ایک جھٹکے کے ساتھ وہ آشاں کو پرے دھکیل کر کھڑا ہو گیا۔ دوسرے لمحہ میں آشاں پرے ہٹی۔۔ منیر احمد نے پتھرائی ہوئی آنکھوں سے دیکھا کہ وہ اپنا نیم عریاں سینہ ڈھانپتی اوڑھنی سنبھالتی ہوئی گھر کی طرف بھاگ گئی اور اجنبی نوجوان نے لحظہ بھر پھٹی پھٹی آنکھوں سے اس کی طرف دیکھا۔ اور پھر اچک کر باڑ میں سے باہر نکل گیا۔

چند لمحوں تک اس کے اعصاب کی قوت بالکل ہی سلب ہو گئی۔ وہ اپنی جگہ سے ہل نہ سکا۔ بغلوں میں دبی ہوئی بیساکھیاں لرزتی رہیں۔ پھر جب غیظ کی پہلی لہر چڑھ کر اتر گئی اور وہ اس قابل ہوا کہ حرکت کر

سکے تو وہ بڑی تیزی سے بیساکھیاں ٹیکتا ہوا ادھر ادھر دیکھتا ہوا گھر کی جانب بڑھا۔ ڈرائنگ روم سے نکل کر جب سونے کے کمرے میں داخل ہوا تو دیکھا کہ سامنے آشاں پلنگ پر اوندھے منہ پڑی سسکیاں لے رہی ہے۔

وہ ایک لمحہ کے لیے رکا۔ اس کی گزشتہ زندگی بھر کا غیظ ایک شعلے کی طرح بھڑک اٹھا۔ اس کی آنکھیں ایسی تھیں جیسے خون ٹپکنے کو ہو۔ اس کا سکڑا ہوا چہرہ پتھر کی طرح بے حس تھا اور چہرے کے ٹیڑھے میڑھے خطوط کسی مصری ممی کی طرح دہشت ناک نظر آ رہے تھے۔ آشاں نے باپ کو ایسی غضب ناک حالت میں کبھی نہیں دیکھا تھا۔ باپ اپنی آنکھیں اس پر گاڑے ہوئے تھا۔ اس کی باچھوں میں سے درندوں کی طرح دانت نکل کر چمک رہے تھے۔ وہ اسے دیکھ کر خوف زدہ ہو گئی۔ بھاگ نکلنے کے لیے اٹھنے لگی۔ لیکن ہاتھ پاؤں پھول چکے تھے۔ وہ بے بس ہو کر رحم طلب نظروں سے باپ کی طرف دیکھنے لگی۔ لیکن اس کے باپ کا چہرہ لاش کی طرح سفید اور بے حس تھا اور وہ لمحہ بھر کے سکوت کے بعد آگے کو بڑھا آ رہا تھا۔

آشاں کی آنکھیں حیرت انگیز طور پر پھٹ گئیں۔ اس کی کن پٹیاں جل اٹھیں۔ اس نے انتہائی دہشت کے زیر اثر چیخنے کی کوشش کی لیکن اس کے حلق سے آواز ہی نہ نکل سکی۔ ادھر اس کا باپ آگے بڑھتا چلا آ رہا تھا۔ ادھر اس کا سر نفی کے طور پر حرکت کر رہا تھا۔ اس کے خشک ہونٹ کانپ رہے تھے۔ اپنے بچاؤ کے لیے ہاتھ تک اٹھانے کی سکت باقی نہ رہی۔ باپ نے نزدیک پہنچ کر پوری قوت سے اس کے گال پر طمانچہ رسید کیا "حرام زادی!۔۔۔ بے حیا!۔۔۔ بے شرم۔۔۔ ذلیل۔۔۔!"

اس کے حلق سے گالیاں ایسی انوکھی اور مہیب آواز میں نکل رہی تھیں جیسے اس کے جسم کے اندر کوئی حیوان بیٹھا بول رہا ہو۔ آشاں تھپڑ کھا کر فرش پر گر پڑی۔ باپ بیساکھیاں پرے پھینک کر اس پر بھیڑیے کی طرح جھپٹ پڑا۔ گھونسے پر گھونسہ تھپڑ پہ تھپڑ، پاگل کتے کی طرح اس نے اس کے بال نوچ ڈالے۔ جوں جوں وہ اسے مارتا تھا۔ توں توں اس کی وحشت بڑھتی جا رہی تھی۔ آشاں کی قمیص تار تار ہو گئی۔ مسوڑھوں سے لہو بہنے لگا۔ وہ نیم بے ہوشی کی حالت میں چوپائے کی طرح گھٹنوں اور ہاتھوں کے بل چلتی ہوئی دروازے کی طرف بڑھی۔ پیشتر اس کے کہ وہ باپ کے ہاتھوں کی زد سے باہر نکل جائے۔ اس کے سر پر بیساکھی کی چوٹ اس روز سے پڑی کہ وہ بے ہوش ہو گئی۔ وہاں سے برتنوں کے ہلانے جلانے کی آوازیں آنے لگیں۔

منیر احمد کمرے میں کھڑکی کے سامنے کھڑا تھا۔ اس کی وحشت کم ہو رہی تھی۔ وہ سوچنے کی کوشش کر رہا تھا۔ اس کے اعصاب کی تشنجی کیفیت دور ہو چکی تھی۔ رفتہ رفتہ اس کا دل پریشان ہونے لگا۔ ایک نامعلوم سا

خوف اس کے ذہن پر چھانے لگا۔ پھر وہ بے چین ہو کر کمرے میں ٹہلنے لگا۔ جلدی جلدی ٹہلنے کے بعد وہ ایک دم رکا اور روٹی، پانی اور دواؤں کا بکس لے کر وہ بھاگ کر سونے کے کمرے میں پہنچا۔ اس نے آشاں کی طرف دیکھا۔ آشاں خون میں لت پت بے ہوش پڑی تھی۔ اس نے اسے اٹھا کر بستر پر لٹا دیا۔ جلدی سے اس کے سر کا زخم دھویا۔ اس کی انگلیاں بڑی پھرتی سے اپنا کام کر رہی تھیں۔ زخموں پر پٹی باندھ دینے کے بعد اس نے اس کے جسم کو ٹٹول ٹٹول کر دیکھنا شروع کیا۔ اس نے اس کی ٹانگیں ہلا جلا کر دیکھیں۔ اس کے بازو، کلائیاں، ٹخنے، گردن سب کو بڑی نرمی سے ہلایا جلایا اور اسے یک گونہ تسکین محسوس ہوئی۔ پھر اس نے اسٹیتھوسکوپ لگا کر دل کی حرکت اور سانس کی آمد و رفت کا جائزہ لیا۔ اسے کسی قسم کی شدید چوٹ نہ آئی تھی۔ سر کا زخم بھی معمولی تھا۔

اس نے کھڑکی کھول دی اور دروازہ مقفل کر کے کچن کی طرف گیا۔ باورچن سے کہا کہ آج آشاں اپنی ایک سہیلی کے ہاں دعوت پر گئی ہے اور وہ آج کھانا نہیں کھائے گا۔ چوزے کا سوپ ہی پی لے گا۔ باورچن دل میں خوش ہوئی کہ جان چھوٹی۔

باورچن کے چلے جانے کے بعد منیر احمد دیر تک برآمدے میں ٹہلتا رہا۔ آشاں ابھی تک بے ہوش تھی۔ لیکن اسے اس بات پر اطمینان تھا کہ اس کی زندگی کو کوئی خطرہ درپیش نہیں تھا۔

باہر پوا چاند چیڑھ کے درختوں کی نازک شاخوں میں الجھا ہوا نظر آ رہا تھا۔

منیر احمد عجیب ذہنی کشمکش میں مبتلا تھا۔ دور جھینگر بول رہے تھے۔ وہ رات کی تاریکی میں بیساکھیاں ٹپکتا ہوا باڑ میں سے نکل کر مسیح پال سنگھ کے مکان کی طرف بڑھا۔ وہ کمرے میں بیٹھا نظر آ رہا تھا لیکن وہ اکیلا نہ تھا۔ مارتھا اس کے پاس بیٹھی تھی۔ یہ چوروں کی طرح کھڑکی کے قریب کھڑا ہو گیا۔ دل میں ڈر رہا تھا کہ اگر اسے کوئی اس حالت میں دیکھ لے تو نہ معلوم کیا سمجھے۔ مارتھا دوسرے کمرے میں گئی تو اس نے مسیح پال سنگھ کو آواز دی۔ مسیح پال نے اسے اندر بلا لیا لیکن اس نے کہا کہ وہ اس سے تنہائی میں بات چیت کرنا چاہتا ہے۔

مسیح پال سنگھ گھبرایا ہوا ننگے سر ہی باہر نکل آیا۔ چیڑھ کے درختوں تلے پہنچ کر وہ دونوں ایک بنچ پر بیٹھ گئے۔ منیر احمد نے ساری بات کہہ سنائی۔ مسیح پال سنگھ نے کل واقعہ سننے کے بعد کہا "یہ بالکل معمولی بات ہے۔ جوانی کی عمر ہی ایسی ہوتی ہے۔ اس قسم کی باتوں پر آپ کو پریشان نہیں ہونا چاہیے بلکہ ضرورت اس امر کی ہے کہ آپ لڑکی کی شادی کر دیں بلکہ آپ کو چاہیے تھا کہ یہاں تک نوبت پہنچنے سے پہلے اس کی شادی کر دیتے۔"

اس کے بعد مسیح پال سنگھ نے اپنے مخصوص لب ولہجہ میں ایک بڑی تقریر کی۔

منیر احمد کے دل کو بڑی تسکین حاصل ہوئی، باتیں کرنے سے اس کے جی کا بوجھ ہلکا ہو گیا۔ پھر جب وہ رخصت ہونے کے لیے اٹھا تو محجوب سا ہو کر بولا ''افسوس تو اس امر کا ہے کہ میں نے بے چاری کو پیٹ ڈالا''

زندگی میں ایک مرتبہ پھر سکھوں کے خاص انداز میں بے باک قہقہہ لگا کر مسیح پال سنگھ کہنے لگا ''مسٹر منیر احمد آپ سے چار انگلی بلند قامت اور مضبوط تر جسم والی نوجوان لڑکی کا آپ کے گھونسوں سے کچھ نہیں بگڑ سکتا''

جب منیر احمد واپس آیا تو اس نے دروازہ کھول کر دیکھا کہ آشاں اب بھی بے ہوش پڑی ہے۔ بڑی کھڑکی میں پورے چاند کی دودھ کی سی سفید روشنی اندر داخل ہو رہی تھی۔ وہ اس کے قریب جا کھڑا ہوا۔ آشاں کی قمیص کے چیتھڑے ہو کر لٹک رہے تھے۔ ان چیتھڑوں پر بھدے رنگ کے خون کے دھبے دکھائی دے رہے تھے۔ وہ اس نظارے کی تاب نہ لا سکا۔ اس نے زمین کی طرف دیکھتے ہوئے ہاتھ بڑھا کر اس کی قمیص اتاری اور جلدی سے منہ پھیر کر اسے آتش دان میں پھینک کر ماچس دکھا دی۔

کمرے میں مکمل خاموشی طاری تھی۔ صرف کلاک کی ٹک ٹک سنائی دے رہی تھی۔ اس کے دل پر ایک غبار سا چھا رہا تھا۔ اس کی ٹانگ لڑکھڑا رہی تھی۔ اس نے کانپتے ہوئے ہاتھوں سے ڈریسنگ ٹیبل کی دراز میں سے دھلی ہوئی قمیص نکالی اور بڑی احتیاط سے نظریں زمین پر گاڑے ہوئے وہ آشاں کے پلنگ کی طرف قدم بقدم بڑھ رہا تھا۔۔ دفعتاً اس کی آنکھیں اوپر اٹھ گئیں۔۔

سفید چاندنی میں اُجلے بستر نور کے سانچے میں ڈھلا ہوا بے داغ اور بے عیب جسم ایسے پڑا تھا جیسے سیپ میں موتی۔۔

نہال چند

اگر چہ میں نے پرانی کتابوں کی دکان اس لیے بند کر دی تھی کہ اس کی آمدنی بہت کم تھی اور لوگ پرانی کتابوں کی دکان کو زیادہ وقعت دینے کو تیار نہ تھے۔ لیکن اصل بات ایک ہی تھی جس کے باعث میں کوئی کام دل جمعی کے ساتھ نہیں کرتا تھا اور وہ تھی میرے ذہن کی آوارگی۔ میں نے کئی قسم کے پیشے اختیار کیے، لیکن کچھ عرصے کے بعد ترک کر دیئے۔ کشمیر کی کشش سری نگر لے گئی۔ وہاں بڑے طمطراق سے پرانی اور نایاب کتابوں کا کاروبار شروع کیا۔ کشمیر کی جی بھر کر سیر کی۔ لیکن ایک نوعمر انسان کو جس شے کی ہوس ہوتی ہے، وہ وہاں اس قدر ارزاں نہ تھی۔ اس لیے من جلد ہی اچاٹ ہو گیا اور کاروبار بند کر کے واپس لاہور جانے کی ٹھانی۔

گلمرگ میں برف گرنی شروع ہو گئی تھی۔ اس خوف سے کہ کہیں برف اور زیادہ نہ پڑنے لگے اور راستہ بند ہو جانے کے سبب لاہور پہنچنے ہی سے رہ جاؤں، میں نے دکان کا سامان اونے پونے بیچا اور ایک سہانی صبح کو لاری میں سوار ہو کر شام کو راولپنڈی پہنچا اور وہاں ایک رات کاٹ کر دوسری شام کو لاہور جا اترا۔

والد صاحب فوت ہو چکے تھے۔ اب بڑے بھائی ہی خاندان کے کفیل تھے۔ شام کو میں گھر پہنچا تو انہیں موجود نہ پایا۔ ماتاجی مجھے دیکھ کر بے حد خوش ہوئیں۔ انھوں نے میری بلائیں لیں اور پراٹھے پکوا کر کھلائے۔ بھابھی نے ناک بھوں چڑھائے، منہ سے تو کچھ نہ کہتی تھیں، البتہ فرش پر زور زور سے پاؤں مارتی ہوئی گھومتی رہیں۔

رات کو بھائی صاحب آئے اور انھوں نے اپنی خفگی چھپانے کی ذرہ برابر کوشش نہیں کی۔ ” کیا ابھی تک تو اپنے آپ کو دودھ پیتا بچہ سمجھتا ہے؟ اب تیری عمر بائیس برس کی ہو چکی۔ تو کسی کام کے نزدیک تک نہیں پھٹکتا۔ میں یہ سمجھنے سے قاصر ہوں کہ آخر تو ہے کس خیال میں۔ تو سمجھتا ہے کہ میں ساری عمر تجھے گھر بٹھائے

کھلائے جاؤں گا" اور اس کے بعد انھوں نے وہ پرانی کہاوت دہرا دی کہ کام پیارا ہوتا ہے چام پیارا نہیں ہوتا۔ "میں بال بچے دار آدمی ہوں اور تجھے معلوم ہونا چاہیے کہ بچے جوں جوں بڑے ہوتے ہیں ان کے اخراجات بڑھتے جاتے ہیں لیکن تیرے کان پر جوں تک نہیں رینگتی۔ اگر تو میری یا ماتا جی اور بہنوں کی کچھ بھی مدد نہیں کر سکتا تو کم از کم اپنا پیٹ تو پال۔ اب تک تو نے کچھ کم مزے لوٹے ہیں۔ ذرا پوچھ تو ماتا جی سے، میں نے کس عمر میں کام شروع کر دیا تھا۔" اور اس طرح بھائی صاحب بہت دیر تک بکتے جھکتے رہے۔ یہاں تک کہ مجھ پر غنودگی طاری ہو گئی۔ ماتا جی ٹانگوں میں دہکتی ہوئی انگیٹھی لیے بیٹھی تھیں "اچھا اب رہنے دے بیٹا۔ بچارہ تھکا ماندہ آج ہی تو آیا ہے۔۔"

اس پر بھائی صاحب اور بھڑک اٹھے "تو ماتا جی! کون سے پہاڑ پھاند کر چلا آ رہا ہے۔ ایک تو آپ کے اس بے جا لاڈ نے اسے بگاڑ دیا ہے"

بھائی صاحب کی کڑک سن کر، گھر کی بلی جو مزے میں میاؤں میاؤں کر رہی تھی، بدک کر بھاگ گئی۔ ماتا جی نے دبی زبان میں کہا "بچہ ہی تو ہے نا! آپ سمجھ جائے گا۔۔"

اس بات پر بھائی صاحب کا پارہ اور بھی چڑھ گیا۔ لیکن میری آنکھیں بند ہوئی جا رہی تھیں اور ان کی باتوں کی آوازیں لحہ بہ لحہ مدہم ہونے لگیں۔ جیسے وہ کہیں دور چلے گئے ہو۔

دوسرے روز جو میری آنکھ کھلی تو اچھا خاصا دن چڑھ آیا تھا۔ مجھے خوب گہری اور میٹھی نیند آئی تھی۔ طبیعت ہشاش بشاش تھی۔ رفتہ رفتہ رات کی باتیں یاد آنے لگیں۔ اس لیے کہ میں نے ان باتوں سے زیادہ متاثر ہونے سے انکار کر دیا تھا۔ لیکن اب جو ان باتوں کا خیال آیا تو دفعتاً میری رگِ حمیت پھڑک اٹھی۔ یہ نہیں کہ بھائی صاحب کو کھری کھری سناؤں بلکہ یہ کہ آج کوئی نہ کوئی کام ڈھونڈ ہی لوں اور کچھ نہیں تو کم از کم کوئی نوکری ووکری ہی کر لوں۔

بھائی صاحب، بھابی، بچے، بہنیں، گھر کے سبھی لوگ باورچی خانے میں بیٹھے تھے۔ جب میں جاگا تو ماتا جی بستر ہی میں مجھے چائے اور مٹھایاں دے گئیں اور ہدایت کر گئیں کہ جب تک بھائی صاحب دفتر نہ چلے جائیں۔ میں باورچی خانے میں نہ جاؤں۔

میں کپڑے پہن کر بھائی صاحب سے بھی پہلے گھر سے نکل کھڑا ہوا۔ اب پھر اپنا لاہور تھا اور میں۔ وہی جانے پہچانے مقامات۔ بارونق سڑکیں، تانگوں، موٹروں، سائیکلوں کی ریل پیل۔ وہی دلہن کی طرح سجی ہوئی دکانیں، قطار در قطار مال روڈ کے کنارے کنارے۔۔

راستے میں کوئی نہ کوئی آشنا مل ہی جاتا تھا اور دو چار منٹ سڑک کے کنارے کھڑے ہو کر ہلکی پھلکی گفتگو ہو جاتی اور پھر میں آگے بڑھ جاتا۔ اسی طرح گھومتے پھرتے میں رابن روڈ کی طرف جا نکلا۔ اس جگہ اب کچھ نئی دکانیں بھی بن گئی تھیں۔ میں تقریباً ڈیڑھ سال کے بعد آیا تھا۔ اس لیے مجھے تو اس جگہ کا نقشہ ہی نیا نظر آنے لگا۔ یہاں میرے ایک پرانے واقف نہال چند کی فوٹو گرافی کی دکان تھی۔ نہال چند کی عمر پچپن برس سے تجاوز کر چکی تھی۔ بال تقریباً سب کے سب سفید ہو چکے تھے۔ رنگ سرخ و سپید تھا۔ لمبی لمبی مونچھیں، تیز چمکتی ہوئی آنکھیں، اکہرا بدن اور چھوٹا قد۔۔ یہ تھے لالہ نہال چند۔ ان کے مزاج پر عمر اور زندگی کے جھمیلوں کا کوئی اثر نہیں پڑا تھا۔ مجھے اچھی طرح یاد تھا کہ جب کبھی ان سے ملنے کا اتفاق ہوا انہیں ہمیشہ ہی خوش و خرم اور ہنسی مذاق کا دلدادہ پایا۔ اس شخص سے میرے بہت گہرے تعلقات تو کبھی نہیں رہے تھے۔ البتہ ہم ایک دوسرے سے اچھی طرح واقف ضرور تھے۔ مجھے یقین تھا کہ اگر وہ مجھے دیکھ پائے تو ضرور خوش ہو گا۔ بڑے مزے کا آدمی تھا، سوچا، اسے ملتا چلوں۔

جب میں اس کی دکان کے قریب پہنچا تو دیکھا کہ حضرت حسبِ عادت اپنی دکان کے چبوترے ہی پر پاؤں کے بل اکڑوں بیٹھے گنا چوس رہے ہیں۔ میں قریب پہنچا تو امید کے مطابق اس نے فوراً مجھے پہچان لیا۔ بڑے تپاک سے ملا اور علیک سلیک کے بعد اپنے قریب ہی چبوترے پر بیٹھنے کا اشارہ کیا اور جڑ کی طرف سے گنے کا بالشت بھر ٹکڑا مجھے دکھا کر خاص انداز میں ہلاتے ہوئے کہا" لو چوس لو"۔ اس کی آنکھوں میں شرارت کی چمک تھی۔ وہ۔۔ عمر و رتبہ کا لحاظ کیے بغیر ہی ہر کسی سے بے تکلف ہو جاتا اور پھر مذاق کرنے سے بھی نہ چوکتا۔

میں اس کے چہرے کا جائزہ لینے لگا۔ ڈیڑھ برس کے عرصے میں اس کی صورت میں کوئی نمایاں فرق نہ آیا تھا۔ وہی متحرک بھنویں، چمکتی ہوئی آنکھیں، پھڑکتے ہوئے ہونٹ، بے چین طبیعت، وہی ہنسی، وہی ٹھٹھول۔ میں نے اسے اپنے آوارگی کے چند چٹ پٹے واقعات سنائے اور اس نے ان میں کچھ ایسی دلچسپی لی۔ جیسی میرا کوئی ہم عمر دوست ہی لے سکتا تھا۔ بات بات پر لا استاد ہاتھ۔

آدھ پون گھنٹہ ادھر اُدھر کی باتوں میں گزر گیا۔ پھر اس نے پوچھا" کہو برخوردار! اب یہ مٹر گشتی کیسی؟"

میں نے جواب دیا" بس یوں ہی گھومتے پھرتے ادھر آ نکلا۔ آپ کو بھولا نہیں تھا میں نے سوچا درشن ہی کر لوں"

وہ ہنسا" تو اب آئندہ کیا کام کرنے کا ارادہ ہے"

میں کچھ سوچ میں پڑ گیا اور پھر ایک بات جو سوجھی تو کہا" کام وام کیا اب تو نوکری کریں گے"

"نوکری کیسی؟"

" کوئی بھی ہو"

"مثلاً"

"۔مثلاً۔۔ آپ ہی کے ہاں۔ آپ کو تو معلوم ہی ہو گا کہ میں فوٹو گرافی کا کام بھی بہت اچھا جانتا ہوں۔ یاد ہے نا وہ میرے ہاتھ کے بنے نیگیٹو"

اس کی بھنویں سکڑ گئیں "اوہاں ہاں۔۔ بھئی بات یہ ہے کہ مجھے تو ملازم کی ضرورت ہی نہیں ہے"

یہ کہہ کر وہ اپنی زبان منہ میں گھما پھرا کر اسے مسوڑھوں پر پھیرنے لگا۔ میں جانتا تھا۔ بوڑھا بھی ایک ہی گھاگ ہے۔ شیشے میں پری اتارنا چاہتا ہے۔۔ میں خاموش رہا۔

پھر اس نے خود بخود مہر سکوت توڑتے ہوئے کہا "خیر بھئی! اب تم ہو بھی بے کار۔۔ اور بھئی بات تو یہ ہے کہ مجھے بھی تم سے کچھ انس سا ہو گیا ہے۔ کہو مانتے ہو کہ نہیں۔۔ اچھا یہ تو بتاؤ لو گے کیا۔؟"

میں نے قدرے توقف کیا "بندہ پرور! چالیس پر مان جاؤں گا"

وہ ہنس دیا" دیکھ برخوردار یہ چالیس والیس کی بات تو ہے جھوٹ۔۔ کیا سمجھے۔۔ کہو بیس پر کام کرو گے۔۔"

میں نے یہ بات نامنظور کر دی۔

" تو بھئی پچیس پر مان جاؤ۔ ہٹاؤ اب تمہیں پچیس ہی دے ڈالوں گا۔ جو ہو سو ہو۔ آخر تم کون پرائے ہو؟"

"ارے صاحب توبہ کیجیے۔ میں چالیس سے ایک پائی کم نہ لوں گا"

اب اس نے اپنے کندھوں کو حرکت دے کر کہا" تو بھئی تمہاری مرضی"

اس کے بعد کچھ اِدھر اُدھر کی باتیں ہونے لگیں۔ جب میں اٹھ کر چلنے لگا تو اس نے میری تنخواہ تیس تک پہنچادی۔ لیکن میں نہ مانا۔

جب میں وہاں سے لوٹا تو راستے میں اسی بات پر غور کرتا رہا کہ اگر وہ چالیس تک منظور کر لے تو پھر کچھ نہ کچھ اوپر کی آمدنی بھی ہو سکتی ہے۔ میرا کام چل نکلتا۔ ہر مہینے کچھ روپے بھائی صاحب کی ہتھیلی پر بھی دھر دیتا تو وہ خوش بھی ہو جاتے اور کبھی آڑے وقت پر کام بھی آتے۔ اتنا تو میں جانتا تھا کہ بھائی صاحب بھابی کی لگائی بجھائی کے باوجود مجھ سے محبت کرتے اور میری بہتری چاہتے ہیں۔

سوچتے سوچتے مجھے ایک بڑے مزے کی چال سوجھی۔ اس وقت میرے پاس روپیہ بھی بہت کم تھا۔ لیکن میں اپنی حقیر پونجی داؤ پر لگانے کو تیار ہو گیا۔ چنانچہ میں اسی وقت مال روڈ کی طرف چل دیا۔ وہاں پہنچ کر میں پھگا مل اینڈ سنز کی مشہور فرم کے آگے رک گیا۔

پھگا مل کا لڑکا مکھن رائے میرا لنگوٹیا یار تھا۔ ان لالوں کے نام بھی عجیب تھے۔ باپ پھگا مل اور بیٹا مکھن رائے۔

دو تین میمیں دکان سے باہر نکل رہی تھیں۔ میں ان کی چکنی پنڈلیوں کو دیکھتا ہوا اُن کے لیے راستہ چھوڑ کر الگ کھڑا ہو گیا اور جب وہ چلی گئیں تو میں اندر داخل ہوا۔ وہی پرانی فضا تھی۔ جہاں ہم کاؤنٹر کے پیچھے چھپ کر تاش کھیلا کرتے تھے۔ میری آنکھیں مکھن رائے کو ڈھونڈ رہی تھیں اور مکھن رائے بڑی میز کے آگے کرسی پر بیٹھا ہوا تھا۔ اس نے مجھے دیکھا تو مارے خوشی کے ہانپنے لگا۔ مکھن رائے بس مکھن کا پیڑا ہی تو تھا۔ مزے میں کرسی پر ڈھیر ہو رہا تھا۔ اجلے پلپلے گوش کا انبار۔

''ارے یار کہاں۔ اتنی مدت۔۔'' اس نے اپنی باریک آواز میں چیخ کر پوچھا'' آنکھیں ترس گئیں تم کو ٹکے کا کارڈ بھی تو نہیں بھیجا

وہ کس قدر خوش خوش نظر آ رہا تھا، لیکن اس روز مجھے زندگی میں پہلی مرتبہ اس بات کا احساس ہوا کہ حد سے زیادہ موٹے آدمی کو اپنے دلی جذبات کا اظہار کرنے میں کس قدر دقت پیش آ سکتی ہے۔

مجھے کرسی پر بٹھایا گیا۔ بڑے اصرار سے آئس کریم سوڈا پلایا گیا اور پھر پان کا بیڑا کھلانے کے بعد ہاتھ میں ایک عدد اعلیٰ قسم کا سگریٹ تھما دیا گیا۔

میں نے ایک لمبا کش لگایا اور دھواں چھوڑ کر جو الف لیلیٰ کی داستان شروع کی۔۔ تو دو ڈھائی گھنٹے آنکھ جھپکتے ہی گزر گئے۔ آخر میں نے اپنا مدعا بیان کیا۔ رابن روڈ پر ان کی اپنی کئی دکانیں موجود تھیں۔ میں نے کل احوال سنا کر کہا کہ مجھے عارضی طور پر ایک دکان دلوا دو۔

اس نے جواب دیا کہ یہ کام فوراً ہو جائے گا۔۔

دکان مل گئی۔

میری دکان سڑک کے دوسری جانب تھی۔ لیکن نہال چند کی دکان سے اس دکان کا فاصلہ پچاس ساٹھ قدم تھا۔ میں اپنی دکان سے نہال چند کو دکان میں گھستے یا باہر نکلتے بخوبی دیکھ سکتا تھا۔ اس کے چہرے کا اتار چڑھاؤ دکھائی نہ دینے کے باوجود اس کی حرکات سے میں اندازہ لگا سکتا تھا کہ اس کے دل پر کیا گزر

رہی ہے۔

میں نے کپڑے کے ایک بہت بڑے ٹکڑے پر جلی حروف میں یہ عبارت لکھوائی ''یہاں ڈیویلپنگ مفت کی جاتی ہے''۔۔اور اسے اپنی دکان کے آگے لگا دیا۔ گھر سے چند گری پڑی پرانی فلمیں بھی اٹھالیا اور انہیں یوں ہی اِدھر اُدھر لٹکا دیا۔ اپنے یار دوست بھی کئی ایک تھے۔انہیں بھی سازش میں شامل کر لیا اور نتیجہ یہ کہ میری دکان میں گاہکوں کا تانتا سا بندھا رہتا۔ تین چار روز ہی یہ تماشا ہوا ہو گا کہ ایک دن دوپہر کے وقت لالہ نہال چند پشت کی طرف ہاتھ باندھے خراماں خراماں میری دکان پر آ پہنچے۔ میں نے بڑے تپاک سے ان کا استقبال کیا۔ کرسی پر بٹھایا۔ پان منگوایا۔ صورت سے معلوم ہوتا تھا کہ وہ کافی مرعوب ہو چکے ہیں۔

'' کہو بھائی یہ کیا تماشا ہے''

میں نے انکسار سے سر جھکا کر کہا ''بس صاحب! سوچا کچھ کرنا تو ہے ہی۔۔ چلو دکان ہی کھول ڈالو اپنی۔۔'' وہ چپ چاپ منہ ہلاتا رہا اور یوں ہی ہوا میں گھور گھور کر دیکھنے لگا۔

پھر اس نے پیک تھوک کر منہ پونچھتے ہوئے کہا۔اور بھئی وہ نوکری کرنے کا جو ارادہ تھا تمہارا۔۔''

''اجی تین حروف بھیجو نوکری وو کری پر۔ میں باز آیا۔۔''

اب نہال چند نے جبڑے ہلا ہلا کر مسوڑھوں پر چپکے ہوئے لبدے کو ہٹایا لیکن صورت سے ظاہر تھا کہ گہری سوچ میں ہے اور پھر کچھ کھانس کے حلق صاف کرتے ہوئے بولا '' دیکھو برخوردار! نئے سرے سے کام چلانا کوئی خالہ جی کا گھر نہیں ہے۔کیا سمجھے! اور بھئی یہ تو کہو کہ میری دکان کو تم نے پرائی سمجھا۔کیا تمہاری کھوپڑی میں ایک کوڑی بھر گودا بھی نہیں۔ اگر تنخواہ ہی کی بات تھی تو مجھ سے کہا ہوتا۔۔اچھا جو ہوا سو ہوا۔۔ چلو تم جیتے میں ہارا! اب تمہاری بات ہی رہے۔۔''

میں نے جی ہی جی میں خوش ہو کر بظاہر متین صورت بنا کر کہا '' دیکھیے حضور! اب وہ دن ہوا ہوئے۔۔کیا سمجھے آپ!۔۔ میں اور چالیس پر مان جاؤں، اجی توبہ بندہ تو اب نوکری کرنے پر تیار ہی نہیں ہے!''

نہال چند نے بھنویں سکیڑ کر میری طرف دیکھا ''اچھا۔۔ بننے لگے اب''

''نہیں یہ حقیقت ہے۔۔اپنے کام کی بات ہی کچھ اور ہے۔۔ میں گورنمنٹ کالج میں گیا تھا۔وہاں سب لوگ میرے واقف کار ہیں۔ پروفیسر پریم چند چوپڑا کہتے تھے کہ آئندہ سارا کام تمہیں کو دیا کریں گے۔دیال سنگھ کالج میں بھی تیر نشانے پر بیٹھا ہے۔اور ہاں! ایس۔ڈی کالج بھی گیا تھا۔۔''اس پر وہ چونکا۔ مجھے یاد تھا

کہ جب میں پہلے دن اسے ملنے کے لیے اس کے ہاں گیا تھا تو ایس ڈی کالج کے چند طلبا اس کے ہاں آئے ہوئے تھے اور اس کی سہل انگاری کی شکایت کر رہے تھے۔ چنانچہ میں نے سلسلہ کلام جاری رکھتے ہوئے کہا۔۔ ''تو لڑکوں کے سکرٹیری نے کہا۔ نہال چند بہت سست آدمی ہے۔ اس کا کام تسلی بخش نہیں ہے۔۔ اس لیے آئندہ ہم سارا کام تم کو دیا کریں گے۔۔ اور تو اور کل مجھ سے مکتی فوج والی میم صاحب نے کہا کہ نہال چند کھراب کام کرتا۔۔ آگے سے ہم تم کو دینا مانگتا۔۔''

نہال چند نے اب ہتھیار ڈال دیے اور مرعوب ہو کر بولا ''برخوردار جانتا ہوں تم نے مجھے پریشان کرنے کے لیے یہ دکان کھولی ہے۔ یہ ہے بھی درست تم خود تو کام کیا کرو گے۔ البتہ میری چلتی میں روڑا اٹکا ہی دو گے۔۔ اچھا کہو تم کیونکر میری جان چھوڑو گے؟''

میں نے مسکین بنتے ہوئے کہا ''میں تو آپ کا داس ہوں۔۔ زیادہ لالچ تو ہے نہیں۔ بس پچاس روپے پر مان جاؤں گا''

اس پر حضرت بری طرح تڑخے ''یہ سراسر چار سو بیس ہے۔۔ چار سو بیس کیا آٹھ سو چالیس ہے۔۔ یاد رکھنا۔۔'' یہ کہا اور مٹھیاں کس کر میری جانب دیکھا۔ میں سر تسلیم خم کیے کھڑا تھا۔۔ پھر جیسے غبارے میں سے ہوا نکل جائے ''اچھا استاد مان لیا تمہیں۔ کل سے کام شروع کر دو''

''اقرار نامہ لکھا جائے گا''

''ہاں ہاں بھئی ضرور لکھا جائے گا''

اور جب وہ اٹھ کر خوش و خرم واپس جانے لگا تو میری کمر میں ہاتھ ڈال کر بڑے رازدارانہ لہجے میں پوچھنے لگا۔ ہاں یار کہو تو وہ مکتی فوج کی ڈھڈو نے واقعی یہ بات کہی تھی کہ۔۔ نہال چند کھراب کام کرتا ہے۔۔ اور۔۔ آگے سے ہم تم کو دینا مانگتا۔۔''

اس کی گھنی بھنوؤں تلے اس کی روشن آنکھیں شوخی سے چمک رہی تھیں۔

دوسرے دن سے میں اس کے ہاں ملازمت کرنے لگا۔ اقرار نامہ بھی لکھا گیا اور اس میں احتیاطاً ایک شرط میں نے یہ بھی شامل کروا دی کہ اگر اس نے مجھے نوکری سے برطرف کیا تو ایک ماہ تنخواہ زائد دینی پڑے گی۔ اس کی دکان میں دو ملازم پہلے ہی سے موجود تھے۔ ایک اس کا شاگرد اور دوسرا پرنٹر۔ پرنٹر ادھیڑ عمر کا آدمی تھا۔ اور اس کے گھر میں کوئی نہ کوئی بیمار ضرور رہتا تھا۔ اس لیے وہ ہمیشہ بیماریوں اور دواؤں کے اخراجات کا رونا روتا رہتا۔ نہال چند کا شاگرد عجب روکھی سی طبیعت کا تنہائی پسند نوجوان تھا۔ اس کا منہ قدرے پھولا سا

تھا جیسے وہ سب سے روٹھا ہوا ہو۔

دکان کا کام عجیب طریقے سے چل رہا تھا۔ سامان اِدھر اُدھر بکھرا ہوا، گرد اڑتی ہوئی، دیواروں پر چھپکلیاں، مکھیوں پر جھپٹتی ہوئی اور کونوں میں مکڑیوں کے جالے لہراتے ہوئے دکان میں کبھی فوٹو کا کاغذ نہ ہوتا، کبھی مسالہ ندارد اور کبھی لوشن ختم!

نہال چند اپنا کام چلانے کے لیے غیر معمولی جدوجہد نہ کرتا تھا۔ وہ اسے بس چالو رکھتا تھا۔ اس نے فوٹوگرافی کی ضروریات کی چیزیں کبھی ایک ہی مرتبہ لا کر نہ رکھیں۔ حال یہ تھا کہ اِدھر کام آیا پڑا ہے اور اُدھر چھوکرے کو کاغذ کے لیے بھگایا جا رہا ہے۔

دکان میں کام بالکل ہی ختم ہو جانے پر دو دو ڈھائی گھنٹے کے لیے دکان سے رخصت ہو جاتا شہر کے کالجوں اور کوٹھیوں کے چکر لگاتا اور بالآخر کچھ نہ کچھ کام لے ہی آتا۔۔ یہ ایک قطعاً علیحدہ بات ہے کہ بعض اوقات بہت زیادہ کام مل ہی جاتا تھا اور اسے خاصی آمدنی ہو جاتی تھی۔ مگر اپنی طرف سے اس نے کام بڑھانے کے لیے زیادہ زور کبھی نہیں لگایا۔ بلکہ اگر کام کافی موجود ہو تو پھر ہر شخص اسے مرعوب کر سکتا تھا مثلاً کوئی دان ایسا ہے کہ جیب میں پیسہ نہیں کام بھی کم ملا ہے تو گاہک کے تقاضا کرنے پر اس کے اندازِ گفتگو میں دنیا بھر کی ملائمت جمع ہو جاتی۔۔ ”بندہ پرور! یہ ہاتھ میں تھوڑا سا کام ہے۔ بس اس کے بعد فوراً آپ ہی کا کام شروع کیا جائے گا“

گاہک برہم ہو کر کہتا ”دیکھیے نا! آپ مجھے بہت پریشان کرتے ہیں۔ پرسوں کا وعدہ تھا۔ آپ نے کام کر کے نہیں دیا، کل آیا آپ نے انکار کر دیا۔۔ اور پھر آج۔۔“

”حضور۔۔ آج کا کیا ذکر ہے۔ آج تو ابھی شروع ہی ہوا ہے۔ ختم تو نہیں ہو گیا۔ رہی پرسوں کی بات، سو آپ کو معلوم ہی ہے۔ اس روز ہولی کی چھٹی تھی، اور جناب کل یوں ہی بادل گھرے رہے۔۔ اب دیکھیے سر سے بلا ٹالنے والا کام تو ہم کرتے نہیں۔ آپ ہی کہیے کہ اگر آسمان پر بادل چھائے ہوں۔۔“

”جی یہ تو ٹھیک ہے۔ لیکن۔۔ لیکن آپ کو گاہکوں کا بھی خیال رکھنا چاہیے۔۔“

”ارے آپ گاہک ہیں“ یہ کہہ کر اپنے مخصوص انداز میں ہنسنے لگتا ”نہیں صاحب ہم تو آپ کو گاہک نہیں سمجھتے۔۔“ پھر مجھے وہ آواز دیتا ”دیکھیے بابو یوگ راج جی۔۔ یہ ہیں ہمارے۔۔ اب کیا کہوں۔۔ بس گاہک کے سوا کچھ ہی سمجھ لو۔۔ ہمارے کرم فرما۔۔ اور سنیے کان کھول کر۔ آج ان کا کام انہیں مل جانا چاہیے۔۔ کیا سمجھے؟۔۔ خواہ کچھ بھی ہو۔ گورنمنٹ کالج والوں کا کام جہاں تک کیا ہے بس وہیں چھوڑ دو کوئی ضرورت

نہیں اس کے کرنے کی جب تک کہ آپ کا کام ختم نہ ہو جائے۔۔"

اس قسم کی چکنی چپڑی باتیں سن کر گاہک خوش ہو جاتا اور نہال چند حسبِ موقع بعض اوقات گاہک کی کمر میں ہاتھ ڈال لیتا اور بعض دفعہ بڑے ادب سے بار بار سر تسلیم خم کرتا اور جی بندہ پرور۔۔ جی بندہ پرور کی رٹ لگائے جاتا۔۔ یہ قصہ بس اسی جگہ ختم نہ ہو جاتا تھا بلکہ گاہک پر وہ کچھ ایسے ڈورے ڈالتا کہ رخصت ہونے سے پہلے وہ دو چار روپے بھی دے جاتا۔

جب کبھی نہال چند کی جیب گرم ہوتی تو پھر اس کا رویہ بالکل مختلف ہوتا تھا۔ ایسے موقع پر جب گاہک آتا۔ نہال چند دکان کے چبوترے پر اپنی ترنگ میں آنکھیں نیم وا کیے بیٹھا ہوتا یا گنا چوسنے میں مصروف ہوتا یا سنگترے کی پھانکیں کھانے میں منہمک۔۔ گاہک آتا "ہمارا کام ہوگیا" پہلی مرتبہ سوال ہونے پر وہ عموماً چپ رہتا۔ دوبارہ سوال کیے جانے پر روکھا سا جواب دے دیتا "ابھی نہیں ہوا"

"تو پھر؟"

"بس ہو جائے گا"

"کب؟"

اس پر وہ کچھ گرم ہو کر کہتا "بس ہو ہی جائے گا۔ میں لکھ کر تو نہیں دے سکتا کہ کب ہو گا"

اس پر گاہک شکایتوں کے دفتر کھول دیتا۔ لیکن وہ چپ ہی رہتا۔ گاہک پوچھتا "تو پھر کب آؤں؟"

"کہہ دیا نا۔۔کل ول آ جایئے گا"

"یہ ناممکن ہے مجھے آج ہی شام چاہیے۔ واہ صاحب یہ بھی خوب رہی۔۔"

اس پر وہ چمک کر کہتا "بندہ پرور! ہم بھی انسان ہیں۔ جانور یا مشین تو ہیں نہیں۔ ایک تو ہمارے پاس کام زیادہ اور پھر سبھی گاہک بہترین کام کروانا چاہتے ہیں۔ اس کے لیے تو کچھ وقت چاہیے۔ ان بھاڑے کے ٹٹوؤں کی طرح نہیں کہ بس اپنا اُلو سیدھا کر کے بے چارے گاہک کو چلتا کیا"

اس پر گاہک مرعوب سا ہو کر واپس چلا جاتا۔

وہ روز کی آمدنی بلاناغہ گھر لے جاتا اور جہاں تک میرا خیال ہے وہ پس انداز کچھ بھی نہیں کرتا تھا۔ جو آیا چٹ، اول تو خود ہی بڑا چٹورا تھا۔ سارا دن منہ ہلائے جاتا اور پھر گھر میں اس کا جوان بیٹا جو کالج میں پڑھتا تھا۔ نئی نویلی بہو اور آٹھ ماہ کی پوتی، نوکر وغیرہ ادھر دکان کے اخراجات علیحدہ تھے۔ تین نوکروں کی تنخواہیں

، دکان کا کرایہ اور بیسیوں بکھیڑے۔اس لیے ظاہر ہے کہ ایسے کھلے خرچ کے بعد اس کے پلے کیا پڑتا ہو گا۔ ہر روز جب دکان پر آتا تو جیب خالی۔۔ بالکل بائبل کے اس مقولے کے مطابق کہ ''اے خدا ہماری آج کی روٹی آج ہمیں دے''۔۔مگر تھا قسمت کا دھنی۔عام طور پر ہر روز اسے ایک اچھی خاصی رقم مل جاتی تھی۔آمدنی کے کم و بیش ہونے کے ساتھ ساتھ اس کا رویہ نہ صرف گاہکوں سے بدل جاتا تھا بلکہ گھر والوں سے برتاؤ میں بھی فرق پڑ جاتا تھا۔

ان کے گھریلو نوکر کا معمول تھا کہ ہر روز شام کو ''بی بی جی'' یعنی بڈھے کی بہو کے حکم کے مطابق وہ دکان پر نہال چند سے یہ پوچھنے کے لیے آتا کہ رات کو کھانے کے لیے کیا چیز پکائی جائے۔

اگر اس کی جیب میں خوب سی رقم ہوتی تو دور ہی سے نوکر کو آتے دیکھ کر اس کی باچھیں کھل جاتیں۔ رخساروں پر لہو جھلکنے لگتا۔نوکر قریب پہنچتا تو پیشتر اس کے کہ وہ کچھ کہے۔وہ خود ہی ہنس کر کہتا ''سنا ابے منڈو! آج تو اتنا خوش کیوں ہے بے''

نوکر ابھی تیرہ چودہ برس کا لڑکا ہی تھا لیکن بڑا چلتا پرزہ۔نہال چند کو خوش دیکھ کر وہ خود بھی خوب دانت نکال کر ہنستا۔۔ ''جی کچھ نہیں''

''ابے کچھ نہیں کے بچے جھوٹ مت بول بتا تو نے کوئی لمڈیا تو نہیں پھنسالی اور اب تو سالے تیری چٹکیلی کلا بھی آگئی ہے۔جب وہ ننھیال گئی تھی تو ایسا رویا ایسا رویا۔۔کہ بابو یوگ راج جی۔۔''

اس طرح کی خوش گوار سی تمہید کے بعد وہ گھر والوں کا فرداً فرداً حال دریافت کرتا۔۔''او منی! کیا کر رہی تھی منی!''

''ہنس رہی تھی۔جب ہی تو آیا نا؟''

''ہنس رہی تھی ہاہا۔ہاں تو آج کیا پکے گا رات کو؟''

''آپ ہی بتائیے''

''اجی نہیں۔۔آج تو آپ ہی بتائیے''

منڈو اس بات پر شرما جاتا۔ بالآخر خود ہی کہتا ''اچھا تو آج گوشت لے جاؤ۔کیا سمجھے۔۔نرم ہو۔تھوڑا سا پردے کا بھی ڈلوا لینا۔میرے لی، اور اس میں مٹر بھی ڈالنا میرے لیے۔مٹر دیسی لے جانا، شملے کے نہیں۔ دیسی مٹروں میں مٹھاس زیادہ ہوتی ہے جب پھلیوں سے مٹر نکالے تو خیال رکھنا کہ سڑے گلے نہ ڈال دیجیو۔اور منی کے لیے ہارلکس کی بوتل لے جائیو۔۔ہارلکس؟ ہارلکس؟ سمجھے نہیں؟ ابے ہارلکس۔۔ ہارلکس کہنا! لا میں

تجھے لکھے دیتا ہوں۔۔اور ننھے کے لیے سنگترے" ننھے سے مراد اس کا جوان شادی شدہ لڑکا جو ایک بچی کا باپ بھی تھا۔

اس کے بعد بالائی اور بی بی کے لیے مونگ کے دہی بڑے اور پکوڑیاں اور جب شام کے وقت خود گھر جاتا تو پھل اور پھولوں کے گجرے لے جاتا۔نوکر کو خوب چٹخارے لے لے کر سب چیزوں کے نام گنوانے کے بعد کہتا" بابو یوگ راج۔۔ارے بھائی اسے دس روپے کا ایک نوٹ تو دے دو"

میں اوپر والے کمرے میں فلمیں ڈیویلپ کرنے میں مصروف ہوتا اور جب منڈو میرے پاس آتا تو میں اور کچھ تو نہیں کم از کم اس کی بی بی کی خیریت تو ضرور دریافت کر لیتا اور منڈو بھی دل کھول کر سب حالات بیان کرتا۔اگر میں کرید کرید کر بی بی کی بابت سوال کرتا، تو وہ بھی جواب دینے میں بخل نہ کرتا۔میرے پاس پہنچ کر منڈو کا رنگ کچھ اور ہو جاتا تھا" کہو منڈو یار کیا باتیں ہو رہی تھیں لالہ جی سے"

پھر میں پوچھتا" تمہاری بی بی جی کیا کرتی ہیں دن بھر۔۔"

" کچھ نہیں" منڈو اپنی مسکین آواز میں جواب دیتا" بس پاؤں پھیلا کر لیٹی رہتی ہیں اور ہاتھ اٹھا کر انگڑائیاں لیتی رہتی ہیں"

اس قدر دل تڑپا دینے والا جواب سن کر میں منڈو کی طرف چونک کر دیکھتا۔لیکن اس کی بہت بڑی خوبی یہ تھی کہ وہ بالکل بھیگی بلی بنا چپ چاپ کھڑا رہتا۔اس قسم کی باتیں کرتے وقت وہ کم ہی مسکراتا تھا۔بڑی سنجیدگی سے گفتگو کرتا۔اگر میں معمولی سی بات بھی پوچھتا تو وہ خوب تفصیل سے کل حالات بیان کرتا۔میں پوچھتا" جب تو آنے لگا تھا۔اس وقت بی بی جی کیا کر رہی تھیں"

"جی نہیں کچھ بس نہانے لگی تھیں"

"بے وقوف یہ بتا کہ وہ نہا رہی تھیں یا نہانے کے لیے تیار ہو رہی تھیں"

"جی کچھ نہیں اس وقت وہ انگیا پہنے آنگن میں گھوم رہی تھیں"

میں پھر پوچھتا" ابے وہ تجھ سے شرماتی نہیں کیا۔وہ کوئی بڑی بوڑھی تو ہیں نہیں۔۔"

"جی کچھ نہیں، ابھی تو ان کی عمر بہت کم ہے۔ایک روز مجھ سے کہتی تھیں۔وے منڈو میں تجھ سے چار پانچ برس ہی تو بڑی ہوں۔۔لیکن وہ مجھ سے شرماتی نہیں ہیں۔جب وہ چارپائی کی اوٹ میں نہاتی ہیں تو مجھ سے کہتی ہیں۔وے منڈو! میرا تولیہ پکڑا دے، وے منڈو! میری انگیا تو لائیو"

منڈو سیدھے سادے سوال کا جواب بھی دلچسپ انداز میں دیتا۔لیکن صورت بالک معصوم اور متین بنائے

رکھتا اور کہنے کا انداز بھی سرد ہوتا تھا۔

کبھی کبھی منڈو کو دو چار آنے انعام بھی دے دیتا۔ منڈو سمجھتا کہ یہ پیسے میری جیب سے نکلتے ہیں۔ حالانکہ یہ اسی لالہ کی جیب سے نکلتے تھے۔

جس روز نہال چند کو احساس ہوتا کہ آج آمدنی نہیں ہوئی۔ اس دن کا تماشا قابلِ دید ہوتا تھا۔ منڈو حسبِ معمول شام کے وقت آتا تھا لیکن نہال چند آنکھ اٹھا کر بھی اس کی طرف نہ دیکھتا۔ منڈو اپنا سوال دہراتا لیکن جواب ندارد۔ منڈو میز کا سہارا لیے چپ چاپ کھڑا رہتا اور اس پر اسرار خاموشی میں نہال چند اپنے کام میں مصروف رہتا۔ اور اپنی ایک مونچھ دانتوں میں چبائے جاتا۔ بالآخر آہستہ سے پوچھتا'' گھر میں دال وال نہیں''

''جی نہیں''

''اور وہ جو میں مسور کی دال لایا تھا''

''بہت تھوڑی سی ہے''

''اور وہ ماش کی''

''بہت ہی کم ہے''

''وہ چنے کی دال''

''تھوڑے سے دانے بچے ہیں''

اس پر وہ چلا کر کہتا'' اب الو سب کو ملا کر پکالو، گھی ملی دال، کم بخت کچھ اپنا دماغ بھی لڑایا کر۔۔''

پھر منڈو سر جھکائے زمین کی طرف دیکھتا ہوا واپس چلا جاتا۔

نہال چند کو اپنے لڑکے سے جسے وہ ''ننھا'' کہہ کر پکارتا تھا، بہت زیادہ محبت تھی ''ننھا'' شادی شدہ تھا، ایک بچی کا باپ تھا۔ لیکن ایک عرصے سے کالج میں بی اے کا متعلم تھا۔ کئی برس سے وہ امتحان پاس نہیں کر پایا تھا۔ بی۔ اے پاس نہ ہونے کی وجہ یہ نہ تھی کہ وہ فیل ہوتا رہا ہو بلکہ اس نے کبھی امتحان ہی نہیں دیا تھا اور امتحان نہ دینے کا سبب یہ تھا کہ۔۔ جب ننھا باپ کے پاس دُکان پر آتا۔ باپ پوچھتا'' بیٹے تم لوگوں کے امتحانات کب شروع ہوں گے''

''جی اپریل میں''

''اپریل میں'' نہال چند منہ پھیلا کر پوچھتا۔

''جی''، مسکین سا جواب ملتا۔

''اپریل میں تو بہت زیادہ گرمی ہو جاتی ہے بیٹے''

''جی''

''اچھا تو بیٹا! اب کے امتحان مت دے۔ پھر دے دیں گے۔ آخر جلدی بھی کیا ہے''اس کے بعد نہال چند مجھ سے مخاطب ہو کر کہتا'' کیوں بابو یوگ راج! ابھی بچہ ہی تو ہے''

میرے پلے سے بھلا کیا جاتا تھا میں فوراً جواب دیتا''جی اور کیا۔ابھی تو ننھا بچہ ہے۔کھیلنے کودنے کے دن ہیں۔امتحان کا کیا ہے اور پھر اس قدر گرم موسم۔۔''

اس دوران میں اس کا ہیم شحیم ننھا سر نیچے ڈالے خاموش کھڑا رہتا۔میری یہ بات سن کر نہال چند پھولا نہ سماتا ''ہاں اور کیا۔مت دو امتحان بیٹے۔۔جاؤ کھیلو''

اس پر بھی ننھا اپنی جگہ کھڑا رہتا۔نہال چند اس کی پیٹھ تھپتھپا کر کہتا'' بیٹے کچھ اور چاہیے''

اس پر ننھا کھڑے کھڑے یوں ہی فرش کو پاؤں سے کرید ڈالنے کی ناکام کوشش کرتے ہوئے اپنا دھڑ عجیب سے بے ڈھنگے طریقے سے ہلا ہلا کر اِدھر اُدھر جھولنے لگتا''جی۔۔یوں ہی۔۔میں بائیسکوپ جاؤں گا''

''بائیسکوپ جاؤ گے؟ جاؤ بیٹے۔۔جاؤ۔۔بابو یوگ راج ننھے کو بائیسکوپ کے لیے پیسے دے دو''

''اور پتا جی'' ننھا لاڈ سے منہ پھلا کر سلسلۂ کلام جاری رکھتے ہوئے کہتا۔۔''میرے ساتھ میرے چار دوست بھی ہیں۔ وہ کہتے ہیں ہمیں بھی لے چلو۔۔''

جتنے روپوں کی ضرورت ہوتی۔نہال چند اسے دے دیتا۔۔اس طرح اس کا بے کار لڑکا دوسرے تیسرے روز دکان پر آ جاتا تھا۔وہ درحقیقت بڑا لاڈلا اور سیدھا سادا نوجوان تھا۔۔اگر کبھی وہ دھوپ میں چلا آئے تو چاہے سردیوں کا موسم کیوں نہ ہو۔نہال چند ہمیشہ اس سے خفا ہوتا کہ وہ دھوپ میں اتنی دور کیوں چلا آیا۔

نہال چند خود بھی کھانے پینے کا شوقین تھا۔ باہر سے گھوم پھر کر دکان پر واپس آتے ہی مجھ سے کہتا، ''بابو یوگ راج کہو کچھ پیسے ویسے آئے یا نہیں''اور پھر تجوری میں سے نکال کر انہیں گننے لگتا اور گنتے گنتے میری آنکھ بچا کر دو تین روپے اڑا لیتا۔۔اس بارے میں وہ مجھ سے نہ معلوم کیوں ڈرتا تھا۔روپے اڑا لینے کے بعد وہ ہنس ہنس کر مجھ سے باتیں کرتا اور پھر کھانستا ہوا دکان کے باہر والے کمرے میں جا کھڑا ہوتا۔تھوڑی دیر کے بعد پھل والے کی آواز آتی ''مینگو والا، ہجور مینگو والا'' بھلا نہال چند کو صبر کہاں۔کیا مجال جو کوئی بھی خوانچے

والا ادھر سے گزرے اور نہال چند کی رال نہ ٹپکے۔ چنانچہ وہ دن بھر پھل، آئس کریم، آلو کی ٹکیاں اور پاپڑ پکوڑیاں کھاتا رہتا۔ لیکن کھاتے وقت مجھے ضرور بلا لیتا۔

گاہکوں کے حساب کا یہ حال تھا کہ رُکی ہوئی رقمیں دروازے پر یا کرسی کے بازو پر یا دیوار پر لکھ لیتا تھا۔ زبانی بھی اسی طرح حساب یاد رکھتا تھا کہ فلاں بادامی رنگ کی پگڑی والے سردار سے تین روپے سوا چار آنے لینے ہیں۔ فلاں رنگ کے جمپر والی کرنٹی سے دو روپے اور فلاں مکھی کی سی مونچھوں والے آدمی سے دو روپے ساتھ آنے اور مکتی فوج والی میم سے۔۔

مکتی فوج والی میم سے اسے بہت انس تھا۔ وہ میم عموماً دکان پر آیا کرتی تھی اور یوں تو قبول صورت اور چال ڈھال والی عورت تھی لیکن عمر کچھ زیادہ ہو چکی تھی۔ جسم میں بھی بھاری پن پیدا ہو گیا تھا۔ گہرے نیلے رنگ کی آنکھیں بڑی کٹیلی تھیں۔ فراخ سینے میں بھی ابھی تناؤ باقی تھا اور قد و قامت میں نہال چند سے چار انگلی بڑی ہی تھی۔ نہال چند اس کے سامنے بچھا جاتا تھا۔ خوب لہک لہک کر اور بعض اوقات لٹک لٹک کر باتیں کیے جاتا۔ جس وقت میم صاحب دکان میں داخل ہوتی وہ سب گاہکوں کو میرے سپرد کر کے خود اس سے باتیں کرنے لگتا۔ یورپین لوگ بھی ہنس کر بات چیت کرنا معیوب نہیں سمجھتے۔ اور پھر تبلیغ کرنے والے عوام میں خوب گھل مل جانا اپنے مقصد کے لیے مفید بھی سمجھتے ہیں۔ اس لیے وہ میم بھی ضرورت سے زیادہ دکان میں ٹھہری رہتی۔ شاید نہال چند نے اسے بھی کوئی جھانسا دے رکھا تھا۔ ورنہ اس کی آم کی سی صورت ایسی نہ تھی کہ میم اس پر ریجھ جاتی۔

اس طرح دن بڑے آرام سے گزرتے رہے۔ نہال چند نے دکان کا سیاہ و سفید میرے سپرد کر رکھا تھا اور میں بھی اس کے اعتماد کا ناجائز حد تک فائدہ نہیں اٹھاتا تھا۔ البتہ پان سگریٹ کے لیے چند آنے ادھر اُدھر کر دینے میں حرج بھی نہیں سمجھتا تھا۔ جس روز چاہتا چھٹی بھی منا لیتا تھا۔ ایک مرتبہ جب نہال چند دن کے گیارہ بجے کے قریب دُکان سے باہر جانے لگا تو میں نے اس سے کہا کہ وہ دوپہر کو دو بجے سے پہلے پہلے واپس پہنچ جائے۔ مجھے خود چند دوستوں کے ساتھ سینما کی میٹنی شو دیکھنے کے لیے جانا تھا۔ میں نے بار بار تاکید کی کہ وہ ضرور وقت پر واپس پہنچ جائے تاکہ میرے دوست بائیسکوپ پر میرا انتظار ہی کرتے نہ رہ جائیں۔ اس نے بھی مجھے یقین دلایا کہ میں ضرور واپس چلا آؤں گا۔ چنانچہ میں مطمئن ہو گیا لیکن حضرت بھلا کہاں پہنچنے والے تھے۔ ہر گھڑی یہی گمان ہوتا تھا کہ شاید اب آ جائے، اب آ جائے لیکن اسے آنا تھا نہ آیا۔ یہاں تک کہ میں مایوس ہو گیا اور پھر آیا، تو سات بجے کے قریب، جب کہ دوسرے شو کا وقت بھی گزر چکا تھا۔

مجھے بہت کوفت ہوئی۔ جی چاہا کہ اس کا منہ نوچ لوں۔ لیکن وہ مجھ سے بات کیے بغیر دکان کے چبوترے پر جا بیٹھا۔ ادھر سے کابلی چنوں والا گزرا تو اس نے اسے بلایا اور مجھے بھی آواز دی۔ میں نے انکار کر دیا۔ لیکن جب اس نے بڑا اصرار کیا تو میں اس کے پاس چلا گیا۔ اس نے ایک اُچٹتی ہوئی نگاہ مجھ پر ڈالی۔ میرا منہ مارے غصہ کے پھول رہا تھا۔ چنے کھانے کے بعد اس نے بڑی مسکین آواز میں کہا ''بیٹا یوگ راج۔۔'' وہ بزرگ تھا کبھی بیٹا بھی کہہ لیتا تھا ''سنو بھائی اب تمہیں اصل بات سناتا ہوں۔ آج میں یوں ہی گھومتا ہوا لارنس گارڈن چلا گیا۔ وہاں ایک خاموش گوشے میں چپ چاپ بیٹھ گیا'' یہ کہہ اس نے ہلکی سی ایک سرد آہ بھری۔۔ ''جانتے ہو کیا ہوا بس مجھ پر ایک عجیب سی کیفیت طاری ہو گئی۔۔ میں سوچنے لگا۔ یہ دنیا کیا ہے۔ یہ انسان کیا ہے۔ یہ پرماتما کیا ہے۔ یہ خاک کا پتلا کیوں بنایا گیا ہے۔ اس دنیا میں آخر کسی کو رہنا تو ہے نہیں۔۔ اف کس قدر تنہائی تھی وہاں پر۔ مکمل خاموشی۔ میں اس قسم کی باتیں سوچنے لگا۔ یہاں تک کہ میری آنکھوں میں آنسو آ گئے یہ کہہ کر اس نے ایک گہری سانس لے کر سرد آہ بھری۔ اس کی یہ حالت دیکھ کر میرا جی پسیجا اور جب میں نے شام کے دھندلکے میں اس کی بے نور آنکھوں، جھریوں والے چہرے اور نیچے کو لٹکی ہوئی سفید سفید مونچھوں کی طرف دیکھا، تو میں نے ہتھیار ڈال دیے۔ اس کی متین صورت میرے ذہن میں نقش ہو کر رہ گئی اور دنیا کی ناپائیداری کا نقشہ آنکھوں کے سامنے پھرنے لگا۔ میں نے سوچا بے چارے بوڑھے کو اپنے گزرے ہوئے دن اور کھوئی ہوئی جوانی یاد آ گئی ہو گی۔ اس قسم کی باتیں سوچ کر میرے دل سے نہ صرف ساری کدورت دور ہو گئی بلکہ میں الٹا اسی کو تسلی دینے لگا۔ زندگی کے فلسفے پر جو تھوڑا بہت میں کہہ سکتا تھا۔ میں نے کہا۔ وہ غور سے میری باتیں سنتا رہا۔ لیکن منہ سے کچھ نہ بولا۔ بس گاہے گاہے ایک ہلکی سی سرد آہ کھینچ کر رہ جاتا۔

دوسرے روز مجھے ایک اور شخص کی زبانی معلوم ہوا کہ حضرت اس روز سارا دن گھوڑ دوڑ کے میدان میں بازی لگاتے اور رکتی فوج کی میم صاحب کے ساتھ شام تک ادھر ادھر مٹر گشت کرتے اور چہکتے رہے تھے۔ مجھے یقین نہ آیا تو وہ شخص کہنے لگا کہ میں نے نہال چند کو خود اپنی آنکھوں سے دیکھا ہے اور میں یہ اس کے منہ پر کہنے کو تیار ہوں۔ میں دکان جا رہا تھا، وہ آدمی بھی میرے ساتھ ہو لیا۔ اسے بھی اسی رستے سے گزرنا تھا۔ نہال چند دور سے چبوترے پر بیٹھا دکھائی دیا۔ ہم دونوں کو ساتھ ساتھ دیکھا تو دکان کے اندر گھس گیا۔ خیر وہ شخص تو آگے بڑھ گیا اور میں دکان کے اندر چلا گیا۔ میں نے ایک نیگیٹو کو سامنے رکھتے ہوئے کہا ''لالہ جی میں نے آپ کی ایک شکایت سنی ہے''

"کیا"

میں نے جواب دینے کے لیے اس کی طرف دیکھا تو وہ تنکے سے دانت کریدتے ہوئے شوخ انداز سے کچھ اس طرح مسکرایا کہ اور کچھ کہنے کی ضرورت ہی نہ رہی۔

میں تین چار ماہ تک وہاں ملازم رہا۔ آخر میں حسبِ عادت اس ملازمت سے جی تنگ آ گیا۔ ایک روز کسی چھوٹی سی بات پر بگڑ کر اپنے گھر جا بیٹھا اور دوسرے روز دکان پر بھی نہ گیا۔

مجھے میرے ایک دوست کی زبانی معلوم ہوا کہ اس نے جب نہال چند سے پوچھا کہ یوگ راج کہاں ہے تو اس نے جواب دیا کہ میں نے اسے نکال دیا ہے۔ مجھے یہ سن کر بڑا طیش آیا۔ فوراً وکیل سے مشورہ کر کے میں نے اسے نوٹس بھیج دیا کہ چونکہ تم نے مجھے نکال دیا ہے اور اس بات کی شہادت بھی موجود ہے اس لیے اب تم اقرار نامے کے مطابق نہ صرف میری پچھلے مہینے کی تنخواہ دو بلکہ ایک ماہ کی زائد تنخواہ بھی ادا کرو۔

نوٹس ملتے ہی اس نے فوراً کل رقم مجھے بھیج دی۔ اس کے بعد ایک روز بازار میں ملا تو کہنے لگا میں نے کب کہا تھا کہ یوگ راج کو نکال دیا ہے۔ میں نے کہا "گواہ پیش کروں؟" اس پر وہ بڑے پیارے انداز میں مسکرایا۔ "اور اگر میں نے کہا بھی ہو تو کیا تم میرے بیٹے نہیں ہو"

اس کی مسکراہٹ اور بوڑھی آنکھوں کی چمک میں عجب دلکشی تھی۔ میں نے کہا "اب ساری تنخواہ کون واپس کرے" وہ فوراً بولا "تو نصف پر ہی مان جاؤ"

میں نے آدھی تنخواہ کے روپے اسے واپس دے دیئے۔

بھائی صاحب نے مجھے زیادہ عرصے تک بے کار نہ بیٹھنے دیا۔ بمبئی میں کاروبار کی صورت نکل آئی۔ مجھے بھی بمبئی دیکھنے کی تمنا تھی۔ فوراً آمادہ ہو گیا۔ بھائی صاحب نشیب و فراز سمجھا کر دفتر کو چل دیئے۔ میں اسٹیشن پر پہنچا۔

وہاں مجھے نہال چند دکھائی دیا۔ نجانے اسے کیونکر معلوم ہو گیا کہ میں جا رہا ہوں۔ مجھے الوداع کہنے کے لیے پلیٹ فارم پر آن پہنچا۔ جب میں گاڑی پر سوار ہو گیا اور گارڈ نے سیٹی بجا دی تو اس نے ایک چھوٹی سی پوٹلی بڑھاتے ہوئے کہا "لو اس میں آلو کے پراٹھے ہیں۔۔ اچار بھی ہے اور پیاز بھی۔ بھوک لگے گی تو راستے میں کھا لینا"

میں نے پوٹلی لے لی۔ گاڑی ایک دھچکے کے ساتھ چل دی۔ میں نے پوٹلی ٹٹولتے ہوئے شرارت سے کہا "کیا واقعی یہ پراٹھے ہماری بھابی کے نازک ہاتھوں کے پکے ہوئے ہیں"

یہ سن کر اس نے پاؤں زمین پر مار کر کہا" کھڑا تورہ۔۔ پاجی۔۔"اور پھر اس کے لبوں پر وہی پرانی شوخ مسکراہٹ کھیلنے لگی۔

گاڑی بڑھتی جارہی تھی اور سفید شلوار اور طرے دار پگڑی میں گڈا سا نہال چند الوداعی رومال ہلا رہا تھا۔

کلی کی فریاد

برات آنے کو تھی۔۔

جب کہ سکھیوں کے نقرئی قہقہے فضا میں جل ترنگ کے مانند گونج رہے تھے۔ سنیہہ اپنے دونوں گھٹنوں کو سڈول بازوؤں میں جکڑے اور ان میں چہرہ چھپائے بیٹھی تھی۔

نازک شاخ پر کھلے ہوئے مہکتے لہکتے ہوئے خوش رنگ پھولوں کے مانند سہیلیاں لٹک مٹک کر آپس میں چہل کر رہی تھیں۔ ان کی محفل میں سنیہہ سب سے الگ تھلگ گم صم اور غافل دکھائی دیتی تھی۔ لیکن درحقیقت وہ ہر بات سن رہی تھی۔ اس کا دل سطح آب پر لرزاں کنول کی طرح ہچکولے لے رہا تھا اور اس کے جسم کا انگ انگ ساجن ملن کے گیت گا رہا تھا۔

بڑی بڑی سیپیوں کے سے پپوٹوں تلے اس کی سیاہ پتلیاں گویا انگوری شراب کی چادر تانے ہر شے کو خواب ناک کیفیت میں ڈوب کر دیکھ رہی تھیں۔۔ خرگوش کے بچوں کے مانند اجلے اجلے اس کے پاؤں، آمد شباب کے باعث گدرائے ہوئے ٹخنے اور ٹخنوں میں سے گلابی بادلوں کی طرح جھوم کر اٹھی ہوئی اس کی پنڈلیاں۔۔ اور وہ جھینپ گئی۔۔ اس کا دل سینے میں زوز زور سے دھڑکنے لگا۔۔ اس نے اور زیادہ جھینپ کر آنکھیں موند لیں۔

خوش گوار لمحہ قریب سے قریب تر آرہا تھا۔ اس لمحے کا اس کے مجہور دل کو مدت سے انتظار تھا۔

اس نے آنکھیں بند کیں۔ اس نے دیکھا کہ عرش بریں کا ایک ایسا گوشہ ہے جہاں ایک پُر وقار پہاڑ کی طویل و عریض ڈھلان پر لہلہاتی گھاس کی سبز چادر بچھی ہے۔ نور کے درختوں کی شاخیں فضا کی رفعتوں میں گم ہو رہی ہے۔ رنگ رنگ کے پھول جھلملا رہے ہیں اور وہ تن تنہا ان رنگین پیڑوں کی چھاؤں تلے کھڑی ہے۔ اس کے بدن کے گرد ایک مہین چادر لپٹی ہوئی ہے جس میں سے اس کا بدن جگمگا رہا ہے اور جسم کے روئیں روئیں سے فضا میں پرواز کر جانے کی امنگ پیدا ہوئی۔ لیکن بارِ حسن سے بوجھل اس کا نازک بدن

اڑان کے قابل کہاں تھا۔ البتہ جب وہ قدم قدم چلنے لگی تو اسے محسوس ہوا جیسے اس کا ہر قدم ایک انوکھا رقص پیش کر رہا ہے۔

اس طرح سے سبک رفتاری سے نہ جانے وہ کہاں سے کہاں نکل گئی۔ دفعتاً آہٹ پا کر اس کے پاؤں بوجھل ہو کر رک گئے۔۔اس کی بڑی بڑی آنکھوں کی پتلیاں حیرت وخوف کے ملے جلے جذبات کے تحت دائیں بائیں اوپر تلے گھومنے لگیں معاً اس نے نچلا ہونٹ دانتوں تلے داب لیا اور لمحہ بھر کو بت بن کر کھڑی ہو گئی۔

مرد۔ضرور کوئی مرد اس کا پیچھا کر رہا ہے۔ یہ خیال آتے ہی وہ سر سے پاؤں تک لرز گئی اور پھر دفعتاً وحشی ہرنی کے مانند قلانچ بھر کر بھاگ نکلی۔ اس کا بدن اس قدر سبک تھا کہ وہ ڈھلان سے آگے ہرے بھرے کھیتوں میں فراٹے بھرنے لگی۔

وہ خوفزدہ ضرور تھی لیکن بے حد خوش۔۔وہ اتنی آسانی کے ساتھ اس قدر تیزی سے بھاگ سکتی تھی۔ اس رفتار سے تو وہ بڑے مزے میں عرش کے دوسرے سرے تک بھاگی چلی جائے گی اور وہ نگوڑا مرد اس کی گرد کو بھی نہ پا سکے گا۔ لیکن وہ نگوڑا تو گویا قدم سے قدم ملائے اس کے عین پیچھے پیچھے بھاگا چلا آ رہا تھا۔ دھما دھم، دھما دھم۔۔اس کے قدم آگے بڑھ رہے تھے، اور کبھی تو وہ یوں محسوس کرنے لگتی ہے جیسے وہ ہاتھ بڑھا کر بڑی آسانی سے اسے دبوچ سکتا ہے لیکن شاید وہ جان بوجھ کر ایسا کرنے سے گریز کر رہا تھا جیسے وہ مسکرا کر کہہ رہا ہو "بھاگ لے جتنا بھاگنا چاہے۔ آخر تھک کر تو خود بخود میری آغوش محبت میں آن گرے گی"۔۔سچ مچ وہ تھکان محسوس کرنے لگی تھی۔ کھیتوں کے سلسلے پار کر کے اب وہ ایک گھنے جنگل میں گھس آئے تھے۔ وہاں کے پیڑ کچھ اس قسم کی مہک پھیلا رہے تھے کہ انسان پر خواہ مخواہ غنودگی طاری ہونے لگتی تھی۔۔وہ تھک کر نڈھال سی ہو گئی۔ وہ بہت دور تک بھاگ چکی تھی۔ زخمی مرغابی کی طرح کبھی اس درخت کے پیچھے چھپ جاتی اور کبھی اس جھاڑی کی اوٹ میں جا چھپتی لیکن اجنبی نے اس کا پیچھا نہیں چھوڑا۔

اس طرح بھاگتے بھاگتے اس نے سوچا کہ وہ ذرا ہمت سے کام لے کر تیزی سے بھاگ نکلے اور اس کی نظروں سے اوجھل ہو کر کسی درخت کے اوٹ میں چھپ جائے تو ایسے گھنے جنگل میں وہ مرد اسے کیونکر پا سکے گا۔

یہ سوچ کر اس نے ایک بار پھر ہمت کی اور پھرتی سے بھاگ نکلی۔ اس کا خیال درست ثابت ہوا۔ سچ مچ اب اس کے پیچھے قدموں کی چاپ ختم ہو چکی تھی۔ وہ ایک بہت بڑے درخت کے نیلگوں تنے سے بغل گیر ہو کر

ہانپنے لگی۔ وہ چھپنے میں کام یاب ہو گئی تھی لیکن وہ یہ فیصلہ نہ کر سکی کہ اس بات پر وہ خوش ہو کر رنجیدہ۔

دم بھر کو وہ بالکل ساکت کھڑی رہی۔ اسے یوں محسوس ہونے لگا جیسے اس کا ذہن ہر خیال سے خالی ہے۔ پھر معاً پیڑ کے تنے سے لپٹے ہوئے اس کے بازو میں سنسنی کی ایک لہر دوڑ گئی۔۔ اسے یوں محسوس ہوا جیسے کسی نے اس کی انگلی سے انگلی چھو دی ہو۔ اس کے ہاتھ پاؤں کی طاقت سلب ہو کر رہ گئی۔ جب اس نے بڑی آہستگی کے ساتھ کھینچنا شروع کیا تو دیکھا کہ دوسرا مردانہ ہاتھ اس کے تعاقب میں آگے بڑھ رہا ہے۔ اس نے آنکھیں جھکا لیں۔ دیکھا کہ باریک کپڑا اس کے بدن سے الگ ہو کر نیچے گر پڑا ہے اور اس کا آنچل اس کے بازو سے الجھا ہوا ہے۔ اپنے آپ کو اس حالت میں پا کر وہ بڑی شرمسار تھی لیکن اس کے بدن میں حرکت کرنے کی سکت تک باقی نہیں تھی۔

کن انکھیوں سے اس نے تعاقب کرنے والے مرد کی جانب دیکھا۔۔

یہی وہ چہرہ تھا جسے ایک بار مردوں کے ہجوم میں دیکھ کر اس نے اپنا لیا تھا۔

اسے پہلی نظر ہی میں محبت نہیں ہو گئی تھی بلکہ اسکول آتے جاتے وہ اس چہرے کو منتظر پاتی تھی۔ پہلے تو اسے خیال تک نہیں آیا کہ وہ اسی کا انتظار کیا کرتا ہے۔ لیکن جب اسے یہ احساس ہوا تو وہ بہت پریشان ہوئی۔ لیکن رفتہ رفتہ کچھ ایسی مانوس ہوئی کہ اگر کسی روز وہ دکھائی نہ دیتا تو اسے الجھن ہونے لگتی۔ بعد ازاں وہ سوچنے لگی کہ وہ اس سے کچھ کہتا کیوں نہیں۔ اس پر وہ اداس سی رہنے لگی۔ اس نے دل ہی دل میں اس سے بہ منت تمام کہا کہ اگر تم مجھ سے دو باتیں کر لو گے تو میں ہمیشہ کے لیے تمہاری ہو جاؤں گی۔۔ لیکن جس روز پیتم نے بات کرنی چاہی۔ اس روز اس کی زبان گنگ ہو گئی اور وہ ہانپتی کانپتی گھر جا پہنچی اور اس کی آنکھیں ڈبڈبا کر رہ گئیں۔

جب اس کی شادی کی بات چیت شروع ہوئی تو اس نے اپنی پھوپھی کو رازداں بنایا۔

پھوپھی ان پڑھ ضرور تھی لیکن زمانے کی ہوا کو خوب سمجھتی تھی۔ اس نے خود لڑکے کے بارے میں معلومات حاصل کیں اور ایک روز اپنے بھائی یعنی سنیہہ کے پتا سے ٹکر لے لی۔

سنیہہ کے پتا جی کسی تھیٹریکل کمپنی کے پارسی مالک کے مانند دکھائی دیتے تھے۔ حالانکہ ان کا ناٹک ڈرامے سے کوئی تعلق نہیں تھا۔ لیکن ان کی باتیں، حرکات و سکنات تھیٹر کے ایکٹروں سے ملتی جلتی تھیں۔ آواز گرج دار اور لہجے سے مبالغہ آمیز وقار ٹپکتا تھا۔ بہن کی بات سن کر گرجے۔

"وہ کل کی چھوکری ہے کیا جانے ان باتوں کو؟ کیا اب وہ ہم سے زیادہ سمجھدار ہو گئی ہے کہ کیا وہ بھول گئی

ہے کہ ان باتوں کو سوچنے سمجھنے اور اس بارے میں فیصلہ کرنے والے اس کے والدین ابھی زندہ سلامت ہیں۔۔کیا۔۔"

ہوا میں ہاتھ اچھال کر تھئیٹریکل انداز میں نہ جانے وہ اور کیا کیا کہتا کہ بڑی بہن روک کر بولی:۔

"اے بس رہنے دو۔تم تو یوں چلانے لگتے ہو جیسے کہیں لام لگ گئی ہو۔باتیں دنیا بھر کی سن لو لیکن زمانے کی ہوا کو نہیں سمجھتے"

اس پر سنیہہ کے پتانے بہن کی جانب انگلی کا اشارہ کچھ اس انداز سے کیا جیسے بھلا تان کر مارنے کو ہو۔

"تو بڑھیا۔سٹھیا گئی ہے۔میں؟۔۔، میں جس نے گھاٹ گھاٹ کا پانی پیا ہے۔زمانے کی ہوا کو نہیں سمجھتا۔اور تو؟۔۔تو گھر بیٹھے زمانے کی ہوا کو سمجھنے لگی ہے؟

سبحان تیری قدرت سبحان تیری کھیل
چھچھوندر کے سر میں چنبیلی کا تیل

باوجود یہ کہ بہن کو دنیا کھلے بندوں "پدسی" کے نام سے پکارتی تھی لیکن بھائی کے منہ سے چھچھوندر والی بات سن کر وہ آپے سے باہر ہو گئی اور ہاتھ پر ہاتھ مار کر اور ٹھینگا دکھا کر بولی:

"بھاڑ میں جائے تمہاری بیت بازی۔صورت تو دیکھو گھاٹ گھاٹ کا پانی پینے والے کی۔آج تو مجھے چھچھوندر بنا کر پیچھا چھڑا رہے ہو لیکن یاد رکھو وہ دن دور نہیں جب خود بھی نکو ہو جاؤ گے"

اس پر بھائی ایک دم پلٹ کر تیزی سے چلتا ہوا کمرے کی دیوار کے قریب پہنچ کر اس انداز سے رکا جیسے اگر آگے دیوار نہ ہوتی تو وہ ابد تک آگے بڑھتا چلا جاتا۔وہاں اس نے کندھوں کو حرکت دے کر ہلکے ہلکے دو تین گھونسے دیوار پر مارے اور بہن سے آنکھ ملائے بغیر بولا۔

"اچھا وہ ہے کون؟"

"آدمی ہے اور کون" بہن نے چمک کر جواب دیا۔

بھائی نے بے صبری سے پتلیاں گھما کر آسمان کی جانب دیکھا اور بولا:

"شکر ہے، شکر ہے، انسان ہے گھوڑا یا گدھا نہیں"

کمرے میں قدرے سکوت طاری رہا۔

"اس کا نام؟"

"پریم"

"آہا"، پریم کا ساگر پریم کی نیا

پریم کے چپو، پریم کھویا

ہاں تو کام؟"

"نوکری"

"کیسی نوکری؟"

"سرکاری"

"کلرک ہوگا؟"

"ہاں"

"میں پہلے ہی سے جانتا تھا"

"کیا کہنے"

"باپ کیا کرتا ہے"

"باپ نہیں ہے"

"ماں؟"

"ماں بھی نہیں ہے"

"گویا پریم ہی پریم ہے"

"لڑکا ہیرا ہے ہیرا"

"اجی چھوڑو"

"وہ مقابلے کے امتحان میں پاس ہوگیا ہے۔ اب بڑی ترقی پائے گا"

"امتحان کیسا؟"

"اب میں یہ کیا جانوں"

"بڑھیا دیکھ کر بے وقوف بنایا ہے کسی نے"

یہ سن کر بہن ہاتھ کا پنجہ دکھاتے ہوئے بولی۔

"دیکھو بھیا مانا تم سیانے اور سمجھ دار ہو۔ لیکن میں تمہیں ایک نصیحت کیے بغیر نہیں رہ سکتی۔ وہ یہ ہے کہ چاہے دنیا میں انسان کے لیے ہوشیار اور چالاک بننا کتنا بھی ضروری کیوں نہ ہو لیکن پھر بھی زیادہ چالاک

بننے سے الٹا نقصان ہوتا ہے۔۔"

اس پر جس انداز سے سنیہہ کا پتا سینہ پھلا کر غرایا اور ڈکرایا۔ اس کی نقل اتارنے میں سنیہہ کی چہیتی سہیلی شیاما کو کمال حاصل تھا۔ چنانچہ وہ بڑے مزے مزے میں ان باتوں کو دوہرا رہی تھی اور سکھیوں کی محفل اس کی نقرئی آواز گونج رہی تھی۔

شیاما کا رنگ سانولا تھا اور خدوخال گوارا۔ لیکن اس کے باوجود اس کی شخصیت میں بلا کی دلکشی تھی۔ وہ پھلجھڑی کی طرح ناچتی کودتی مندرجہ بالا گفتگو دہرا رہی تھی اور باقی لڑکیاں مارے ہنسی کے لوٹن کبوتر بنی جا رہی تھیں۔

"اچھی شیاما بتاؤ پھر کیا ہوا؟" ایک سہیلی نے اس سے دریافت لیا۔

شیاما اپنی دو لمبی چٹیا لہرا کر دو قدم پیچھے ہٹی اور اس نے آنکھیں مٹکا کر تامل کیا تو ساری سہیلیاں اشتیاق سے پوچھنے لگیں "ہاں ہاں اچھی شیاما کہو نا۔۔ پھر کیا ہوا؟"

اس پر شیاما ہنسی اور اس کے کلیجے سے گال تمتما اٹھے "پھر؟"

"پھر پدّی نے پدّے کو کر دیا چت"

شریر شیاما نے ہاتھ سے بھاؤ بتا کر اس انداز سے یہ بات کہی کہ محفل میں قیامت کا شور مچ گیا اور پھر قہقہوں کا شور مسلسل نغمہ بن گیا۔

صرف سنیہہ سکھیوں کی ان خوش گپیوں سے بہت دور تھی۔ وہ اب بھی پیڑ کے نیلگوں تنے سے لگی کھڑی تھی۔ ساجن کے چہرے کو ایک بار دیکھ اسے پھر نظر ملانے کی جرأت نہیں ہوسکی۔ اس کے پاؤں زمین میں گڑ گئے تھے۔ اس کا ذہن لمحہ بھر کو مفلوج ہو کر رہ گیا تھا۔ لیکن جب ذہن سوچنے کے قابل ہوا تو وہ عجیب تذبذب میں پڑ گئی۔ آخر وہ ایسی حالت میں پریتم کے قابو میں کیسے آگئی۔ کتنی بری بات ہے۔ ایک نظر پھر اپنے بدن پر ڈال اس نے آنکھیں موند لیں۔

"سنیہہ" بالکل نئی آواز میں اپنا نام سن کر اس کا بدن تھرا گیا۔

"سنیہہ" پھر آواز آئی "تم مجھ سے پرے بھاگ رہی ہو۔ تم مجھ سے دور ہٹ رہی ہو۔ میں بہت دکھی ہوں۔۔ میں بے حد پریشان ہوں"

نہیں نہیں۔۔ سنیہہ نے دل ہی دل میں کہا اور پلٹ کر پریتم کے گلے سے لپٹ گئی۔

معاً برات آگئی، برات آگئی، کا شور بلند ہوا۔ وہ چونکی اور دیکھا کہ اس کی سہیلیاں دولھا دیکھنے کے اشتیاق

میں ایک دوسرے کے اوپر گرتی پڑتی بھاگی جارہی ہیں۔ ہائے ! اُس کی کتنی خواہش تھی کہ وہ بھی اپنے پیارے کو گھوڑی پر سوار دیکھ سکتی۔۔

باجوں کا شور اور بھی قریب سنائی دینے لگا۔ برات دم بدم بڑھتی آرہی تھی۔

سنیہہ بالکل تنہا بیٹھی تھی

معاً چند آوازیں سنائی دیں۔

"دولھا تو کوئی اور آدمی ہے"

جب پڑسی نے بھائی سے کہا۔

"تم نے بڑا دھوکا دیا ہمیں۔ ہائے اب نہ جانے معصوم لڑکی کیا کرے گی"، تو پڈّے نے شرارت سے گھنی مونچھوں کو جنبش دے کر جواب دیا۔

" کرے گیا کیا؟۔۔ رانی بن کر راج کرے گی"

سنیہہ نے نازک کلیوں کے مانند اپنے نیم وا ہونٹوں کو جن میں سے موتی جھلک رہے تھے آنسو پی جانے کی ناکام کوشش میں زور سے بھینچ کر بند کر لیا۔

تین چور

سامنے کھیتوں میں اونچی سی جگہ پر جسے وہ ''ٹبہ'' کہتے تھے۔ کوئی گدھا گھومتا پھرتا آ پہنچا اور لگا زور زور سے رینگنے۔ اس کی آواز نے گویا گھڑی کے الارم کا کام کیا اور پھلیل سنگھ کی آنکھ کھل گئی۔

ابھی تڑکا ہی تھا اور پھلیل سنگھ سویرے اٹھنے کا عادی نہیں تھا۔ لیکن چونکہ دمدمے کا میلہ تھا اس لیے وہ جاگ اٹھا ورنہ گدھے کا رینگنا کیا اگر ایک چھوڑ دس گدھے اس کو روندتے ہوئے گزر جائیں تو بھی اس کی نیند میں خلل پیدا نہ ہو۔

اٹھ کر اس نے پہلے مندی مندی آنکھوں سے چاروں طرف نظر دوڑائی۔ دودھ کے کٹورے میں ڈوبتے ہوئے بتاشوں کی طرح ابھی چند تارے آنکھیں جھپکا رہے تھے۔ دور دور تک پھیلے ہوئے کھیتوں اور چپ چاپ کھڑے ہوئے درختوں پر پھیلتی ہوئی مدہم روشنی کس قدر دلکش دکھائی دیتی تھی اور پھر رات کی پرسکون اور تکان زدہ فضا میں سے سحر کے سوتے پھوٹ پڑے تھے۔ پھلیل سنگھ کے لیے یہ ایک نئی کیفیت ہی سہی۔ لیکن حقیقت یہ تھی بعض لوگ اس وقت بھی کھیتوں کو جا چکے تھے۔

پھلیل سنگھ اپنے بھائیوں میں سب سے چھوٹا تھا۔ اگرچہ قد و قامت میں چھوٹا نہیں تھا خیر سے بائیس برس کی عمر تھی۔ ماں باپ کا لاڈلا تھا۔ کام کچھ نہیں کرتا تھا مگر کھانے میں سب سے آگے۔ بڑے بھائی کبھی کبھی بڑبڑاتے ضرور تھے لیکن والدین کی موجودگی میں ان کا کچھ بس بھی نہیں چلتا تھا۔۔ اب جو پھلیل سنگھ جاگا تو اس نے اٹھتے ہی بازو پھیلا کر اینڈتے ہوئے ایک جمائی لی اور پھر اپنے دونوں ہاتھوں سے رانیں سہلاتا ہوا ٹخنوں تک لے گیا۔

یوں تو روز بے فکری ہی میں گزرتا تھا۔ لیکن آج اسے قطعاً کوئی پریشانی نہ تھی۔ چہرے سے نہ صرف بے فکری ٹپکتی تھی بلکہ ایک روحانی سرور بھی۔ کیونکہ آج کا دن کہیں سال بھر کے بعد آتا تھا اور ہر شخص کو علانیہ خوشیاں منانے کا حق تھا کوئی روک ٹوک نہیں تھی۔

اپنی چھوٹی چھوٹی داڑھی پر جو اس وقت خشک گھاس کے مانند محسوس ہو رہی تھی۔ اس نے ہاتھ پھیرتے ہوئے سوچنا شروع کیا کہ آخر وہ انجانے طور پر اس قدر خوش کیوں تھا۔ تھوڑی دیر بعد اس کے ہونٹوں پر مسکراہٹ کھیلنے لگی اور آنکھیں چمک اٹھیں۔۔ پریتو سسرال سے واپس آ گئی تھی۔ شادی سے پہلے دونوں کی چھنتی تھی۔ یہ بات کچھ اڑ نکلی تو پریتم کور کے والدین نے اس کی شادی کر دی۔ اس بات پر چھلیل سنگھ بڑا تلملایا۔ لیکن پریتو نے ڈھارس بندھاتے ہوئے کہا کہ میں سسرال جا کر وہیں کی تو نہیں ہو جاؤں گی۔ میکے بھی آیا ہی کروں گی اور کبھی کبھار تم بھی میرے سسرال میں پہنچ جایا کرنا۔ پریتو مضبوط ہاتھ پاؤں کی ایک بیباک سی لڑکی تھی۔ چھوٹی موٹی تکلیفوں سے پریشان نہیں ہوتی تھی۔ اس کی اس قسم کی باتوں سے چھلیل سنگھ کی ڈھارس بندھ گئی ورنہ اس نے دو چار کے سر اتار دیئے ہوتے۔ اگر سچ مچ وہ اس قسم کی حرکت کر بیٹھتا تو ان کے میل جول کی افواہ کی تصدیق ہو جاتی۔ لیکن پریتو چاہتی تھی کہ سانپ بھی مر جائے اور لاٹھی بھی نہ ٹوٹے۔ چنانچہ اس نے لاٹھی نہیں ٹوٹنے دی۔

جب پریتو پہلی بار سسرال سے واپس آئی تو خوب گلے سے لپٹ کر روئی تھی۔ لیکن اب کے وہ کچھ کترا رہی تھی۔ چھلیل سنگھ نے کہہ دیا کہ دیکھنا کہیں ایسا نہ ہو کہ تمہارے۔۔ سردار پکوڑا سنگھ کا سر گلیوں میں ٹھوکریں کھاتا پھرے۔

چھلیل سنگھ اب بات بات میں لوگوں کو دھمکیاں دیا کرتا تھا۔ ڈاکوؤں اور خونیوں میں تو اس کا اٹھنا بیٹھنا تھا ہی۔ اب اس نے خود بھی کچھ سر نکال لیا تھا۔ پھر جب امر سنگھ اور جگیر سنگھ جیسے شہدے اس کے ہاتھ پر بیعت کرنے لگیں تو اور کسی کی کیا مجال تھی کہ دم مار سکے۔

پریتو نے جب اس کی دھمکی سنی تو لی اسے پچکارنے، ادھر پریتو کی باہیں اس کی گردن میں حمائل ہوئیں۔ ادھر سردار چھلیل سنگھ فوراً پگھل گئے۔ سب ہتھیار ڈال دیئے اور کہا کہ میں تو یوں ہی دل لگی کر رہا تھا۔

چھلیل سنگھ نے پوچھا ”کہو میلے چلو گی؟“

”ہاں۔۔ تم تو جاؤ گے ہی۔۔“

”ہاں۔۔ اور راستے میں ملاقات بھی رہے گی“

”میرے لیے کیا لاؤ گے؟۔۔“ جیسا کہ ہر عورت کا قاعدہ ہے مرد سے ضرور پوچھتی ہے کہ میرے لیے کیا لاؤ گے۔

ان باتوں کے تصور سے چھلیل سنگھ کی باچھیں کھلی جاتی تھیں۔ اس کا جوڑا ڈھیلا ہو کر ایک طرف کو ڈھلک گیا

تھا۔ پگڑی ٹخنوں میں الجھی ہوئی تھی۔ وہ خلا میں دیکھ دیکھ کر یوں ہی مسکرائے جا رہا تھا۔ اور نہ معلوم وہ کب تک اس کیفیت میں غرق رہتا۔۔ مگر اس کے لنگوٹیے دوست امر سنگھ اور جگیر سنگھ بھی آ پہنچے۔ تاڑ کے درخت کے مانند لمبے تڑنگے، ساہنسیوں کے شکاری کتوں کی طرح چوکنے۔

آتے ہی انھوں نے اسے للکار کر اپنی طرف متوجہ کیا۔ آج میلے کا دن تھا اور پھلیل سنگھ گدھے بیچ کر سویا ہوا نہیں تھا۔ تو کم از کم بیٹھا تو تھا۔ دوستوں نے آتے ہی چارپائی الٹ دی۔ اس نے ڈھیلی ڈھالی پگڑی سر پر لپیٹی اور تینوں گاؤں کی طرف چل دیئے۔

ادھر سورج طلوع ہوا اِدھر گاؤں میں گہما گہمی شروع ہوگئی۔ آج وہ ہر روز کی سست رفتار زندگی مفقود تھی۔ بلکہ بچے بچے کو گویا پر لگ گئے تھے۔ بڑے بوڑھوں کو تو خیر گھر ہی میں ٹکے رہنا تھا۔ لیکن نوجوانوں کے امنگ بھرے دلوں کو چین کہا۔ ایک طرف دوشیزاؤں نے کالج کنگھی سنبھالی تو دوسری جانب نوجوان نے بھی سلکی تہبند لہرا دیئے۔ ترچھے بانکے نوجوان اپنی اپنی اڑیل سانڈنیوں یا صبا رفتار گھوڑوں پر سوار شملے اڑاتے گاؤں کے گرد چکر کاٹنے لگے۔

پھلیل سنگھ نے آج خاص طور پر آئینہ سامنے رکھ کر پگڑی باندھی۔ کھدر کی دودھیا قمیص پر مخمل کی واسکٹ اور نیچے سلک کا تہبند۔ پاؤں میں پشاوری جوتا، ہاتھ میں پیتل کے تاروں سے بندھی ہوئی لمبی اور مضبوط لاٹھی۔ گاؤں سے باہر آ کر نوجوان ایک دوسرے سے گلے ملنے لگے اور پھر پھبتیاں کس کس کر ایک دوسرے کا مذاق اڑانے لگے۔ مختلف ذوق کے لوگ علیحدہ علیحدہ گروہوں میں تقسیم ہو کر چل دیئے۔ پھلیل سنگھ اپنی گھوڑی کی ننگی پیٹھ پر بیٹھا ادھر اُدھر تاک جھانک کر رہا تھا۔ جگیر سنگھ اور امر سنگھ ایک نہایت بدتمیز سانڈنی پر سوار تھے جو لمحہ بھر کو چین سے کھڑی نہ ہوتی تھی اور بے طرح بلبلائے جا رہی تھی۔

پھلیل سنگھ پریتو کا انتظار کر رہا تھا۔ روانہ ہونے سے پہلے وہ جاننا چاہتا تھا کہ وہ کن عورتوں کے گروہ میں شامل ہے تاکہ راستے میں اسے تلاش کرنے میں دقت نہ رہے۔۔ وہ بار بار اپنے گندمی سینے پر لٹکتے ہوئے سنہرے کنٹھے کو انگلیوں سے چھوتا اور گردن اٹھا اٹھا کر گاؤں سے باہر نکلنے والی سب سے بڑی گلی کی طرف دیکھتا۔

بالآخر جیسے خربوزوں سے بھرا ہوا چھکڑا باہر نکلا۔ اس میں گاؤں کی نوجوان عورتیں سوار تھیں۔ بیل ڈھلوان کی طرف بڑی تیزی سے سینگ ہلاتے ہوئے بھاگے۔ اور ان کی گھنٹیوں کی ٹناٹن سے فضا گونج اٹھی۔ پریتو احتیاطاً چھکڑے کے سب سے پچھلے حصے میں بیٹھی تھی۔ اسے دیکھ کر ادھر پھلیل سنگھ کی مونچھیں متحرک

ہوئیں اور ادھر وہ عاشق کی سج دھج دیکھتے ہی کھل گئی۔ اس نے اطلاعاً اپنا ہاتھ ایک خاص انداز سے اوپر اٹھایا اور پھر بڑی صفائی سے اسی ہاتھ سے دوپٹہ کھینچ کر اس نے چھوٹا سا گھونگھٹ نکال لیا۔

اب کیا تھا۔ پھلیل سنگھ نے اپنی چلبلی گھوڑی کو ایڑ لگائی اور وہ گرد اڑاتی ہوئی اس تیزی سے چل نکلی جیسے غلیل میں سے غلہ نکلے۔

جب وہ چھکڑے کے قریب سے گزرا تو اپنی مخصوص آواز میں کھانسا۔ چھکڑے میں اس کی اپنی بہن بھی بیٹھی تھی اس نے پریتو کو تاکید کر دی تھی کہ وہ راستے میں جہاں کہیں بھی اتریں میلے میں جس جگہ بھی ٹھہریں یا گھومیں وہ اس کی بہن کے ساتھ ساتھ رہے تاکہ آپس میں بات چیت کرنے میں کوئی دقت نہ ہو۔

اس طرح سارا راستہ ہنستے کھیلتے کٹ گیا اور جب وہ میلے میں پہنچے تو گھنے درخت کی چھاؤں تلے پھلیل سنگھ نے ایک بڑی سی دری بچھا دی اس کی بہن، پریتو اور اڑوس پڑوس کی واقف کار عورتیں وہیں پر بیٹھ گئیں۔ گھوڑی اور سانڈنی کو بھی وہیں پر چھوڑ دیا گیا۔

میلے ارد گرد کے سینکڑوں لوگ آن جمع ہوئے تھے۔ اگرچہ پھلیل سنگھ کا جی نہیں چاہتا تھا کہ درخت کے تلے سے اٹھ کر اِدھر اُدھر جائے۔ لیکن دوست کہاں چھوڑنے والے تھے۔

دوپہر سے پہلے پہلے عورتیں بھی میلے میں شامل رہتی تھیں لیکن اس کے بعد یہ مخلوط میلہ صرف مردوں کا میلہ رہ جاتا تھا۔ کیونکہ مردوں کے ہجوم اور نشے میں بدمست نوجوانوں کے شور وغل میں عورتوں کا وہاں پر رہنا مناسب نہیں سمجھا جاتا تھا۔ عورتوں کے چلے جانے کے بعد مرد خوب کھل کھیلتے۔ چنانچہ دوپہر کے وقت جب عورتیں واپس آنے لگیں تو انھوں نے گھوڑی اور سانڈنی بھی واپس بھیج دیں تاکہ رات کو چارے کی زحمت نہ ہو۔۔ پھلیل سنگھ کو پریتو سے کھل کر باتیں کرنے کا موقع نہ ملا اور اب اس خیال سے وہ بہت اداس ہو گیا۔ اس نے موقع پا کر چھکڑے کے پیچھے پریتو کو جا دبوچا اور اس سے وعدہ لیا کہ وہ دوسرے روز شام کو ساگ توڑنے کے بہانے اس کے کنوئیں پر ضرور آئے گی۔ پریتو نے وعدہ کر لیا اور اس خوف سے کہ کوئی دیکھ نہ لے پیچھے سرک گئی اور اس کے کنٹھے کی طرف اشارہ کرتی ہوئی بولی ”خود تو کنٹھے پہنتے پھرتے ہو اور ہمارے لیے پیتل کی زنجیر بھی نہیں“

دوپہر کے بعد دفعتاً لوگ گھریلو شراب کی بوتلیں بغلوں میں دبائے آئے اور برسرِ عام منہ سے بوتلیں لگا کر غٹا غٹ پی گئے اور پھر لگے جھومنے۔۔ ایک بہت بڑے مجمع کے لوگ گھیرا بنا کر کھڑے ہو گئے۔ مہکتی کلیوں میں لپٹے ہوئے الغوزے بجنے لگے اور ایک بانکے نے کان پر ہاتھ رکھ کر تان اٹھائی۔

بلے بلے بئی روٹی لے کے دیور دی چلی
سرتے ڈوریا گنڈے دی چھل ورگا
بئی روٹی لے کے

(یعنی ایک رسیلی عورت اپنے دیور کے لیے کھیت پر روٹی لے جارہی ہے اور سر پر دوپٹہ اس قدر باریک جیسے پیاز کا چھلکا)

پہلے بول کے بعد اک دم بلے بلے کا شور بلند ہوا اور جگیر سنگھ بل کھا کر پھلیل سنگھ کی بغل سے نکلا اور لاڑھ کو دونوں سروں سے پکڑ کر اسے ہوا میں بلند کیا اور پاؤں سے گرد اڑا کر لگا بے ڈھنگے انداز سے رقص کرنے اس کی لابنی لہراتی ہوئی داڑھی نے ایک سماں باندھ دیا۔ وہ بڑی پھرتی سے ناچ رہا تھا اور اپنی لمبی ٹانگوں کے طفیل دو چار سپاٹوں میں ادھر سے اُدھر جا نکلتا تھا۔

بھانت بھانت کی آوازیں بلند ہوئیں اور اپنے دیور کے لیے روٹی لے جانے والی البیلی عورت کے قصے نے جو طول کھینچا تو پھر نوبت کہیں کی کہیں جا پہنچی۔ جب کہانی آخری منزل میں داخل ہوئی تو لوگوں کو صبر کا یارا نہ رہا۔ ہائے وائے کے نعرے تیز تر ہوتے گئے۔ اس افراتفری میں چند ایک لوگوں کی پگڑیاں اچھال دی گئیں۔ اس بات پر لٹھ برس گئے۔ پانچ سات کے ٹخنے اتر گئے۔ مگر اپنے اپنے زخموں پر دھجیاں لپیٹ کر وہ پھر کھیل کے میدان میں داخل ہو گئے۔

سونچی کا کھیل شروع ہوا۔ جگیر سنگھ اور امر سنگھ دونوں تہبند پرے پھینک کر خم ٹھونک کر میدان میں جا کھڑے ہوئے۔ اگرچہ وہ دونوں پھلیل سنگھ سے دس دس بارہ سال بڑے تھے۔ لیکن کھیل کود میں کسی سے پیچھے رہنے والے نہ تھے اور اس قدر پختہ دم تھے کہ میلوں بلا تکان دوڑے چلے جاتے تھے۔ سورج کی تیز روشنی میں وجیہہ جوانوں کو ایک دوسرے کے مقابل کھڑے دیکھ کر ایک مرتبہ تو پھلیل سنگھ کا دل بھی لہرایا لیکن اس کی طبیعت درحقیقت اداس تھی۔ اس لیے باوجود اصرار کے اس نے کھیل میں حصہ نہ لیا۔

تاریکی چھانے لگی تو کھیل ختم ہوا۔ پھلیل سنگھ کا نشہ اتر چکا تھا۔ لیکن سر میں گرانی باقی تھی۔ جگیر سنگھ اور امر سنگھ بھی پسینہ پونچھتے ہوئے اس کے قریب چلے آئے۔ پھر وہ لوگ باتیں کرتے مہرے تنور والے کی دکان پر پہنچے۔ کھانا وانا کھانے کے بعد جگیر سنگھ نے کہا۔ یار دن تو اچھا گزر گیا۔ لیکن پیسہ ایک بھی نہیں بچا۔ گھر والوں کے لیے ہمیں کچھ نہ کچھ تو لے جانا چاہیے تھا۔

ادھر اُدھر کی باتوں کے بعد دفعتاً جگیر سنگھ نے تجویز پیش کی کہ کیوں نہ آج کسی کے ہاں دست درازی

کی جائے۔

پھلیل سنگھ یہ سن کر اچھل پڑا۔ واہ کیسی معقول تجویز تھی۔ اسے حیرت ہو رہی تھی کہ آخر اسے یہ بات کیوں نہ سوجھی۔ اس میں اسے اپنی نجات کا راستہ بھی نظر آ گیا۔ ممکن ہے اس طرح پریتو کے طعنے کا کوئی موثر جواب نکل آئے۔

چنانچہ یہ صلاح ٹھہری کہ ذرا رات بھیگ جائے تو وہ لوگ سستانے کے بعد کسی طرف کا رخ کریں اور راتوں رات کچھ نہ کچھ لے اڑیں۔ اس طرح گھر والے بھی یہ نہیں کہیں گے کہ اُن کے لیے میلے سے کوئی سوغات بھی نہ لائے۔ یہ طے کر کے وہ لوگ بھیڑ بھاڑ سے ہٹ کر ایک کھیت کی مینڈھ پر سر رکھ کر لیٹ گئے۔

کچھ دیر اونگھنے اور آرام کرنے کے بعد وہ اٹھ بیٹھے۔ ہر ایک نے اپنی اپنی کمر سے بندھا ہوا ٹپکے سا جھاڑن اتارا اور اس میں جوتے باندھ کر دوبارہ کمر سے لپیٹ لیا اور پھر اٹھ کر ایک سمت کو دبکی چال سے بھاگ کھڑے ہوئے۔

چاندنی رات تھی دور دور تک کوئی آدمی نظر نہیں آتا تھا۔ ہر طرف خاموشی اور سکون کا راج تھا۔ وہ آپس میں باتیں کرتے ہوئے مزے مزے سے دوڑے چلے جا رہے تھے۔

جب یہ لوگ تقریباً چھ کوس کا فاصلہ طے کر چکے تو ایک گاؤں کے قریب کچھ فاصلے پر رک گئے۔ تجویز یہ تھی کہ پہلے اس بات کی کوشش کی جائے کہ گاؤں کے سرے پر ہی کسی مکان میں کام بن جائے لیکن اگر مال ملنے کی کوئی امید نہ ہو تو پھر گاؤں کے اندر داخل ہوں۔

انھوں نے پگڑیوں کے شملوں کو گھما کر سر کی دوسری جانب اس طریقے سے ٹھونس لیا کہ دیکھنے والوں کو محض ان کی آنکھیں نظر آئیں باقی چہرہ دکھائی نہ دے اور پھر سہج سہج قدم اٹھاتے ہوئے آگے بڑھے۔ اگرچہ وہ چوکنّے تھے اور دھیرے دھیرے چل رہے تھے۔ لیکن تجربہ کار مجرموں کی طرح انھوں نے اس قسم کی حرکات سے پرہیز کیا جن سے کسی دیکھنے والے کو کچھ شبہ ہو۔ مگر بھلا آدمی رات کو وہاں کون بیٹھا تھا۔

آج چوری کرنے کا مناسب موقع بھی نہیں تھا۔ خاص گرمیوں کا موسم۔ لوگ صحن میں یا چھتوں پر سو رہے تھے اور پھر اس پر طرہ یہ کہ چاند اپنے پورے جوبن پر تھا۔۔ لیکن آج وہ مجبوراً چوری کر رہے تھے۔ اور اسی لیے وہ گاؤں کے اندر جہاں ساہو کاروں کے مکان تھے جانے سے کترا رہے تھے۔۔ دفعتاً ان کے قریب ہی ایک درخت کے سائے تلے سے ایک کتا نکلا اور انہیں اجنبی جان کر غرانے لگا۔ دوسرے لمحے

میں پھلیل سنگھ نے لاٹھی کا ایک ہی بھرپور وار دیا اور کتا ٹھنڈا ہو گیا۔ اس کی دبی سی چیخ بھی اس کے حلق سے نہ نکل سکی۔

ایک سائے تلے سے دوسرے سائے تک وہ چاروں طرف دیکھتے ہوئے بڑھ رہے تھے۔ سب سے پہلے انھوں نے ایک چھوٹے سے مکان کو تاکا۔ جو گاؤں سے قطعاً الگ بنا ہوا تھا اور پھر خاص بات یہ تھی کہ چھت پر قریب کھڑے ہوئے شرینہہ کے درخت کا سیاہ بھی پڑ رہا تھا۔ مکان کے قریب ایک کوڑے کرکٹ کا ڈھیر تھا جس پر چڑھ کر وہ لوگ بڑی آسانی سے چھت پر پہنچ سکتے تھے۔

وہ لپک کر اس مکان کی دیوار کے سائے تلے جا کھڑے ہوئے۔ حسبِ معمول کچی اینٹوں کا بنا ہوا مکان تھا۔ پچھواڑے سے شگاف کرنا بھی کچھ مشکل نہ تھا۔ لیکن ان کے پاس کوئی ہتھیار بھی نہیں تھا۔ بہرحال چھت پر چونکہ کوئی نہیں تھا اور نہ چاند کی روشنی ہی وہاں پہنچتی تھی۔ اس لیے یہی مناسب سمجھا گیا کہ پہلے چھت سے صحن کی طرف جھانک کر موقع و محل کا جائزہ لیا جائے اور پھر جو مناسب ہو عمل میں لایا جائے۔

دیوار کی طرف منہ کر کے امر سنگھ اکڑوں بیٹھ گیا۔ اور پھلیل سنگھ نے اس کے دونوں کندھوں پر پاؤں رکھ دیئے۔ پہلے امر سنگھ اٹھ کر سیدھا کھڑا ہوا اور پھر پھلیل سنگھ اس کے کندھوں پر کھڑا ہو گیا۔ اس نے دبی زبان سے انہیں بتلایا کہ وہ آسانی سے چھت پر پہنچ جائے گا۔

پھلیل سنگھ نے چھت پر نظر دوڑا کر پہلے لاٹھی آگے سرکائی اور پھر خود اچک کر اوپر جا پہنچا اور گھٹنوں اور ہاتھوں کے بل سرکتا ہوا صحن کی طرف بڑھا۔ اس کے دونوں ساتھی انتظار میں کھڑے تھے کہ دفعتاً وہ لوٹ کر آیا اور انہیں جلدی سے اوپر آنے کو کہا۔ ایک دوسرے کو کھینچ کر چند لمحوں کے اندر اندر وہ سب اوپر پہنچ گئے۔ ایک دوسرے کے متوازی رینگتے ہوئے آگے بڑھے اور پرلی منڈیر کے قریب پہنچ کر لیٹ گئے۔ گردنیں آگے بڑھائیں تو وہ منظر دکھائی دیا کہ جگیر سنگھ اور امر سنگھ کے منہ سے حیرت اور مسرت کی ہلکی سی چیخیں نکل گئیں۔

صحن کے بیچوں بیچ ایک جوان اور حسین عورت چارپائی پر سوئی پڑی تھی اور اس کے بدن پر سونے کے اتنے زیورات تھے جتنے کہ وہ تصور کر سکتے تھے۔ سر پر چونک، کنپٹیوں پر جگنیاں، کانوں میں بالیاں، گلے میں ہار اور کلائیوں پہ یہ موٹے موٹے گھنگرو اور لال چوڑا۔ معلوم ہوتا تھا کہ اس کی شادی کو بہت زیادہ عرصہ نہیں ہوا۔ اس قدر خوش شکل عورت بھی ان کی نظر سے کبھی نہ گزری تھی۔ سوتے میں عورت کی ٹانگیں شلوار کے پانچوں سے باہر نکل آئی تھیں۔ ایسی متناسب گدرائی ہوئی رانیں اور پنڈلیاں بھی انھوں نے زندگی

میں پہلی مرتبہ دیکھی تھیں۔ گرمی کی وجہ سے عورت نے قمیص بھی نہایت باریک جالی دار کپڑے کی پہن رکھی تھی۔ ایک بازو سر کے نیچے تھا اور دوسرا اوپر کی طرف اٹھ کر سرہانے کے نیچے کی طرف لٹک رہا تھا۔

تینوں چور درخت کے سائے میں مبہوت بیٹھے تھے۔ چند لمحوں کے لیے تو انہیں اپنے آپ کا ہوش نہ رہا اور پھر اس منظر سے توجہ ہٹی تو عورت کے قریب والی دوسری چارپائی پر نگاہ پڑی اس پر ایک نوجوان مرد لیٹا تھا۔ وہ بھی ہزاروں میں انتخاب تھا صورت شکل اتنی اچھی نہ تھی لیکن اس کا جسم ایسا تھا کہ اچھے سے اچھے جوان کو دیکھ کر رشک آئے۔ وہ مرد محض ایک جانگیا پہنے سو رہا تھا۔ اس کا سینہ، اس کے بازو اور رانیں اور پھر اس کی مکمل شخصیت ایسی تھی کہ دیکھ کر دل پر ہیبت طاری ہو جاتی تھی۔ ایک مرتبہ تو وہ تینوں ساری چوکڑی بھول گئے۔

وہ چپ چاپ پیٹ کے بل لیٹے ہوئے حالات کا جائزہ لیتے رہے کافی وسیع صحن تھا۔ پرلے گوشے میں دو بہت اعلیٰ نسل کی بھورے رنگ کی بھینسیں بندھی تھیں۔ ان میں شاید ایک دودھ دینے والی اور دوسری ابھی دوہنے کے قابل ہونے والی تھی۔ سامنے کی دیوار پر کھونٹے سے دودھ بلونے کی بڑی بلونی لٹک رہی تھی۔ اس طرف کے گوشے میں رسوئی بنی ہوئی تھی جس میں چند برتن چمک رہے تھے۔

منڈیر سے ذرا پرے کھسک کر وہ آپس میں کھسر پھسر کرنے لگے۔ واقعی خطرے کی بات تھی ایک طرف سونا تھا اور دوسری جانب دیوہیکل جوان۔ ظاہر تھا کہ اگر ایسے میں وہ جاگ اٹھا تو ان میں سے ایک آدھ کو تو رکھ ہی لے گا۔ چھلیل سنگھ نے کہا کہ اس قدر عظیم الجثہ انسان ان کی برابر لمبی دوڑ نہیں لگا سکتا اور اگر صحن کے بجائے باہر کھلے کھیتوں میں مقابلہ ہو جائے تو وہ تینوں اس سے شاید ہی مار کھائیں۔

تینوں جوان جن کی طاقت، ہتھکنڈوں اور دلیری کی علاقے بھر میں دھوم تھی۔ ڈر رہے تھے کہ کہیں اپنے گھر سے اٹھارہ بیس کوس پرے مفت میں مارے نہ جائیں۔ آخر چھلیل سنگھ کے گرم خون نے جوش مارا۔ اس نے کہا میں صحن میں اترتا ہوں اور عورت کے زیور اتارتا ہوں اگر مرد کی آنکھ کھل گئی یا عورت کے شور مچانے پر وہ جاگ اٹھا تو ظاہر ہے کہ وہ پہلے اس کی طرف متوجہ ہو گا۔ اس وقت وہ دونوں فوراً چھت سے کود کر اس کے پیچھے سے حملہ کر دیں۔ امر سنگھ نے سوال کیا کہ کیوں نہ ہم دونوں نیچے اتر کر اس کے سرہانے پر کھڑے رہیں۔ چھلیل سنگھ نے کہا یہ درست نہیں کیونکہ اس صورت میں کہ اگر ہمیں بھاگنا پڑا اور ہم تینوں صحن میں ہوئے تو فرار ہونا مشکل ہو جائے گا۔

یہ کہہ کر وہ چوکے کے قریب اٹھی ہوئی دیوار پر پاؤں رکھ نیچے اتر گیا اور دبے پاؤں عورت کے قریب

جا پہنچا۔

جب وہ اس کی چارپائی کے ساتھ لگ کر بیٹھ گیا تو اُس نے نزدیک سے عورت کے بدن پر نگاہ دوڑائی۔ اس کی جلد کی نزاکت، صحت، رنگ اور مہک سے اس کا دل دھڑکنے لگا۔ اس کی باریک جالی دار قمیص میں اس کا بدن اور بھی دل فریب دکھائی دے رہا تھا۔۔ پھر اس نے اپنے ذہن کو اس قسم کے خیالات سے آزاد کیا اور اپنے کام میں مصروف ہو گیا۔

سوئی ہوئی عورت کے بدن سے زیور اتارنے میں اس کا ہاتھ بہت صاف ہو چکا تھا۔۔ چنانچہ ہر زیور اتارنے کے بعد اس کی مونچھوں تلے اس کی باچھیں کھل جاتی تھیں۔ اور وہ ایک نظر اپنے ساتھیوں کی طرف دیکھ لیتا تھا وہ دونوں رات کی خاموشی میں چھت پر اوندھے لیٹے تھے۔ ان کی ٹھڈیاں تین چار انگل بلند منڈیر پر رکھی تھیں۔ چہرے پگڑیوں کے شملوں میں چھپے ہوئے تھے اور بھیڑوں کے مانند دہکتی ہوئی آنکھیں دکھائی دے رہی تھیں۔۔ البتہ جگیسر سنگھ کی لمبی داڑھی منڈیر سے نیچے لٹکتی ہوئی ہوا کے جھونکوں سے ہولے ہولے ہل رہی تھی۔ پھلیل سنگھ نے یہ منظر دیکھا تو اسے ہنسی آنے لگی۔

پھلیل سنگھ نے کمر سے لپٹے ہوئے جھاڑن کو زمین پر بچھا دیا تھا۔ گہنے اتار اتار کر اس میں رکھے جاتا تھا۔ اس نے عورت کے ماتھے اور سر کے سب زیورات نہایت صفائی سے اتار لیے۔ دونوں کلائیوں کے گھنگرو بڑی ترکیب سے اتارے۔ یعنی گھنگروؤں کے دونوں سروں میں مضبوط ڈوری کا پھنڈا ڈال کر وہ انہیں مخالف سمتوں کی جانب کھینچتا اور جب ان کے منہ کھل جاتے تو وہ انہیں اتار لیتا۔ گلے کا ہار بھی اتار لیا اور پھر کانوں کی بالیاں اتارنے میں اس نے نہایت صفائی سے کام لیا۔

تقریباً سب بھاری زیورات اتر چکے تھے صرف دوسرے کان کی بالیاں رہ گئی تھیں۔ لیکن مشکل یہ تھی کہ عورت کا چہرہ پرلی طرف جھکا ہوا تھا اور کان نیچے دب گیا تھا۔ پھلیل سنگھ سوچ میں پڑ گیا کہ وہ عورت کا سر کس طرح گھمائے۔ اس کی نظر اٹھی دیکھا کہ اس کے ساتھی اشاروں ہی اشاروں میں اسے بھاگ آنے کے لیے کہہ رہے ہیں لیکن وہ اپنی کامیابی پر اس قدر نازاں تھا کہ وہ ان چند بالیوں کو بھی ہاتھ سے نہ چھوڑنا چاہتا تھا۔ چنانچہ اس نے چارپائی کی رسی میں سے ایک باریک سا ریشہ نکالا اور اسے ایک سرے سے پکڑ کر اس کا دوسرا سرا عورت کے کان میں گھمایا۔ پہلی مرتبہ تو کچھ اثر نہ ہوا جب اس نے دوسری مرتبہ گھمایا تو عورت نے کروٹ بدل کر منہ اس کی طرف کر دیا۔ وہ یک لخت جھک کر چارپائی کے نیچے ہو گیا پھر اس نے دھیرے دھیرے سر اوپر اٹھایا۔ اب عورت کے رخسار اور اس کے ہونٹوں میں بالشت بھر کا فرق تھا۔ لیکن

اس نے کوئی ایسی حرکت کرنے سے اپنے آپ کو باز رکھا۔ اس نے شملے سے چہرے کو ایک مرتبہ پھر اچھی طرح ڈھانپ لیا اور ہاتھ بڑھا کر اپنے کام میں مصروف ہو گیا۔

دو بالیاں اتار چکا تو تیسری جو آخری بالی تھی کچھ پھنس گئی۔ بہت کوشش کی لیکن سوراخ اس قدر تنگ تھا کہ بالی اترنے میں ہی نہ آتی تھی۔

معاً عورت کے ہاتھ کو حرکت ہوئی پل بھر میں بالی اتری اور اس کی طرف بڑھی۔

پھلیل سنگھ بھونچکارہ گیا۔ عورت نے اپنی مد بھری آنکھیں کھولیں اور مسکرانے لگی۔

پھلیل سنگھ عورت کی اس حرکت پر اس قدر حیران ہوا کہ بت بنا بیٹھا رہا، اسے کچھ نہیں سوجھ رہا تھا۔

عورت نے اطمینان سے ہاتھ آگے بڑھاتے ہوئے آہستہ سے پچکار کر کہا "اچھا تمہارے لیے بہتر تو یہی ہے کہ جس طرح اور جن ہاتھوں سے تم نے سب زیور اتارے ہیں اسی طرح اور انہیں ہاتھوں سے انہیں پہنا دو۔ ورنہ اگر تم بھاگ گئے تو بھی میرا خاوند تم تینوں کو جا پکڑے گا اور مار مار کر تمہارا بھرکس نکال دے گا"

پھلیل سنگھ چپ رہا۔

عورت دلکش انداز میں ہنسی۔۔ "ہاں سوچ لو۔۔" یہ کہہ کر اس نے اطمینان سے آنکھیں موند لیں۔

پھلیل سنگھ کا اجڈ پن عود کر آیا۔ بولا "یہ میں مانتا ہوں کہ تمہارا خاوند بہت مضبوط شخص ہے لیکن ہم لوگوں کو دوڑ کر پکڑنا یا ہم سے لڑنا اس کے بس کی بات نہیں"

یہ سن کر عورت نے زیورات کا جھاڑن اٹھایا اور پوٹلی باندھ کر اس کے ہاتھ میں تھما دی اور کہا۔ لو جب تم سامنے والے اس چھوٹے سے درخت کے قریب پہنچ جاؤ گے تو میں اسے جگا دوں گی۔

پھلیل سنگھ کو تاؤ بھی آیا اور اس نے اپنی انتہائی بے عزتی بھی محسوس کی مگر خیر وہ اٹھا اور ڈھیٹوں کی طرح پوٹلی ہاتھوں میں لیے چھت پر چڑھ گیا۔ اس نے مختصر طور پر ساتھیوں کو سارا قصہ سنایا اور پھر وہ تینوں وہاں سے چل دیئے۔ ان کا خیال تھا کہ وہ شخص انہیں دوڑ کر نہیں پکڑ سکے گا۔ اور کھلے میدان میں پہنچ کر وہ یوں بھی اس سے نبٹ لیں گے۔

جب وہ ببول کے اس درخت کے قریب پہنچے تو انھوں نے گھوم کر دیکھا انہیں مکان کی چھت پر وہی شخص دکھائی دیا۔ اس کے ہاتھ میں لاٹھی تھی اور وہ اب پہلے کی بہ نسبت کہیں زیادہ دیوہیکل دکھائی دے رہا تھا۔ ان کے دیکھتے دیکھتے اس نے چھت سے چھلانگ لگائی۔ پھلیل سنگھ تو بس وہیں پاؤں جما کر کھڑا ہو گیا لیکن اس کے ساتھیوں نے اصرار کیا کہ ایسی حماقت مت کرو گاؤں کے قریب لڑنا مناسب نہیں۔ اگر گاؤں والوں کو

معلوم ہو گیا تو وہ سب کے سب ہم پر پل پڑیں گے۔ مفت کی مصیبت کا سامنا ہو گا۔ اگر لڑنا ہی ہے تو گاؤں سے ذرا پرے ہٹ کر لڑیں گے۔

پھلیل سنگھ کو ان کی رائے مناسب معلوم ہوئی اور تینوں آگے پیچھے ایک ہی قطار میں دوڑنے لگے۔ وہ خاصی رفتار سے لپکے ہوئے جا رہے تھے لیکن ان کا تعاقب کرنے والا بہت تیز نکلا۔ چنانچہ انہیں رفتار اور بھی تیز کرنی پڑی۔ لیکن انہیں محسوس ہوا کہ اس طرح بھی کام نہیں چلے گا۔ کیونکہ ان کا حریف ریل کے انجن کی سی تیزی کے ساتھ آگے بڑھا آ رہا تھا اور اب ان کے درمیان دو بڑے کھیتوں کا فاصلہ رہ گیا تھا۔ پھر وہ پوری رفتار سے دوڑ پڑے چند منٹ تک اسی طرح دوڑتے چلے گئے۔ وہ تینوں انتہائی تیز اور لمبی دوڑوں کے لیے خاص شہرت کے مالک تھے۔ لیکن اس وقت وہ حیران رہ گئے۔ وہ یہ بات سمجھنے سے قاصر تھے۔ اس قدر گرانڈیل شخص اس قدر تیز کیونکر دوڑ رہا ہے۔ ان کا یہ خیال بھی غلط نکلا کہ وہ تھوڑی دور تک دوڑنے پر ہانپ جائے گا۔۔ بلکہ حقیقت یہ تھی کہ اس قدر تیز رفتاری کے ساتھ زیادہ لمبی دوڑ لگانے سے وہ خود کچھ ہانپ رہے تھے۔ ادھر ان کا حریف کچھ اور بھی قریب آ گیا تھا۔

اسی طرح دوڑتے دوڑتے انھوں نے آپس میں مشورہ کیا کہ سامنے جو بیریوں کے جو دو جھنڈ نظر آ رہے ہیں ان کے بیچ میں ہو کر گزرا جائے۔ جھنڈوں کے درمیان تنگ راستے سے گزرتے وقت اگلے دونوں ساتھ اچک کر دائیں طرف کی جھاڑیوں کی اوٹ میں کھڑے ہو جائیں اور پھلیل سنگھ سیدھا دوڑتا ہوا چلا جائے گا۔ یہ سب کام اس صفائی سے کیا جائے کہ ان کے حریف کو بس یہی معلوم ہو کہ وہ تینوں سیدھی قطار میں ایک دوسرے کے پیچھے بھاگے چلے جا رہے ہیں۔۔ اور جب وہ اس راستے میں سے ہو کر گزرے تو اس پر پیچھے سے حملہ کیا جائے اور اس وقت اگلا ساتھی بھی واپس لوٹ آئے۔ اس طرح وہ تینوں مل کر اسے ٹھکانے لگا دیں۔

چنانچہ اسی طرح کیا گیا۔ جگیر سنگھ اور امر سنگھ جھاڑیوں کی اوٹ میں ہو گئے پھلیل سنگھ چونکہ سب سے پیچھے تھا۔ وہ سیدھا بھاگتا چلا گیا اور جب ان کا حریف جھاڑیوں میں سے ہو کر گزرا تو جگیر سنگھ نے لاٹھی تول کر ایسا بھرپور ہاتھ دیا کہ اگر اس کے سر پر بالوں کا بڑا جوڑا نہ ہوتا تو لاٹی اس کے جبڑوں تک اتر جاتی۔ پھلیل سنگھ فوراً واپس پلٹا۔ اس کے پہنچتے پہنچتے تک انھوں نے اس کی پیٹھ اور ٹانگوں پر دو چار لاٹھیاں اور برسا دیں۔ لیکن ان کا حریف پہلے ہی بھرپور وار سے گر پڑا اور بے ہوش ہو گیا۔

پھلیل سنگھ نے ان کا ہاتھ روک دیا "اب مت مارو بے چارے کو۔۔ آؤ اب ہم لوگ چل دیں"

وہاں سے دو کوس پرے وہ لوگ ایک رہٹ کے قریب کھیت میں چھپ کر لیٹ رہے سوچا کہ کچھ دیر آرام کریں گے اور دن چڑھے میلے میں واپس چلے جائیں گے۔

کچھ دیر تک وہ سوئے رہے۔ صبح ہوئی تو انھوں نے اٹھ کر رہٹ سے منہ ہاتھ دھویا پھلیل سنگھ نے ساتھیوں سے مخاطب ہو کر کہا ''یار جو کچھ بھی کہو رات والا جوان خوب تھا۔۔ آہاہا۔۔کیا خیال ہے تمہارا وہ مر تو نہ گیا ہو گا۔۔بھئی مجھے تو کچھ فکر سی لگی ہوئی ہے۔۔''

پھلیل سنگھ نے گویا سب کے دل کی بات کہہ دی۔وہ بولے ''چلو ہم اس کا پتہ لگائیں۔ہمیں گاؤں میں کوئی پہچانتا تو ہے نہیں''

وہ واپس چل دیئے۔ پہلے اس جگہ پہنچے جہاں انھوں نے اس پر وار کیا تھا۔وہاں اب کوئی نہیں تھا۔شاید گاؤں والوں میں سے کسی نے دیکھ لیا ہو اور اُسے اٹھا کر لے گئے ہوں۔لیکن زمین خون سے سرخ ہو گئی تھی۔معلوم ہوتا تھا کہ خون بہت زیادہ بہہ گیا ہے۔اس قدر خون بہہ جانے کے بعد وہ شاید ہی زندہ بچا ہو۔

وہ تینوں مغموم سے ہو گئے۔ درحقیقت وہ ایسے غیر معمولی جوان کو جان سے نہیں مارنا چاہتے تھے۔۔اب انھوں نے مشورہ کیا کہ تینوں علیحدہ علیحدہ گاؤں میں داخل ہوں اور اس کی حالت کا پتہ لگائیں۔

وہ بکھر کر علیحدہ علیحدہ گاؤں کی طرف چل دیئے چھوٹے سے گاؤں میں یہ خبر آگ کی طرح پھیل چکی تھی انہیں معلوم ہو گیا کہ اس کا نام دربارا سنگھ ہے اور وہ اس وقت گاؤں کے دائرے میں پڑا ہے۔

دائرے میں پہنچے تو وہاں اور بھی کئی لوگ جمع تھے۔انہیں یہ معلوم کر کے خوشی ہوئی کہ وہ مرا نہیں۔بھیڑ میں گھس کر دیکھا تو دربارا سنگھ ایک بڑی چارپائی پر کہنی کے سہارے بیٹھا تھا۔سر پر پٹی بندھی تھی اور وہ ہنس ہنس کر لوگوں سے باتیں کر رہا تھا۔

دن کی روشنی میں اس کا غیر معمولی طور پر پلا ہوا جسم دیکھنے کے قابل تھا۔اُف کس قدر تنومند تھا وہ شخص۔ وہ علاقے بھر میں مشہور جوان تھا۔اور اکیلا کئی جوانوں پر بھاری تھا اور آج تک اس کے ہاتھ سے بچ کر کوئی شخص نہیں جا سکا تھا۔

پھلیل سنگھ نے براہ راست دربارا سنگھ سے مخاطب ہو کر پوچھا کہ آخر ماجرا کیا ہے۔دربارا سنگھ نے اسے پردیسی راہ گیر سمجھ کر سارا قصہ کہہ سنایا اور پھر بڑے مزے میں ہنس کر بولا ''وہ تعداد میں تین تھے۔ یہ ماننا پڑے گا کہ وہ کوئی معمولی چور نہیں تھے کیوں آج تک دوڑ میں بھی میں کسی شخص کو بہت زیادہ دور تک نہیں جانے دیتا۔ رات والے جوان دوڑنے میں یقیناً مجھ سے کم نہ تھے۔ مجھے ملیں تو ان کے ہاتھ چوم لوں۔ جب

میں ان کے پیچھے بھاگ رہا تھا تو دل ہی دل میں ان پر آفرین کہہ رہا تھا لیکن مجھے اس بات کا افسوس ہے کہ آمنے سامنے مقابلہ نہ ہو سکا۔۔"

وہ تینوں چپ چاپ تعریفی نظروں سے اس کو دیکھتے رہے اور پھر انھوں نے آپس میں کنکھیوں سے اشارے کیے اور وہاں سے چل دیئے۔

وہ تینوں چپ چاپ چلے جا رہے تھے اور جب وہ رات والے مکان کے قریب سے گزرنے لگے تو دفعتاً چھلیل سنگھ رک گیا۔ اس نے چندے سکوت کیا اور پھر کمر سے زیورات کی پوٹلی نکالی اور دوسرے لمحہ میں اُسے گھما کر ایسے نشانے پر پھینکا کہ پوٹلی عین صحن کے بیچ میں جا کر گری۔

پھر وہ تینوں جلدی جلدی قدم اٹھاتے ہوئے آگے بڑھ گئے اور جب گاؤں سے دور پہنچ گئے تو ایک مرتبہ پھر انھوں نے رہٹ کا ٹھنڈا پانی پیا۔

چھلیل سنگھ نے داڑھی سے پانی کی بوندیں پونچھتے ہوئے شکرے کی سی دہکتی ہوئی آنکھوں سے ساتھیوں کی طرف دیکھا اور بولا" کہو یار! آج رات کس کے ہاں ہاتھ صاف کیا جائے"

بابا مہنگا سنگھ

ایک ہمارے ماموں صاحب ہیں کہ شہر میں کسی نہ کسی کام سے آتے رہتے ہیں۔ رات عموماً میرے ہاں ہی گزارتے ہیں اور جب رخصت ہونے لگتے ہیں تو مجھے اپنے ساتھ لے جانے پر اصرار کرتے ہیں۔ مجھے گاؤں سے کوئی دلچسپی نہیں ہے۔ کھلی ہوا، دودھ، دہی اور سیدھے سادے بھولے بھالے لوگوں سے مجھے کیا تعلق؟ میں دودھ کے بجائے چائے پینا پسند کرتا ہوں۔ کھلی ہوا کے بجائے کافی ہاؤس کی دھواں دھار فضا زیادہ اچھی معلوم ہوتی ہے۔ دیہات کے سیدھے سادے لوگوں سے براہِ راست تعلقات پیدا کرنے کے بجائے میں آرام کرسی پر بیٹھ کر کسی دوست کے ساتھ ان بے چاروں کے مفاد پر گفتگو کرنا افضل سمجھتا ہوں۔ حفظانِ صحت کی رو سے شہر کی ضرر رسا فضا میں چالیس برس جینے کو دیہات میں اسّی سال تک زندہ رہنے پر ترجیح دیتا ہوں۔۔ لیکن ماموں صاحب کے اصرار سے مجبور ہو کر ایک مرتبہ دیہات میں جانا پڑا۔

گاؤں میں پہنچ کر مجھے مایوسی بالکل نہیں ہوئی بلکہ کچھ خوشی ہوئی کہ گاؤں کی بابت جو میرے خیالات تھے، وہ درست نکلے، اب ہر طرف کھلی ہوا تھی، کوئی اچھا مکان نہیں، کوئی سینما نہیں، کوئی کار نہیں، کوئی کمیونسٹ نہیں، بس کھلی ہوا ہے اور مجھے اس بات پر خوش ہونے کی دعوت دی جا رہی تھی۔ میں ماموں کے مکان کے باہر والے کمرے میں بیٹھا جمائیاں لیا کرتا۔ گھر کے سامنے کھلی جگہ میں ماموں صاحب کی بھینسیں کھڑی دم ہلایا کرتیں۔ کبھی کبھی میری طرف دیکھتیں۔ کہو بیٹا دودھ پیو گے، مکھن چاٹو گے، دہی کھاؤ گے۔۔ میں کہتا، میڈم! آپ دودھ کے بجائے گرم چائے کیوں نہیں دیتیں، معلوم ہوتا ہے کہ آپ چائے کے ذائقے سے واقف نہیں، ورنہ۔۔ بھینس بھی آخر دیہاتن ٹھہری۔ وہ قطع کلام کر کے سینگ ہلانے لگتی اور پھر اپنی بے قدری پر مضمحل ہو کر انتہائی بے اعتنائی سے پورب کی طرف دیکھنے لگتی اور میں ٹائی کی گرہ ڈھیلی کر کے پچھّم کی طرف نظر جما دیتا۔

دو ہی روز بعد مجھے یقین ہو گیا کہ اس جگہ میرے دیکھنے کی کوئی چیز نہیں ہے۔ البتہ میں گاؤں والوں کے

لیے دیکھنے کی چیز ہوں، ماموں جان مجھے اپنے ہمراہ لے کر باہر نکلتے تو جو واقف ملتا اور گاؤں بھر میں کوئی ایسا شخص نہیں تھا جو ان کا واقف کار نہ ہو۔۔اسے میری تفصیلات سے آگاہ کرتے۔ وہ لوگ مجھے سر سے پاؤں تک آنکھیں پھاڑ پھاڑ کر دیکھنے لگتے۔۔ان کے اس رویہ سے میں بھول ہی گیا کہ مجھے بھی یہاں کچھ دیکھنا ہے۔۔اور وہ پیاری پیاری دیہاتی لڑکیاں۔۔جن کی تربوز تربوز بھر چھاتیاں، جنہیں دیہاتی سچ مچ چھاتیاں سمجھتے ہیں۔۔اور ان کے وہ گوبر میں سنے ہوئے ہاتھ، جنہیں پھیلا کر وہ کچھ ایسے بیباک انداز سے میری طرف دیکھتی تھیں کہ میں اپنے آپ کو بالکل سادہ لوح ظاہر کرنے لگتا، آنکھ وانکھ مارنا تو ایک طرف مسکرانے تک کی جرأت نہ ہوتی تھی۔۔اور بے چارے بھولے بھالے نوجوان جن کی صورتوں سے ظاہر ہوتا تھا کہ اگر میرے ساتھ ماموں جان نہ ہوتے تو وہ ایک ٹکے کے لیے میری جان لینے سے گریز نہ کرتے۔

اس فضا میں میرے لیے اور زیادہ عرصے کے لیے زندہ رہنا ناممکن ہوا جارہا تھا۔ مجھے بڑے اہتمام سے وہاں لے جایا گیا تھا اور میں بھی بڑے طمطراق سے وہاں گیا تھا۔ اس لیے دو ہی دن بعد لوٹ آنا قطعاً نامناسب معلوم ہوتا تھا۔ نامعلوم، میں کیا کر گزرتا۔ اگر سچ مچ میری دلچسپی کا سامان پیدا نہ ہو جاتا۔ منجملہ اور چیزوں کے، میرے دل میں سب سے زیادہ کشش سردار مہنگا سنگھ کے لیے پیدا ہوئی۔

ایک روز صبح کے وقت جب کہ ماموں صاحب مجھے پورا آدھ سیر تازہ دوہا ہوا دودھ پلانے پر مصر ہے۔ سردار مہنگا سنگھ ادھر سے گزرا۔ ماموں سے علیک سلیک تھی ''واہگورو جی کی فتح'' کہہ کر آگے بڑھ گئے اور مجھے ماموں جی کی باتوں سے معلوم ہوا کہ وہ تو میرے لیے مجسم درسِ عبرت تھا۔۔وہ کیونکر؟۔۔اب سردار مہنگا سنگھ کی عمر تین کم اسّی برس کی تھی، لیکن اس عمر میں دو چار سیر دودھ ایک ہی سانس میں پی لینا، اس کے لیے کوئی غیر معمولی بات نہیں تھی اور ادھر میں جو ابھی نوجوان تھا۔ آدھ سیر دودھ بھی نہیں پی سکتا اور جب سردار مہنگا سنگھ جوان تھا تو وہ دودھ سے لبریز گھڑے کو منہ لگا دیا کرتا تھا۔

''پینے کے لیے۔۔؟''

''اور نہیں تو کیا؟''

میں کھیتوں میں غائب ہوتے ہوئے مہنگا سنگھ کو دیکھتا رہا۔ اس کا اونچا قد، لمبی داڑھی اور بڑے بڑے ہاتھ پاؤں۔۔

''کام کیا کرتا ہے؟''

''کچھ نہیں، اپنی زمین کی دیکھ بھال کرتا ہے۔ پہلے ڈاکے ڈالتا تھا، اب واہگورو کی بھگتی کرتا ہے''

مجھے مہنگا سنگھ کی شخصیت سے دلچسپی پیدا ہوگئی۔ وہ ایک ذہین شخص تھا۔ سیاسیات، معاشیات اور نفسیات وغیرہ مضامین پر وہ گفتگو نہیں کرسکتا تھا لیکن بحیثیت ایک انسان وہ یقیناً بہت دلچسپ تھا۔ اس کا راکششوں کے مانند ڈیل ڈول، گینڈے کی طرح کھال مربے والی پھولی ہوئی ہرڑ کی سی آنکھیں، گھنے بالوں سے ڈھکا ہوا سینہ، چھاج کے مانند کان، قدیمی بابلی بادشاہوں کی طرح بٹی ہوئی لمبی داڑھی اور مونچھیں دیکھ کر انسان کو اس بات کا شبہ تک نہ ہوسکتا تھا کہ وہ کوئی مزیدار بات کہہ سکتا ہے یا گدگدی پیدا کرنے والے کسی چٹکلے کو سن کر قہقہے لگا سکتا ہے۔

چاندنی راتوں میں گاؤں سے باہر عام طور پر نوجوان کبڈی کھیلا کرتے تھے۔ لیکن اندھیری راتوں میں عموماً مہنگا سنگھ کو گھیر لیتے۔ مہنگا سنگھ کو زندگی میں بے شمار دلچسپ واقعات پیش آچکے تھے۔ وہ ان کی سزائیں بھگت چکا تھا اور جو ثابت نہ ہوسکے تھے وہ دنیا نے معاف کردیئے تھے۔ اب وہ واہگورو نام کا سمرن کرتا تھا یا گاؤں کے نوجوانوں کو کوئی مزیدار قصہ سنا دیتا۔

گاؤں سے تقریباً ایک فرلانگ پر لفٹین کی باغیچی تھی، یعنی لفٹیننٹ کا باغ۔ میں نے اس کی وجہ تسمیہ جاننے کی کوشش ہی نہیں کی۔ خیر اس باغیچے کے قریب ایک اونچا ٹیلا تھا۔ مہنگا سنگھ رات کا کھانا کھانے کے بعد اس ٹیلے پر جا بیٹھتا اور پریم رس میں ڈوبے ہوئے شبد، اپنے بے ڈھب آواز، لیکن اپنی دانست میں نہایت دردناک لے کے ساتھ پڑھا کرتا۔ کچھ آدمی بھی اس کے قریب آن بیٹھتے۔ داڑھیوں پر ہاتھ پھیر پھیر کر شبدوں کے الفاظ اور معنی کی داد دیتے۔ بعض اوقات پریم رس اور گیان دھیان سے دفعتاً گریز کر کے وہ عورتوں کی باتیں کرنے لگتے۔ ان کے بالوں، آنکھوں، ہونٹوں، گردن اور چھاتیوں سے ہوتے ہوئے گہرائیوں تک اتر جاتے۔ سب مل جل کر بڑی فحش باتیں کرتے اور جب جی بھر جاتا تو دفعتاً ساری گفتگو کا ایک بہت ہی اعلیٰ اخلاقی نتیجہ نکال لیتے اور پھر سب بڑے گیانیوں کی طرح زندگی کی ناپائیداری پر لمبی آہیں بلند کرتے ہوئے اٹھ کر گاؤں کی طرف چل دیتے۔

میرا بھی یہ معمولی ہوگیا تھا کہ شام کا کھانا کھایا، اور باباجی کے ٹیلے کی طرف چل دیتا۔ بابا مہنگا سنگھ آنکھیں موندے، گورو چرنوں میں سیس نوائے یا تو کپڑے کی بنی ہوئی مالا جپتے یا شبد گاتے۔ جس روز کا اب ذکر کر رہا ہوں، اس روز بھی سب لوگ پریم رس میں رس گلے بنے بیٹھے تھے۔ نہ معلوم عورتوں کا ذکر کیوں اور کہاں سے شروع ہوا، اس روز صنفِ نازک پر نیا الزام لگایا گیا اور مہنگا سنگھ نے پہلے گورو صاحب کے لکھے ہوئے استری چرتر کا حوالہ دیا اور پھر اس کا ذکر ترک کر کے ذاتی تجربات بیان کرنے لگے۔۔

ہم سب سرک کر ان کے قریب ہو بیٹھے۔

تاروں کی مدہم روشنی میں جب مہنگا سنگھ نے اس نئے مضمون پر گفتگو کرنے کے لیے منہ کھولا تو اس کی آنکھوں میں ایک نئی چمک پیدا ہو گئی۔ اس کی ہوا میں لہراتی ہوئی داڑھی جیسے جھوم جھوم کر اظہارِ مسرت کرنے لگی۔

''عورتوں کی چالاکی۔۔؟ ۔۔ ہاہا۔۔ مرد خود اپنے آپ کو کتنا ہی عقل مند کیوں نہ سمجھے لیکن عورت کے سامنے اس کی ایک نہیں چلتی۔ اب میں آپ بیتی سناتا ہوں جو بظاہر اس قدر حیرت انگیز ہے کہ شاید تم لوگوں میں سے بعض کو اس بات کا یقین بھی نہ آئے۔۔''

ہم سب اس کے منہ سے نکلا ہوا ایک ایک لفظ غور سے سن رہے تھے۔ اصل بات شروع کرنے سے پہلے اس نے بتایا کہ اس وقت اس کی عمر تیس برس کے لگ بھگ تھی۔ وہ بہت طاقت ور شخص تھا۔ گھونسہ مار کر اینٹ توڑ ڈالتا تھا۔ کئی معرکے کے ڈاکے ڈال چکا تھا۔ علاقے بھر کے لوگ تو اس کا نام سن کر تھر تھر کانپتے تھے۔ پولیس تک کی جرأت نہ ہوتی تھی کہ۔۔

یہ تمہید کافی لمبی تھی۔ وہ یہ باتیں پہلے بھی اتنی مرتبہ دہرا چکا تھا کہ ہم اسے سن سن کر تنگ آ چکے تھے۔ لیکن نہ اسے ٹوکا جاسکتا تھا، نہ اس کی تردید کی جاسکتی تھی، اب بھی لڑنے مرنے پر آمادہ ہو جاتا تھا، آخر وہ اصل قصے کی طرف متوجہ ہوا۔

۔۔جس واقعہ کا میں اب ذکر کرنے والا ہوں، اس سے پہلے کئی روز مال ہاتھ نہ لگا تھا۔ یوں تو واہگورو کا دیا سب کچھ تھا اور پھر زورِ بازو سے بھی بہت کچھ کمایا تھا۔ لیکن جسم میں جان تھی، طاقت کا استعمال بھی تو لازم تھا نا۔۔ ہاں بھئی چرن! تم تو تقریباً میرے ہم عمر ہی ہو نا؟ تمہیں یاد ہے؟ کیلاں کے گاؤں کے اردگرد کا علاقہ کس قدر خطرناک سمجھا جاتا تھا۔۔''

''ہاں، مجھے یاد ہے، وہاں بڑے بڑے درختوں کے جھنڈ اور جھاڑیاں کوسوں تک چلی گئی تھیں، جنگل ہی جنگل تھا۔۔''

'مہنگا سنگھ نے پھر بات شروع کی، ''بڑا سنسان علاقہ تھا، وہاں یا تو بھیڑیے رہتے تھے، یا ڈاکوؤں کی کمین گاہیں تھیں، مجھے بھی بعض اوقات وہاں پناہ لینی پڑتی تھی۔۔ ایک مرتبہ کافی عرصے تک وہاں چھپے رہنے کے بعد میں نے اسے گھر جانے کی ٹھانی۔۔ مہینوں سے گھر والوں کی مجھے، اور نہ میری گھر والوں کو کوئی خبر رہی تھی، میں نے دو تین ساتھیوں کو تاکید کر دی کہ میں زیادہ سے زیادہ آٹھ دس روز تک لوٹ آؤں گا اور

اگر میں اتنے عرصے کے اندر اندر واپس نہ آؤں تو سمجھنا کہ گرفتار ہو گیا ہوں، پھر مجھے جیل سے چھڑانے کی تجویز کر لینا۔۔''

بابا مہنگا سنگھ نے اپنی ٹانگوں کو سہلاتے ہوئے قدرے سکوت کیا۔۔اپنے گاؤں تک چالیس کوس کا فاصلہ تھا، سو چا رات کو سفر کیا کروں گا، اور دن کو کہیں چھپ رہوں گا۔جنگل ختم ہوتے ہی پہلا گاؤں ''کیلاں'' تھا۔رات آدھی سے زیادہ گزر چکی تھی۔میرے ہاتھ میں ایک لمبا لٹھ اور کمر سے ایک ڈیڑھ فٹ کی کرپان لٹکی ہوئی تھی۔ یہ کرپان میں نے خالص لوہے کی بنوائی تھی۔۔اس وقت مجھے سوائے جانوروں کے اور کسی کا خطرہ نہ تھا، کیلاں کے لوگ چونکہ بڑے خطرناک علاقے میں رہتے تھے۔اس لیے سردیوں میں تو شام پڑتے ہی گھروں میں گھس بیٹھتے تھے۔ میں مزے سے شبد گنگناتا کھیتوں کے بیچ میں سے ہوتا ہوا چلا جا رہا تھا۔دفعتاً جو میری نظر اٹھی تو ایک بہت عجیب منظر دکھائی دیا۔۔کیاں سے کئی کھیت ادھر درختوں کے پیچھے شمشان اور قبرستان ساتھ ساتھ کچھ اس انداز سے بنے ہوئے تھے کہ اگر گاؤں سے ایک طرف دیکھا جائے تو سوائے ان گھنے درختوں کے اور کچھ بھی دکھائی نہیں دیتا تھا۔۔دیکھتا کیا ہوں کہ قبرستان میں تیز روشنی ہو رہی ہے پہلے میں نے خیال کیا کہ ممکن ہے شمشان میں کوئی مردہ جلایا گیا ہو، اور آگ ابھی جل رہی ہے لیکن یہ روشنی کچھ اور ہی طرح کی تھی اور پھر لحہ بہ لحہ تیز ہو رہی تھی۔۔''

سب لوگ بلا آنکھیں جھپکائے مہنگا سنگھ کی طرف دیکھ رہے تھے۔مہنگا سنگھ نے داڑھی پر ہاتھ پھیرتے ہوئے قصہ جاری رکھا:

''یہ روشنی دیکھ کر میرے دل میں کئی قسم کے خیالات پیدا ہوئے۔ذرا غور کرنے کی بات ہے کہ ایسی سنسان جگہ، اندھیری رات، شدت کی سردی، ہر طرف خاموشی کا عالم۔۔اور قبرستان میں بڑھتی ہوئی روشنی، پہلے میں نے سوچا، ہے منا! (اے دل!) تجھے ان باتوں سے کیا لینا، سیدھا راستہ ناپتا چلا جا! تجھے منزل طے کرنی ہے، واہگورو کی باتیں واہگورو ہی جانے'' لیکن دل کی تسلی نہ ہوئی، اور میں نے سوچا، دیکھوں تو سہی، آخر معاملہ کیا ہے؟۔۔لو بھائی! میں نے اپنا راستہ چھوڑ کر قبرستان کا رخ کیا۔قبرستان مجھ سے کافی فاصلہ پر تھا، جوں جوں میں قریب پہنچ رہا تھا، توں توں روشنی اور صاف نظر آنے لگی۔قبرستان سے کچھ فاصلہ پر میں رک گیا۔گھنی جھاڑیوں میں نہ صرف آگ کی روشنی صاف صاف دکھائی دے رہی تھی بلکہ وہاں کوئی چیز ہلتی ہوئی دکھائی دی۔۔پہلے سوچا، شاید میرا وہم ہو، چپ چاپ کھڑا دیکھتا رہا۔یوں معلوم ہوا جیسے دو سینگ ہل رہے ہوں، میں قدم ناپتا، درختوں کی اوٹ لیتا ہوا کچھ اور قریب پہنچا تو سر سے پاؤں تک بالکل سیاہ گائے

دکھائی دی۔۔آگ کا ایک آدھ شعلہ جھاڑی کے اوپر لپکتا ہوا دکھائی دے جاتا تھا۔۔وہ سیاہ گائے ویرانے میں تنہا کھڑی ہوئی چڑیل کا روپ معلوم ہوتی تھی۔ میں نے ہمیشہ واہگورو اکال پرکھ کا بھروسا کیا ہے۔۔ چنانچہ میں واہگورو کا نام لے کر اور آگے بڑھا۔ پھر ٹھٹھک گیا۔ کچھ اس قسم کا شبہ ہو رہا تھا کہ وہاں کوئی اور ہستی بھی ہے رات مکمل طور پر تاریک تھی۔ درختوں کے وہ حصے جہاں آگ کی روشنی نہیں پہنچ رہی تھی۔ بڑے خوف ناک دکھائی دے رہے تھے۔ میں نے ایک نظر اپنے سر کے اوپر ڈالی۔ ٹہنیوں پر بھی ڈالی، کہ کہیں وہاں کوئی چھپا ہوا نہ بیٹھا ہو۔۔"

ہم لوگ اس کی آواز کی گونج اور الفاظ کے جادو سے بت بنے بیٹھے تھے۔ حاضرین میں سے کسی کے منہ سے تھرتھراتی ہوئی آواز نکلی۔۔ "پھر تم نے کیا دیکھا۔۔؟"

"میں پھونک پھونک کر قدم رکھ رہا تھا۔ ایک درخت کی اوٹ سے دوسرے درخت کی اوٹ تک انتہائی احتیاط کے ساتھ چلتا ہوا میں بالکل قریب پہنچ گیا۔ میں نے زندگی بڑے بڑے ویرانے میں بسر کی ہے۔ کئی عجائبات دیکھنے میں آئے، لیکن جو منظر وہاں دیکھا، وہ مرتے دم تک نہ بھولوں گا۔۔ گائے کے قریب ایک قبر کے پاس بڑا سا چولھا بنا ہوا تھا۔ اس میں آگ جل رہی تھی۔ کچھ برتن پڑے تھے، پانی کا ایک کورا مٹکا۔۔ ان سب چیزوں کے درمیان ایک عورت۔۔"

"عورت۔۔؟" سب کے حلق سے نکلا۔

"ہاں عورت۔۔! بیس اکیس کے قریب ہو گی، اس قدر حسین اور پرشباب کہ زبان بیان نہیں کر سکتی، میں تو اسے دیکھ کر ہکا بکا رہ گیا۔ سوچا، نہ معلوم یہ پری ہے سچ مچ کی یا کسی چڑیل نے پری کا روپ دھارا ہے۔ درخت کے تنے کے ساتھ لگا ہوا میں چپ چاپ اسے دیکھتا رہا۔ سوچنے کی بات ہے کہ ایسی کالی رات کو، آبادی سے پرے، ویرانے بلکہ قبرستان میں کسی نوجوان اور حسین عورت کی یہ جرأت کیوں کر ہو سکتی تھی، میں نے دل میں کہا کہ دیکھیں، اب یہ کیا کرتی ہے۔۔ اس نے میرے دیکھتے دیکھتے چولہے میں اور لکڑیاں ڈال دیں، آگ بھڑک اٹھی، پھر اس نے سر سے دوپٹہ اتار دیا، اس کے سیاہ بال دکھائی دینے لگے، اس نے مینڈھیوں کو کھولا اور پھر ساری چوٹی کھول کر بال بکھرا دیئے اور روئی کی صدری کے بٹن کھولنے لگی، صدری کے نیچے ایک مخملی واسکٹ پہن رکھی تھی، اس کے بٹن کھول کر اسے بھی اتار دیا، اور جب اس نے قمیص کے بٹن بھی کھولنے شروع کیے تو میرا دل دھڑکنے لگا۔۔ باہگورو۔۔ باہگورو!!۔۔ بٹن کھولنے کے بعد الٹا کر قمیص کو بھی اتار دیا، اب اس کے اوپر والے حصے پر ایک تار نہیں تھا۔ آپ لوگ میری حیرانی کا

اندازہ بخوبی لگا سکتے ہیں، اس وقت مجھے بھی اردگرد کی کچھ خبر نہ رہی، دل دھڑک رہا تھا، نہ معلوم یہ عورت کیا کرنے کو ہے میں ایک بچہ کی سی حیرانی کے ساتھ اس کی طرف دیکھتا رہا اور اب جو اس نے اپنی شلوار کا ازار بند کھینچا، تو میں نے منہ دوسری طرف پھیر لیا۔۔ چند لمحوں تک میری حالت کچھ عجیب سی ہو گئی۔ میں نے سمجھا کہ یہاں ضرور بھوتوں اور چڑیلوں کا مسکن ہے، اتنے میں پانی کے گرنے کی آوازیں آنے لگیں، میں نے جھجکتے ہوئے اس طرف نظر ڈالی تو عورت نے پانی کا مٹکا کالی گائے سے سر پر سینگوں میں پھنسا کر رکھ دیا تھا۔ ایک ہاتھ سے اس نے مٹکا تھام رکھا تھا، دوسرے سے لوٹے بھر بھر کر پانی اپنے بدن پر ڈال رہی تھی۔ نہا کر اس نے ایک چادر سے بدن پونچھا، بغیر کپڑے پہنے اس نے ایک رنگین ٹوکری میں سے زیور نکال کر پہننے شروع کر دیئے۔ انگوٹھیاں، گوکھڑو، چون، توتیڑیاں، کنٹھا، بازوبند، بالیاں، غرض وہ سر سے پاؤں تک سونے سے زرد ہو گئی۔۔"

ہم میں سے ایک نے کہا "ایسی سردی میں اس نے۔۔ کپڑے نہیں پہنے۔۔"

"نہیں۔۔ یہی تو حیرانی کی بات ہے، اب اس نے ایک چھوٹی سی رکابی سے کپڑا سرکایا اس میں گندھا ہوا آٹا تھا، چولہے پر توا رکھا، اور آٹے کے پراٹھے کے انداز میں لپیٹ کر توے پر ڈال دیا اور اسے گھی میں تلنے لگی۔۔"

اب میں سوچنے لگا کہ مجھے کیا کرنا چاہیے، میں نے سنا تھا کہ پریوں کی کمر کا پچھلا حصہ کھوکھلا ہوتا ہے یعنی ریڑھ کی ہڈی نہیں ہوتی، دوسرے بھوتوں کا سایہ نہیں ہوتا اور اس عورت کا سایہ صاف نظر آ رہا تھا اور پھر ہر چیز اس قدر واضح تھی کہ میں نے سمجھ لیا دال میں کچھ کالا ہے۔ ایک تو بھوت چڑیلوں پر میرا یقین نہیں تھا، لیکن اس عورت کا واقعہ اس قدر عجیب تھا کہ یقین نہ آتا تھا کہ ایک کمسن اور حسین عورت ایسی سنسان جگہ پر آنے کی جرأت کر سکتی ہے، خیر! اب میں نے قدم بڑھایا اور اس سے چند قدم پرے کھڑے ہوئی گائے کی پیٹھ سے ٹیک لگا کر کھڑا ہو گیا۔۔ گائے کے جسم کو چھو کر میرا یقین پختہ ہو گیا کہ یہ کوئی غیر معمولی ہستی نہیں ہے، اب میں کھڑا ہوا ہی تھا کہ اس عورت کی نظر میرے پاؤں پر پڑی۔ اور پھر دفعتاً اس نے نگاہ اٹھا کر میری طرف دیکھا۔ اب دفعتاً اس کی صورت مسخ ہو گئی۔ باچھیں چر گئیں، دانت چمکنے لگے، نتھنے پھیل گئے اور آنکھیں جیسے ابل پڑیں۔۔ ہاتھوں کی انگلیوں میں تشنج کی کیفیت پیدا ہوئی اور وہ بال پھیلائے "کلیجا کھالوں گی، کلیجا کھالوں گی" کہتی ہوئی میری طرف جھپٹی۔ اس کی آواز سن کر مجھے تسلی ہو گئی کہ یہ کوئی عورت ہے، چڑیل نہیں، جونہی وہ میرے قریب پہنچی، میں نے مسکرا کر اس کے دونوں ہاتھ پکڑ لیے۔ وہ وحشیوں کی

طرح میرے ہاتھ کاٹنے لگی۔ میں نے زور سے اسے پیچھے کی طرف دھکیل دیا۔وہ گرتے ہی پھر مجھ سے گتھم گتھا ہو گئی۔اس عورت میں بلا کی طاقت تھی، لیکن ظاہر تھا ہم دونوں کا کوئی مقابلہ ہی نہ ہو سکتا تھا۔ میں نے تنگ آ کر اس کے بالوں کو خوب جھنجھوڑا اور اس کی پیٹھ پر دو تین دھپ مارے لیکن صرف اتنے زور سے، جو اس کی قوت برداشت سے باہر نہ ہوں، پھر میں نے اس کی نازک گردن کو اپنی لمبی انگلیوں کی گرفت میں لے کر کہا۔ دیکھو! اگر ایسی چھچھوری حرکتیں کرو گی تو میں تمہیں جان سے مار ڈالوں گا۔۔وہ بے چاری تھک کر ہانپ رہی تھی، میں نے اسے پرے دھکیل کر کہا" ذرا وہاں کھڑی ہو کر بات کرو مجھ سے۔۔"

اب اسے بھی اس بات کا یقین ہو گیا کہ میں اس کی حقیقت سمجھ چکا ہوں اس لیے زیادہ حیل وحجت فضول تھی، دفعتاً اس نے چادر اٹھائی اور اپنے جسم پر لپیٹ لی، اور اس کی آنکھیں نیچے جھک گئیں، میں نے اصل مقصد جاننے کی کوشش کی، وہ زمین کی طرف دیکھتی رہی اور جھجک جھجک کر باتیں کرتی رہی۔اب اسے مجھ سے ڈر معلوم ہوتا تھا، اس کی باتوں سے ظاہر ہوا کہ چار برس پہلے اس کی شادی ایک بڑے ساہو کار سے ہوئی تھی، لیکن اب تک وہ اولاد کے لیے ترس رہی تھی اور اس کا شوہر دوسری شادی پر تلا ہوا تھا۔ادھر یہ پریشان تھی۔آخر ایک بوڑھی عورت نے اسے یہ نسخہ بتایا کہ کالی گائے کے سر پر پانی کا مٹکا رکھ کر قبرستان میں اشنان کر، اور وہیں سے ایک پراٹھا پکا کر لا، اور کسی اولاد والی عورت کو کھلا دے، تو اس کے بچے مر جائیں گے، اور تیرے گھر اولاد ہو گی۔۔ میں نے یہ سنا تو قہقہہ مار کر ہنسا، اس وقت گہنوں سے لدی ہوئی وہ عورت آگ کی روشنی میں بہت حسین دکھائی دے رہی تھی، میں نے آگے بڑھ کر اس کے رخسار کو چھوا۔وہ فوراً پیچھے ہٹ گئی۔کیسی نرم جلد تھی اس کے چہرے کی، اور کس قدر بھولی صورت تھی اس کی۔۔!

اس نے خفگی کا اظہار کرتے ہوئے کہا" تمہیں معلوم ہونا چاہیے کہ میں ایک شریف گھرانے کی عورت ہوں!"

میں نے ہنس کر کہا" مجھے معلوم ہے کہ تو شریف عورت ہے، لیکن اے نیک بی بی! میں بھی بھلے خاندان کا آدمی ہوں، پرائی استری کی طرف بری نیت سے دیکھنا پاپ سمجھتا ہوں، گورو کا دیا کھاتا ہوں، انتہائی مجبوری کے سوا کبھی کسی پر ہاتھ نہیں اٹھاتا۔اس لیے تو خاطر جمع رکھ۔۔لیکن یہ بات سن لے، کہ تو نے جو طریقہ اولاد حاصل کرنے کا اختیار کیا ہے، یہ بہت بڑا پاپ ہے۔کسی کا برا چاہنا بھلے آدمی کا کام نہیں ہے، بڑے بڑے رشیوں، گوروؤں، نبیوں، غرض کسی نے بھی اولاد حاصل کرنے کا یہ طریقہ نہیں بتایا، جو تو اختیار کر رہی ہے"

یہ کہہ کر میں نے کچھ داڑھی کو سنوارا، کچھ پگڑی کو درست کیا، انگوچھے سے منہ اور بازوؤں کی گرد پونچھی۔۔ ''اور بھئی میں خاصا کڑیل جوان تھا''۔۔

بابامہنگا سنگھ خاموش ہو گئے۔ہم نے کہا۔۔ ''باباجی! اس کے بعد تم نے کبھی ملنے کی کوشش کی۔۔؟''

''ہاں، لیکن پھر ملاقات نہیں ہوئی۔۔معلوم ہوتا ہے کہ پھر اسے میری کوئی ضرورت ہی نہیں رہی ہو گی۔۔ اور یہ بھی ہو سکتا ہے کہ وہ مجھ سے خفا ہو گئی ہو؟''

''کیا تم نے کوئی خفگی کی بات کی تھی۔۔؟''

''نہیں، اسے میری کوئی حرکت ناپسند نہیں تھی، البتہ جب وہ جانے لگی، تو میں نے اس کا کنٹھا پکڑ لیا، وہ حیران سی رہ گئی۔بولی۔۔ ''تمہارا مطلب''، میں نے جواب دیا کہ اس سے پہلے تو میرا کوئی مطلب ہی نہیں تھا، میرا اصل مطلب یہی ہے، اس نے کہا کہ اکیلی جان کر میرے زیوروں پر ہاتھ ڈال رہے ہو۔میں نے جواب دیا، ''چلو گاؤں میں جتنے آدمیوں کے سامنے کہو، تمہارے زیورات اتارلوں'' اسے میری یہ تجویز پسند نہیں آئی، چنانچہ اس نے سارے زیورات میرے حوالے کر دیئے۔۔

یہ کہہ کر باباجی نے سر جھکالیا، اور پھر جیسے گم ہو گئے۔ایک بزرگ بولے ''دیکھا، ایسی پاجی ہوتی ہیں عورتیں۔۔''

لیجیے، میں دل میں سوچنے لگا۔ماروں گھٹنا پھوٹے آنکھ، اس قصے کا کیا ہی شان دار اخلاقی نتیجہ نکالا گیا ہے، سب لوگ آپس میں عورتوں کی بدمعاشی اور ان کی چالاکی پر رائے زنی کرنے لگے، لیکن باباجی آنکھیں نیم وا کیے چپ چاپ بیٹھے رہے۔

''باہگورو! باہگورو!!'' ان کے لب ہلے۔

میں نے انہیں افسردہ دیکھ کر پوچھا۔۔ ''باباجی! آپ نے جو اس عورت کے زیورات اتار لیے۔غالباً آپ کو اسی بات کا دکھ ہو رہا ہے اس وقت۔۔!''

باباجی کے بھاری پپوٹے ہلے، اور انھوں نے میری طرف پریم بھری نظروں سے دیکھتے ہوئے سرد آہ کھینچی اور بولے۔۔ ''نہیں، مجھے اس کا دکھ نہیں، لیکن دکھ اس بات کا ہے کہ پچاس برس گزرنے کو آئے۔ واہگورو اکال پرکھ نے مجھے ایسا موقع پھر کبھی نہیں بخشا''

آشیانہ

کھلتے ہوئے گلابی رنگ کی دوزی فوزی اون کا سویٹر بدن سے کچھ اس طرح چپکا ہوا تھا کہ مجھے بار بار اوڑھنی کو سینے پر ڈالنا پڑ رہا تھا۔

اس دوران میں ممکن ہے کہ میرا چہرہ بھی گلابی ہو گیا ہو۔ میں نے دبی دبی نظروں سے دوسری لڑکیوں کے کپڑوں کا جائزہ لیا کہ کہیں میرا لباس اس موقعے کے لیے ضرورت سے زیادہ شوخ تو نہیں ہے۔ لیکن سب لڑکیاں خوب سج دھج کر آئی تھیں۔ ان میں سے ایک نوخیز کرسچین لڑکی چھوٹے موزے پہنے جو اس کی سڈول پنڈلیوں تک بھی نہیں پہنچتے تھے۔ ایسے کھلنڈرے پن کا اظہار کر رہی تھی جیسے وہ انٹرویو کے لیے نہیں کلب میں پنگ پانگ کے لیے آئی ہو۔

موسم سرما کی نہایت خوش گوار صبح تھی۔

بڑے بڑے ستونوں والی عمارت کے برآمدے میں بچھی ہوئی طویل بنچوں پر ہم سب لڑکیاں بیٹھی تھیں۔ بعض آپس میں چہل کر رہی تھیں۔ لیکن میں سب سے الگ تھلگ گویا دھونی رمائے بیٹھی تھے۔ میری آنکھیں کبھی برآمدے کے آگے پھیلے ہوئے مخملیں گھاس کے لان پر پھیلنے لگتیں اور کبھی اونچی اور گھنی باڑ میں اڑنگا لگائے آہنی پھاٹک کو تاکتے لگتیں۔

''وہ عیسائی لڑکی سلیکٹ ہو جائے گی'' آواز آئی۔

'' کیوں؟''

'' کیسی طرح دار ہے وہ''

دوسری نے تامل کیا اور پھر کہا ''یہ بھی اچھی ہے''

'' کون؟''

'' گلابی سویٹر والی''

میں شرما، سمٹ اور لرز کر رہ گئی۔ توبہ ! بے شرم !!

ذہنی کوفت سے بچنے کے لیے میں نے کلائی پر بندھی رسٹ واچ کی طرف دیکھا۔ دس بجنے کو تھے۔ لڑکیاں آپس میں کہہ رہی تھیں، نہ جانے کون انٹرویو لے گا۔ کوئی صورت نظر نہیں آتی۔ سرکاری دفتر تو ہے نہیں کہ وقت کی پابندی کی جائے۔

''ہائے تیرا جی تو چاہتا ہو گا کہ فوراً پی اے بنالی جاؤں''

اس قسم کی باتیں ہو ہی رہی تھیں کہ بغل والا دروازہ کھلا اور رتنگ فراک اور الجھے بالوں والی ایک لڑکی نے آواز دی ''مس پربھا مصرا''

مس پربھا مصرا پہلے تو بدک کر یوں چونکیں جیسے وہاں سے بگٹٹ بھاگ کر سیدھے گھر پر دم لیں گی۔ لیکن پھر صحیح حالات کا احساس ہونے پر دروازے کی جانب بڑھیں اور چق کی اوٹ میں غائب ہو گئیں۔ جب لوٹیں تو بغیر رکے پھاٹک کا رخ کیا۔ ایک طرار لڑکی نے آواز دی ''حضور ! انٹرویو ختم ہونے کا مطلب یہ نہیں ہے کہ تماشا ختم اور پیسہ ہضم ابھی تشریف رکھیے''

جب وہ جھینپ کر بنچ پر بیٹھ گئیں تو لڑکیوں نے سوالات کی بوچھار کر دی۔

لڑکیاں باری باری بلائی جانے لگیں۔ تعداد میں کل گیارہ لڑکیاں تھیں، میرا نمبر آٹھواں تھا۔

اپنا نام پکارے جانے پر سنبھل کر اٹھی اور ایک چھوٹی سی فائل بغل میں دابے چق اٹھا کر اندر داخل ہو گئی۔ بھاری بھرکم آفس ٹیبل کے پیچھے اکہرے بدن اور گورے رنگ کا تقریباً چھبیس سالہ شخص سر جھکائے بیٹھا تھا۔ اس کی پتلی پتلی اجلی انگلیاں اس کے گھنے بالوں میں دھنسی ہوئی تھیں۔ اس نے میری جانب دیکھے بغیر بیٹھنے کا اشارہ کیا۔ میں بھی اس کے ہاتھ کے پیچھے چھپا ہوا چہرہ دیکھ نہ سکی۔

کمرہ طویل تھا، دو بڑی کھڑکیوں پر رنگین پردے، جو اب مٹیالے ہو گئے تھے لٹک رہے تھے۔ ایک گوشے میں چھوٹا سا پیانو دھرا تھا۔۔ اس کے اسٹینڈ پر میوزک کی کتاب کھلی پڑی تھی۔ معلوم ہوتا تھا کہ روکھے سوکھے بالوں والی لڑکی پیانو بجانا سیکھ رہی تھی۔ کیونکہ اس نے بلا تامل ''گاڈ سیو دی کنگ (God Save the King) ٹنٹنانا شروع کر دیا۔

''نام؟''

بتا دیا گیا

''عمر؟''

''بیس برس''

''تعلیم؟''

''ایف اے، پتا جی کی وفات کے باعث آگے نہ پڑھ سکی''

''شادی شدہ؟''

''جی نہیں''

اب اس نے اُچٹتی ہوئی ایک نگاہ مجھ پر ڈالی۔ پھر منہ پھیر لیا۔

''والدہ کے ساتھ رہتی ہیں''

''جی نہیں میں یہاں مسز اسمتھ لاج میں تنہا رہتی ہوں۔ نوکری کر کے ماں اور ایک چھوٹے بھائی کے گزارے کے لیے روپے بھیجتی ہوں ہر ماہ''

''تعلیم معمولی ہے'' اس نے بے حس آواز میں کہا۔

''جی مجھے پڑھنے لکھنے کا بڑا شوق ہے۔ لیکن جیسا کہ میں نے بتایا نا کہ۔۔ ٹائپ اور شارٹ ہینڈ جانتی ہوں۔ دو تین جگہ کام بھی کر چکی ہوں۔ چند نظمیں اور افسانے۔۔'' یہ کہہ کر میں نے بغل سے فائل نکالی۔

''آپ جا سکتی ہیں''

میں ہکا بکا رہ گئی۔ یہ انٹرویو تھا کہ مذاق؟ برہم ہو کر میں واپس دروازے کی جانب بڑھی۔۔ گاڈ سیو دی کنگ، اب بھی دھیمے سروں میں بج رہا تھا۔ ہر چند مجھے ملازمت کی سخت ضرورت تھی۔ لیکن اس ناخوشگوار انٹرویو کی یاد کو میں نے پہلے ہی دن بھلا دیا اور ایک مرتبہ پھر اخبار کے کالموں میں نوکری کے اشتہارات تلاش کرنے لگی۔ دوپہر کے وقت لاج کے برآمدے میں کپڑے کی آرام کرسی پر نیم دراز، میں اپنے خیالات میں محو تھی۔ دور لان پر لڑکیوں کے بیڈمنٹن کھیلنے کی آوازیں آ رہی تھیں۔

اسی اثناء میں ڈاکیا چٹھی لایا۔ پڑھنے پر معلوم ہوا کہ مجھے وہیں نوکری مل گئی ہے اور دوسرے روز دفتر حاضر ہونے کی ہدایت کی گئی ہے۔

بوکھلاہٹ میں مجھ سے نہ جانے کیا حرکت ہو گئی کہ جینی نے دور ہی سے ریکٹ گھما کر پوچھا: '' کہو خیریت تو ہے نا''

''او ہاں ہاں۔۔ بالکل بالکل۔۔''

یہ کہہ کر میں نے کمرے میں گھس کر اندر سے دروازہ بند کر لیا۔

اول تو مجھے ملازمت ملنے کی امید تک نہیں تھی۔ دوسرے میں یہ ملازمت کرنا بھی نہیں چاہتی تھی۔ لیکن اس موقع پر میرے لیے ایک سو پچیس روپے ماہوار کوئی معمولی رقم نہیں تھی۔ سوچا کوئی پابندی تو ہے نہیں۔ بہتر کام ملنے پر فوراً چھوڑ دوں گی۔۔ چنانچہ دوسرے روز ڈیوٹی پر پہنچ گئی۔

وہی انٹرویو والا کمرہ تھا اور ایک چھوٹے کتے اور گاڈ سیوی دی کنگ '' بجانے والی لڑکی کے سوا وہاں اور کوئی موجود نہیں تھا۔

میں دستانے اتارے بغیر کرسی پر ٹانگ رکھ کر بیٹھ گئی۔۔ لڑکی کی عمر بہ مشکل تیرہ برس ہو گئی۔ قد ضرور لانبا تھا، لمبوترا چہرہ، خدوخال گورا، تپلی تپلی ٹانگیں، بدن سپاٹ۔

ہماری آنکھیں ملیں تو پہلے تو میں خوب باچھیں پھیلا کر مسکرائی پھر سنبھل کر بزرگانہ انداز میں پوچھا '' یہیں رہتی ہو ''

'' ہاں۔۔ جی ''

'' پڑھتی ہو؟ ''

'' ہاں۔۔ جی ''

'' یہ '' میں نے خالی کرسی کی جانب اشارہ کر کے پوچھا آپ کے۔۔ رشتہ دار ہوتے ہیں۔

'' نہیں۔۔ جی ''

لڑکی کی چھوٹی بحر میں باتیں سن کر کلیجا منہ کو آنے لگا۔ جی نہیں چاہتا تھا کہ آگے کچھ سوال کروں۔ لیکن اس نے خود ہی بتا دیا '' کرایہ دار ہیں ''

یہ کہہ کر اس نے پیانو کے ایک سر پر انگلی زور سے ماری جس کی آواز دیر تک فضا میں لرزاں رہی۔۔

'' آپ آ گئیں؟ '' مالک نے بڑی تیزی سے کمرے میں داخل ہو کر پھرتی سے کرسی پر بیٹھتے ہوئے پوچھا اور پھر جواب کا انتظار کیے بغیر فرمایا '' ہر روز تھوڑا سا تحریری اور ٹائپ کا کام ہوا کرے گا۔ اس کے بعد آپ چاہیں تو جا سکیں گی ''

تھوڑا سا کام، پھر چھٹی اور پھر ہر ماہ ایک سو پچیس روپے!! معاً مجھے یوں محسوس ہوا جیسے میں شہزادی ثریا جبیں ہوں اور حضرتِ الف لیلیٰ والے ہارون الرشید۔۔

'' میری جان و دل کی ملکہ '' اس نے کہا۔

میرا دل اچھل کر حلق میں آن رہا۔ میں نے سر اٹھا کر اس کی جانب دیکھا۔ اس کا دھیان میری طرف نہیں

تھا۔اس کی نظریں جھکی ہوئی تھیں۔معلوم ہوتا تھا کہ ابھی نہا کر چلا آ رہا تھا۔چہرہ تروتازہ تھااور کالے اور گھنے نم دار بال خاصے دلکش دکھائی دے رہے تھے۔میرے کانوں میں اس کے الفاظ زہر گھول رہے تھے۔

دوسرے لمحے میں اس نے سر اٹھایا اور خشک و بے کیف آواز میں پوچھا۔

"لکھ چکیں آپ؟"

"جی لکھتی ہوں"، میں نے اپنی اس غلطی کا احساس کرتے ہوئے کہا۔

"میری جان و دل کی ملکہ"

اس طرح مخاطب کیے جانے پر آپ کو حیرت تو ضرور ہو گی اور شاید آپ خفا بھی ہوں۔۔لیکن میں۔۔میں بزدل ہوں۔دل کی کیفیت مردانہ وار زبانی عرض نہ کر سکا اس لیے خط لکھ رہا ہوں۔آپ کا انکار کرنا تھا اور انکار ہی کرنا ہو گا۔اس لیے جہاں تک آپ کی ذات کا تعلق ہے آپ کو میرا طریق کار متاثر نہیں کر سکتا۔۔بھلا میں ہی اظہار عقیدت کرنے کیوں جاؤں"

یہ ایک طویل محبت نامہ تھا جسے لکھتے لکھتے میرے پسینے چھوٹ چھوٹ گئے۔خدا خدا کر کے یہ ختم ہوا اور میں چھٹی پا کر جو بھاگی تو اپنے کمرے میں پہنچ کر دم لیا۔

عجیب بات تھی۔شاید مجھ سے اظہارِ عشق کیا جا رہا تھا۔لیکن نہیں۔۔بڑا پڑھا لکھا اور بھلے خاندان کا فرد معلوم ہوتا تھا۔ممکن ہے اس کی سچ مچ کوئی محبوبہ ہو۔

سارا دن سوچتی رہی کہ پھر جاؤں یا نہ جاؤں۔بالآخر طے کیا کہ میری بلا سے مجھے تنخواہ سے غرض ہے۔

تین دن تک ان کی شکل دکھائی نہیں دی۔معلوم ہوا بہت مصروف ہیں۔البتہ ان کے چند انگریزی کے سرٹیفکیٹ ٹائپ کرنے پڑے۔چوتھے روز صورت نظر آئی۔کرسی پر بیٹھتے ہی بولے "جانِ بہار!"

میں نے پھر ٹھٹک کر ان کی جانب دیکھا۔

"لکھ چکیں؟" انھوں نے خشمگیں نظروں سے دیکھتے ہوئے دریافت کیا۔

"جی۔۔بس"، میں نے جلدی سے قلم گھسیٹا۔

"جانِ بہار!۔۔تمہارا پیغام مجھ تک پہنچ گیا ہے۔میرے جسم کا رُواں رُواں تمہارا شکر گزار ہے۔تپتے ہوئے ریگستانوں سے بچا کر تم نے مجھے اپنی سرمئی آنکھوں کی گھنی پلکوں کے سائے تلے پناہ دی ہے۔۔؟

اس محبت نامے کا مضمون بھی طویل تھا۔

چٹھی ختم ہونے پر انھوں نے کرخت لہجے میں پوچھا۔"لکھ چکیں؟"

''جی''، میں نے مرعوب ہو کر جواب دیا۔

اس رات بستر پر لیٹے لیٹے میں دیر تک اس موضوع پر غور کرتی رہی۔ آخر اس میں راز کیا تھا۔ یہ محبت نامے مجھ سے کیوں لکھوائے جا رہے تھے۔ میں اس کی ملازمہ تھی۔ اس لیے میرے لیے شکایت کی جگہ تو نہیں تھی۔ لیکن اپنی عشق بازی کے خطوط لکھواتے وقت انہیں اس بات کو محسوس تو کرنا چاہیے کہ ایک کنواری لڑکی اس قسم کی گہری راز و نیاز کی باتیں لکھنے سے قدرتاً جھجک اور شرم محسوس کرتی ہے۔

اس ادھیڑ بن میں مجھے چیخوف کی ایک کہانی یاد آ گئی جس میں ایک عورت فرضی عشاق کو خطوط لکھا کر اپنے دل کی رومانی کیفیت کی تسکین کر لیا کرتی تھی۔۔ وہاں ایک عورت کا معاملہ تھا۔ یہاں ایک مرد تھا۔۔ مجھے اپنے مالک سے ہمدردی سی ہو گئی۔

دو تین خط میں نے ہمدردی کے جذبے کے تحت لکھ ڈالے۔

ایک روز خط کے دوران میں انھوں نے لکھوایا

''۔تمہاری سانس میں مولسری کی خوشبو آوارہ پھرتی ہے تمہارے بال کشمیر کے کھیتوں میں اگنے والے زعفران کے مانند ہیں۔تمہارے رخساروں پر گلاب کھلتے ہیں۔تمہارے ہونٹ۔۔''غرض اس طرح محبوبہ کا سراپا بیان کر دیا۔ لیکن یہ الفاظ اس قدر دردمندانہ اور رازدارانہ مدہم آواز میں کہے گئے کہ مجھے خواہ مخواہ محسوس ہونے لگا کہ یہ سب کچھ مجھے مخاطب کر کے کہا جا رہا ہے۔۔ پہلے کبھی یہ خیال اس شدت کے ساتھ میرے ذہن میں نہیں آیا تھا۔

میرے دل پر بوجھ سا رہنے لگا۔ چلتے پھرتے کھاتے پیتے ہنستے بولتے دل میں دبی دبی سی آواز سنائی دے جاتی ''وہ تجھے پیار کرتا ہے'' اور متضاد جذبات کے تحت کبھی ان خیالات پر بھی جھنجھلا اٹھتی اور کبھی ڈھیلی پڑ جاتی۔

یہ سب باتیں میرے ذہن کی گہرائیوں میں پوشیدہ تھیں۔ میں اعلانیہ ان کا اعتراف کرنے پر آمادہ نہیں تھی۔

انہیں خطوط کے ذریعے سے مجھے ان کے بارے میں بہت سی باتوں کا علم ہو گیا اور بعض اوقات محسوس ہونے لگتا جیسے مجھے ان سے نامعلوم سا لگاؤ بھی ہے۔ لیکن ان باتوں سے کیا حاصل؟ ممکن ہے وہ مجھ سے چھیڑ خانی کر رہے ہوں۔ یا ممکن ہے ان کی کوئی اور محبوبہ سچ مچ موجود ہو۔۔ اس خیال سے میں کچھ افسردہ ہو گئی۔

ایک روز انھوں نے لکھوایا۔۔ مجھے ملازمت ملنے کی خاصی امید ہے۔ اگر میری امید بر آئی تو پھر مجھے یقین ہے کہ تم اِدھر اُدھر ملازمت کرنے کے عوض ایک معزز مرد کی بیوی بننا پسند کرو گی۔۔"

یہاں پہنچ کر میرا ہاتھ رک گیا۔ گال تمتما اٹھے۔ جی میں آئی کہ رائٹنگ پیڈ حضرت کے منہ پر دے ماروں ۔۔ مگر اس کا چہرہ پتھر کے مانند بے حس اور جامد تھا۔

میں نے تہیہ کر لیا کہ فوراً ملازمت ترک کر دوں گی۔

گھر پہنچی تو رات تک سوچتی رہتی ۔۔ ماں کی باتیں یاد آئیں کہ بیٹی ! اگر تیرا ایک بھائی ہوتا تو باپ کے بعد تیری زندگی بھی سدھر جاتی اور میری مٹی بھی ٹھکانے لگ جاتی۔ میں نے کہا "ماں ! میں آپ کے لیے کماؤں گی"۔ ماں بولی "نوجوان بیٹی کی کمائی بڑی خطرناک چیز ہے ہمارے سماج میں۔"

صبح ہونے تک میں نے ہتھیار ڈال دیئے اور بلا چوں چراں کیے بروقت دفتر پہنچ گئی۔۔ لیکن مسلسل چار دن تک جناب کی صورت دکھائی نہیں دی۔ البتہ چند فضول کاغذ ٹائپ کرنے کو مل جاتے تھے۔

پانچویں دن صورت دکھائی دی۔ حسبِ عادت کچھ بولنے کے بجائے چپ ہو کر بیٹھ گئے۔ میں بھی حسبِ معمول سر جھکائے بیٹھی تھی۔ مسلسل سکوت سے گھبرا کر میں نے کن انکھیوں سے میز پر دھرے ہوئے گورے مردانہ ہاتھ کی جانب دیکھا۔ میں اس ہاتھ سے کافی مانوس ہو چکی تھی۔

بالآخر انھوں نے مہرِ سکوت کو توڑا۔

" آپ کا مہینہ پورا ہو چکا ہے۔ میں نے خود ملازمت اختیار کر لی ہے۔ میں یہاں سے آج ہی چلا جاؤں گا۔ آپ اپنی تنخواہ لیتی جایئے گا"

میں چپ رہی۔

"میری گڑیا !" انھوں نے کہا۔

میں نے چپ چاپ لکھنا شروع کر دیا۔

"میری گڑیا !" انھوں نے پھر کہنا شروع کیا "اداس مت ہو۔ اب ہم ایک دوسرے کے بہت قریب پہنچ چکے ہیں۔ تمہارا ہاتھ میرے ہاتھ میں ہے۔۔"

اس طرح وہ گہری ہمدردی اور پیار کے الفاظ لکھواتے چلے گئے۔ آخر یہ ختم ہو گیا۔

انھوں نے نوٹوں کا ایک پلندہ بڑھا دیا۔ جسے میں نے چھوا تک نہیں۔ وہ اٹھ کھڑے ہوئے اور قدرے تامل کے بعد بولے "اچھا گڈ بائی"

وہ اندر چلے گئے۔۔اور میرا کلیجا دھک سے ہو کر رہ گیا۔۔سچ مچ ان خطوط کی ہیروئن کوئی اور لڑکی تھی۔

میں ڈھیٹ بنی بیٹھی رہی۔ یہاں تک کہ روکھے بالوں والی لڑکی نے آکر کہا"وہ کہتے ہیں کہ اب آپ جا سکتی ہیں"

میں نے لرزتے ہوئے ہاتھ سے نوٹوں کی گڈی اٹھائی اور لڑکھڑاتی ہوئی کمرے سے باہر نکل آئی۔۔تو یہ خواب تھا محض خواب!!

میں نے ہزار دل کڑا کیا، لیکن دوپہر کا کھانا نہ کھا سکی اور پھر میرے قدم خواہ مخواہ اپنے دفتر کی جانب بڑھنے لگے۔ بہانہ معقول تھا۔مہینہ بھر کام کرنے کے بعد سرٹیفکیٹ لینے کا حق تو پہنچتا تھا مجھے۔

ڈگمگاتے قدموں سے دروازے کے نزدیک جاکر دستک دی۔کوئی سننے والا نہیں تھا۔دوبارہ سہ بارہ دستک دینے پر دروازہ کھلا اور روکھے بالوں اور سپاٹ جسم والی لڑکی کی صورت ایک بار پھر دکھائی دی۔ناک چڑھا کر بولی"آپ؟"

"ہاں۔۔ان سے کام ہے ذرا۔۔"

"وہ تو چلے گئے"

میرا دل بیٹھ گیا"سامان بھی لے گئے"

"ہاں"

میں لوٹی تو مجھے خشک ہونٹوں پر پھیلتی ہوئی تلخ اور دردناک مسکراہٹ کا احساس ہوا۔ساری شام اِدھر اُدھر مٹر گشت کرنے میں گزار دی۔ تھک گئی تو پارک میں بچھی ہوئی بینچ پر جا بیٹھی۔

نہ جانے کب تک بیٹھی رہی۔ لیکن جب مجھے احساس ہوا کہ ہر چہار جانب تاریکی چھا گئی ہے اور چند کالجیٹ بالوں کو کھینچ کر پیشانی پر ڈالے بزعم خود دلیپ کمار بنے میرے اردگرد پینترے بدل رہے ہیں تو میں نے گھر کا رخ کیا۔

مسز اسمتھ لاج، کوٹھی کی شکل کی عمارت تھی۔میرا کمرہ پچھواڑے کی جانب تھا۔سب لڑکیاں اپنے اپنے کمروں میں دبکی پڑی تھیں۔سردی کے مارے۔

جب میں نے تالا کھولنے کو چابی بڑھائی تو دیکھا کہ تالا ٹوٹا پڑا ہے۔ میں سر سے پاؤں تک لرز گئی۔ قریب تھا کہ میری چیخ نکل جائے کہ کمرے میں روشنی دکھائی دی۔

جرأت سے کام لے کر میں آگے بڑھی۔ جھانک کر دیکھا تو انہیں حضرت کو سوٹ کیس اور بستر سمیت کرسی

پر براجمان پایا۔ میں نے ایک دھچکے سے دروازہ پورا کھول دیا اور تعجب سے پوچھا" آپ گئے نہیں؟"

اس نے سگریٹ کا دھواں اڑاتے ہوئے جواب دیا۔

"جاتا کیسے، میرے پاس کرائے تک کو دام نہیں بچے"

میں نڈھال ہو کر دروازے کے قریب ہی کھڑی رہ گئی۔

اس نے پہلی بار مسکراتے ہوئے پوچھا" کرایہ دے دو گی نا"

میری آنکھیں پُر آب ہوگئیں اور میں نے جلدی سے اثبات میں سر ہلاتے ہوئے بھرائی ہوئی آواز میں ہکلا کر جواب دیا۔

"ہاں۔۔"

کالے کوس

چھوٹا سا قافلہ، جو تین عورتوں اور ایک مرد پر مشتمل تھا، دم لینے کے لیے کنوئیں کے قریب ڈیرا ڈالے تھا۔ وہ لوگ مسلمان تھے اور وہ دن اس سرزمین کو آزادی ملنے کے دن تھے جسے آج کل پاکستان اور ہندوستان کہتے ہیں۔

مرد ۳۲ یا ۳۳ برس کا گرانڈیل شخص تھا۔ سر پر چھوٹی سی پگڑی کے دو چار بل۔۔ گلے میں کرتا، اس کے نیچے نیلی دھاری کا تہبند۔۔ ناک نقشے میں کوئی عیب نہیں تھا۔ داڑھی استرے کی یورش سے کئی دنوں سے بے نیاز تھی مونچھیں خوب بڑی بڑی، کبوتروں کے پروں کے مانند، نیچے کو گری ہوئیں۔ آنکھیں، متجسس اور تیز، جن میں اب تھکن کے آثار ہویدا تھے، جسم کے پھیلے ہوئے ڈھانچے، لمبی لمبی بانہوں اور طویل ٹانگوں کے باوجود وہ موٹا نہیں تھا۔ اس کے بدن کی پرورش میں ڈنڈ بیٹھک اور باداموں کا ہاتھ نہیں بلکہ اس کے جسم کے ریشے ریشے میں گیہوں یا مکی کے آٹے اور رساگ بھات کی جھلک تھی۔ اس کا نام غلام محمد عُرف گاما تھا۔۔ وہ اچھا آدمی نہیں تھا۔۔ اس میں ایک ہی اچھی بات تھی، وہ یہ کہ اسے نیک ہونے کا دعویٰ نہیں تھا۔ یہ چیز اس کے چہرے ہی سے ظاہر تھی۔

تین عورتیں۔۔ ایک بوڑھی، ایک جوان اور ایک نوخیز، بالترتیب اس کی ماں، بیوی اور بہن تھیں۔

بوڑھی پانچوں نمازیں پڑھ پڑھ کر سارے ہندوؤں خصوصاً سکھوں کے نیست و نابود ہو جانے کی دعائیں مانگا کرتی تھی سوائے پھلور سنگھ کے۔۔ پھلور سنگھ عرف پھلورا اس کے بیٹے کا دوست تھا۔

بیوی کی عمر پچیس برس کے قریب تھی۔ سیدھے سادے خدو خال۔۔ شادی کو آٹھ برس گزر چکے تھے لیکن ایک بلونگا تک پیدا نہیں ہوا تھا۔ گامے کے دوست پُرمعنی انداز سے اسے کہنیوں سے ٹھوکے دے کر پوچھتے ”کہو استاد! آخر ماجرا کیا ہے؟“۔۔ اس پر گاما اچھا انسان نہ ہونے کے باوجود لمحہ بھر کے لیے آسمان کی جانب دیکھتا اور کہتا۔۔ ”جو اللہ کی مرضی!“

"ہاں بھی آڑے وقت میں اللہ کے سوا اور کون کام آتا ہے!"

اس کی بہن عاشاں حسین اور نازک اندام تھی۔ اس اعتبار سے وہ گامے سے بہت مختلف تھی۔۔اس کی بابت گامے سے اڑتی ہوئی خبر سنی تھی کہ وہ گاؤں کے ایک چھوکرے اللہ دتے کو میٹھی نظروں سے دیکھتی ہے اور اللہ دتہ بھی اس کے فراق میں سرد آہیں بھرتا ہے۔۔ گامانے تہیہ کر لیا تھا کہ جب کبھی وہ انہیں اکٹھا دیکھ پائے گا تو گنڈاسے سے ان کے سر اڑا دے گا، لیکن باوجود کوشش کے گامے کو اس افواہ کی صداقت کا ثبوت نہیں مل سکا۔

چار ناخوش انسانوں کا یہ خانماں برباد قافلہ پیادہ پا پاکستان کو جا رہا تھا۔

ان کی کہانی دوسرے لاکھوں مسلمانوں کی کہانی تھی جو مشرقی پنجاب سے مغربی پنجاب کو جانے کے لیے مجبور کیے گئے تھے۔

گاماں۔۔لٹیرا بھی تھا اور قاتل بھی۔ بدمعاش بھی تھا اور ڈاکو بھی۔۔ لیکن ان سب برائیوں کے باوجود وہ کسان تھا۔۔ ہل چلانا اور بیج بونا اس کا آبائی پیشہ تھا۔

ملک کی تقسیم کے بعد دفعتاً ساری خدائی ان کی دشمن ہو گئی۔ گھر کی چار دیواری تک انہیں بھینچ کر مار ڈالنے کی دھمکیاں دینے لگی۔ وہ دھرتی جو پہلے ماں جیسی تھی، اب گرم ہو کر اس قدر تپ گئی تھی کہ اس پر اس کے بچوں کا چلنا پھرنا ناممکن ہو گیا تھا۔ وہ زمین جو پہلے ان کا پسینہ جذب کر کے سونا اگلتی تھی، اب ان کا خون پی کر بھی مطمئن نہیں ہوتی تھی، چنانچہ ایک روز گامے نے گھر آ کر کہا "اب ہمیں جانا ہی ہو گا"

"سامان؟" اس پر وہ تلخ ہنسی ہنسا اور اس نے تینوں عورتوں کو بکریوں کے مانند گھر سے باہر ہانک دیا۔

اس کے بعد خونی نظارے، آگ، دہشت، بھوک اور پیاس۔۔ مسلسل۔۔ پھلور سنگھ، گامے کا دوست تھا۔ برے کاموں میں دونوں ساتھ رہے تھے۔ مل کر انھوں نے اچھا کام کبھی نہیں کیا تھا۔ پھلور سنگھ نے مشورہ دیا کہ ان کا کسی بڑے قافلے کے ہمراہ جانا خطرے سے خالی نہیں۔ چنانچہ گامے نے سب کچھ پھلورے پر چھوڑ دیا اور وہ راتوں رات چوری چھپے ایک گاؤں سے دوسرے گاؤں تک پہنچا دیتا۔ دن کے وقت وہ لوگ آرام کرتے اور رات ہوتے ہی پھر سفر شروع کر دیتے۔

ایک رات پھلورے کے آنے میں کچھ دیر ہو گئی تو مالک مکان جو ڈرپوک تھا، ان سے کہنے لگا، آج رات حملے کا سخت خطرہ ہے۔ ان کا وہاں سے چلے جانا ہی بہتر ہے۔ ورنہ وہ خود بھی جان سے ہاتھ دھوئیں گے اور اسے بھی پھنسا دیں گے۔

گاؤں سے باہر بھی جان کا خطرہ کم نہیں تھا لیکن مجبوری کے عالم میں گاماں اللہ کا نام لے کر، تینوں عورتوں سمیت وہاں سے چل پڑا۔ ہر چند گاماں مضبوط انسان تھا، اسے اپنے زورِ بازو پر بھروسا بھی تھا لیکن مسلح ہجوم کا مقابلہ کرنا اس کی قوت سے باہر تھا اور پھر عورتوں کا ساتھ! انھوں نے اپنا سفر جاری رکھا۔ دن کے وقت کھیتوں، جھاڑیوں یا کسی اندھے کنوئیں میں چھپ جاتے اور رات بھیگ جانے پر چل کھڑے ہوتے۔ انہیں پھلور سنگھ سے جدا ہوئے دو راتیں گزر چکی تھیں اور تیسری گزر رہی تھی۔ رات بھیگ چکی تھی لیکن انھوں نے ابھی سفر جاری نہیں کیا تھا۔

چاندنی رات تھی لیکن آسمان پر ہلکا سا غبار چھایا ہوا تھا اس لیے چاندنی بہت اداس دکھائی دے رہی تھی۔ اس وقت وہ ایک ایسے کنوئیں کے پاس بیٹھے تھے جو ایک مدت سے ویران پڑا تھا۔ کنوئیں کی مینڈھ گر چکی تھی۔ دو کچی دیواریں اس امر کی گواہ تھیں کہ کبھی یہاں بھی رہٹ کی رُوں رُوں سنائی دیتی ہو گی۔ شاید الغوزوں کی تانیں بھی اڑتی ہوں گی اور چنچل کنواریوں کے نقرئی قہقہے بھی فضا میں گونجتے ہوں۔۔

یہ مقام سطحِ زمین سے قدرے بلند تھا۔ گاماں سر اٹھا کر دور دور تک نگاہ دوڑا رہا تھا۔ وہ اندازاً مغرب کی جانب بڑھ رہے تھے، لیکن انہیں اس کا کوئی علم نہیں تھا کہ اس وقت وہ کہاں ہیں اور پاکستان کی حدود سے کتنی دور ہیں۔

وہ قریب قریب نڈھال ہو چکے تھے۔ کاش پھلورے کا ساتھ نہ چھوٹتا تو شاید اب تک وہ منزلِ مقصود تک پہنچ گئے ہوتے۔

بوڑھی ماں کے ڈھیلے ڈھالے چہرے میں جھانکتی ہوئی بے رونق آنکھوں سے حیرت اور درماندگی کا اظہار ہوتا تھا۔ اپنی طویل زندگی میں اس نے اس قسم کے واقعات دیکھے نہ سنے تھے۔۔ بیوی، بھوک، مسلسل پریشانی اور عزت و آبرو لٹ جانے کے خوف سے بالکل نڈھال ہو چکی تھی۔ اس کا سر ڈھلک کر دیوار سے ٹک گیا تھا۔۔ عاشاں، وہ نسبتاً تازہ دم تھی۔ ایک تو خیر عمر کا تقاضا تھا اور پھر شاید اسے خطرے کی اہمیت اور نوعیت کا پورا پورا احساس بھی نہیں تھا۔ اس کے بوجھل بالوں نے جھک کر اس کے چہرے کے بہت بڑے حصے کو ڈھانپ رکھا تھا۔ البتہ اس کے نازک لب، ترشی ہوئی حسین ناک اور گھنی بھنویں صاف دکھائی دے رہی تھیں۔۔ پھیکی چاندنی نے اس کی صورت کو خوابناک بنا دیا تھا۔

بیٹھے بیٹھے گاما سوچنے لگا، ممکن ہے، عاشاں اور اللہ دتے والی بات درست ہو۔۔ اب اس قسم کے خیال سے وہ ناخوش نہیں ہوا۔۔ ننھی منی بھولی بھالی فاختہ سی بہن کبھی کبھار اُچٹتی ہوئی نظروں سے بھائی کی جانب دیکھ

لیتی اور پھر آنکھیں جھپکا لیتی ۔۔ وہ بچپن ہی سے بھائی کی جانب دیکھ لیتی اور پھر آنکھیں جھپکا لیتی ۔۔ وہ بچپن ہی سے بھائی سے سخت ڈرتی تھی تاہم وہ اکھڑ بھائی کی سلامتی کے پیارے پیارے سوز بھرے گیت گایا کرتی۔

دفعتاً ہوا چلنے لگی۔ پیپل کی پتیوں نے تالیاں بجا بجا کر گامے کو چونکا دیا۔

وہ اٹھ کر کھڑا ہو گیا اور بوجھل آواز میں بولا ''اب ہمیں چلنا چاہیے''

عورتیں کچھ تامل کے بعد گھٹنوں پر ہاتھ رکھ کر اٹھ کھڑی ہوئیں۔ ان میں سے کسی کو بھی پتہ نہیں تھا کہ انہیں کدھر جانا تھا۔ سب لوگ بوجھل قدموں سے ایک سمت کو چل دیئے۔

آہستہ آہستہ چلتے ہوئے وہ کنوئیں سے کچھ دور ہی گئے ہوں گے کہ گامے کے قدم رک گئے۔ عورتیں بھی رک گئیں۔

زمین ناہموار تھی۔ دور دور تک آبادی کا کوئی نشان نہیں ملتا تھا اور پھر آبادی سے انہیں کیا سروکار؟ ان کے جسم تھک کر چور ہو چکے تھے۔ بدن کا جوڑ جوڑ دکھ رہا تھا۔ مارے بھوک کے انہیں یوں محسوس ہوتا تھا جیسے کلیجا کسی بھاری پتھر کے نیچے دب گیا ہو۔

گاماں کھوئی کھوئی نظروں سے چاروں طرف دیکھنے لگا۔ قریب ہی اینٹوں کا بھٹہ تھا وہ بھی سنسان پڑا تھا۔ معلوم ہوتا تھا مدت سے اسے یوں ہی چھوڑ دیا گیا ہے۔ حد نگاہ تک کوئی صورت نظر نہیں آتی تھی۔ ان کے حق میں یہ بات اچھی تھی، لیکن تکلیف دہ بات یہ تھی کہ منزلِ مقصود کا کچھ پتہ نہیں تھا۔ ابھی غالباً انہیں اَن گنت کوس کا فاصلہ طے کرنا پڑے گا۔ ''اَن گنت کوس'' اس کے ذہن میں الجھن سی پیدا ہونے لگی۔ اس نے گھوم کر عورتوں کی جانب دیکھا۔ انہیں دیکھ کر اسے بڑا رحم آیا۔ یہ معصوم، بے گناہ، سادہ لوح عورتیں!

پھر اس نے کھیت کی مینڈھ پر بیٹھتے ہوئے کہا ''آؤ تھوڑی دیر آرام کر لیں''

وہ سب ایک لفظ تک کہے بغیر بیٹھ گئیں۔ انھوں نے اتنا بھی تو نہیں کہا کہ ابھی تو ہم دو فرلانگ بھی نہیں چلیں، آرام کی کیا ضرورت ہے۔

کھیتوں کے سلسلے پھیلتے ہوئے افق میں گم ہو رہے تھے۔ جہاں آسمان تپتی ہوئی زمین کے لب چومتا ہوا دکھائی دیتا تھا۔ اس نے ہر جانب بار بار نظر دوڑائی اور پھر زیرِ لب بڑبڑایا ''نہ معلوم پاکستان کہاں ہے''

بوڑھی ماں نے آسمان کی جانب نظر اٹھا کر کہا ''اللہ! ہمیں ملت کی سرزمین تک جلد پہنچا دے''

وہ عفت مآب عورتیں اپنی آبرو کے لیے فکر مند ہو رہی تھیں۔ وہ چاہتی تھیں کہ ایک مرتبہ وہ آبرومندی

کے ساتھ پاکستان کی سرزمین تک پہنچ جائیں۔خواہ وہاں پہنچتے ہی ان کو موت آجائے۔انہیں اپنی جانیں ایسی پیاری نہیں تھیں۔

گامے نے تاروں سے نظر ہٹاکر دونوں ہاتھوں میں کھیت کی بھر بھری مٹی کو اٹھایا اور اسے بڑے انہماک سے دیکھنے لگا۔اس نے اسے دباکر اس کے لمس کو محسوس کیا۔اس نے ہوا کو سونگھا۔طول و عریض جال کے مانند پھیلی ہوئی کھیتوں کی مینڈھوں پر نگاہ دوڑائی جو ایک دوسری کو کاٹتی چھانٹتی افق تک پھیل گئی تھیں ۔۔لیکن گامے کی نگاہیں پاکستان کی زمین، پاکستان کی مٹی، پاکستان کے کھیتوں اور پاکستان کی جھاڑیوں کی متلاشی تھیں۔

فضا مغموم تھی لیکن وہاں اس قدر سکون اور امن تھا کہ ایک مرتبہ توان عورتوں کو بھی یقین سا ہونے لگا کہ کالی کملی والا ضرور انہیں باعزت منزلِ مقصود تک۔۔

معاً ایک جھٹکے کے ساتھ گاماں چوکنا ہو گیا۔اس نے مضبوط مچھلیوں والا بازو حفاظت کے انداز سے عورتوں کے آگے پھیلا دیا۔دوسرا ہاتھ چشم زون میں چھری تک پہنچ گیا۔اس کے طاقت ور بازوؤں کے پٹھے پھڑ پھڑانے لگے۔اس کی متجسس آنکھیں بھٹے کی جانب ایک نقطے پر جم گئیں

آخر ہے کیا؟ لیکن یہ عورتوں کے لبوں تک نہیں آسکا۔

اب گاما عظیم الجثہ اصیل مرغ کے مانند بازو پھیلائے، قدم زمین میں گاڑ گاڑ کر آگے بڑھتے ہوئے دھیرے سے بولا ''اس بھٹے کے پیچھے ضرور آدمی چھپے بیٹھے ہیں''

انہیں بھی ایک شخص کی جھلک دکھائی دی۔عورتوں نے سوچا کہ اب اس مصیبت سے چھٹکارا پانے کی کوئی سبیل نہیں ہوسکتی۔

چند لمحوں بعد ٹوٹی پھوٹی اینٹوں اور مٹی کے ٹیلوں کے پیچھے سے ایک آدمی نمودار ہوا۔۔وہ سکھ تھا۔

وہ تن تنہا آگے بڑھنے لگا وہ بھی گامے کے مانند لمبا تڑنگا شخص تھا۔حرکات و سکنات سے وہ بھی شریف انسان دکھائی دیتا تھا۔۔اس کے پیچھے۔۔اس کے پیچھے اور کوئی نہیں تھا۔شاید اس کے ساتھی بھٹے کے پیچھے چھپے بیٹھے تھے۔

وہ قدم بہ قدم آگے بڑھ رہا تھا۔

گاما رک گیا۔دھندلی روشنی میں وہ سایہ قریب سے قریب تر آ گیا یہاں تک کہ گامے کے اعصاب کا تناؤ نقطہ عروج تک پہنچ کر دفعتاً صفر پر آ گیا۔غالباً۔۔نہیں یقیناً۔۔نووارد بھلورا تھا۔

اور پھر نسبتاً بلند نعروں سے انھوں نے ایک دوسرے کا استقبال کیا۔

آتے ہی پھلورے نے پہلے عورتوں کا جائزہ لیا۔سب کو صحیح سلامت پا کر بولا ''شکر ہے ! شکر ہے ! !''

گامے نے مسکرا کر کہا ''ہم سب سلامت ہیں''

''لیکن تم لوگ تنہا کیوں چلے آئے تھے۔میرا انتظار کیوں نہیں کیا تم نے۔۔''

گامے نے سارا قصہ کہہ سنایا۔

اس پر پھلورے نے غل مچا کر کہا ''یہ تو تمھیں گھر سے نکالنے والے کی انتہائی حماقت تھی اور تمھاری بیوقوفی تھی۔افوہ ! وہاں پہنچ کر میں بہت پریشان تھا۔ یہ درست تھا کہ کچھ خطرہ پیدا ہو چلا تھا، لیکن تمھیں با آسانی چھپایا جاسکتا ہے۔اس دن سے تمھاری تلاش میں مارا مارا پھر رہا ہوں۔ یہی فکر تھی کہ کہیں فسادیوں کے ہتھے نہ چڑھ جائیں''

ماں بولی ''بیٹا ! اللہ کے فضل سے ہمارا بال تک بیکا نہیں ہوا، لیکن ہمارے یہ دن تو بہت ہی مصیبت میں کٹے ہیں۔اس میں تو یہ امید بھی نہیں رہی تھی کہ تم ہمیں دوبارہ ملو گے۔۔''

''واہ جی واہ'' پھلورے نے اور شور مچا کر کہا ''بھلا تمھارے دل میں اس قسم کے خیالات پیدا ہی کیوں ہوئے۔ دیکھو نا ! تمھارے پیروں کے نشانات دیکھ کر یہاں تک آن پہنچا ہوں''

فضا میں دونوں غیر شریف مردوں کی آوازیں گونجنے لگیں۔اداس چاندنی رات میں چھل پہل نظر آنے لگی۔ڈوبتے کو تنکے کا سہارا۔عورتوں نے بڑے اطمینان کا سانس لیا۔جیسے اب ان کی مدد کو پوری فوج پہنچ گئی ہو۔۔ پھلورا جو اس بڑھیا کے ہاتھوں میں پل کر جوان ہوا باتیں کیے جا رہا تھا۔

ادھر اُدھر کی باتیں ہو چکیں تو گامے نے کہا ''یار ! ہم تو اٹکل پچو چلے آئے ہیں۔نہ جانے کہاں سے کہاں نکل آئے ہیں۔کچھ پتہ نہیں چلتا۔۔''

یہ کہہ کر وہ خود ہی رُک گیا اور آنکھیں سکیڑ کر دور دور تک نگاہیں دوڑانے لگا کہ شاید کہیں پاکستان کی سرزمین دکھائی دے۔

اس پر پھلوارے نے گامے کو ایک بازو میں سمیٹنے کی کوشش کرتے ہوئے کہا۔

''اوئے گامیاں ! اب تو تم پاکستان پہنچ چکے ہو تم کیا سمجھے بیٹھے تھے۔۔کہ وہاں پہنچنے کے لیے دریا پہاڑ پھاندنے پڑیں گے؟''

گاماں ہکا بکا رہ گیا۔ہکلا کر بولا ''سچ ؟۔۔کہاں ہے پاکستان؟''

یہ کہہ کر وہ پھر آنکھیں سکیڑ کر افق کی جانب دیکھنے لگا۔

عورتوں کے لبوں پر بھی مسکراہٹ کی لہریں دوڑنے لگیں۔

پھلورے نے ہاتھ کا اشارہ کرتے ہوئے کہا ''وہ رہے پاکستان کے کھیت''

سب لوگ پھلورے کے ساتھ ساتھ تیز تیز قدم اٹھا کر چلنے لگے۔ بمشکل ایک فرلانگ دور پہنچ کر پھلورا رک گیا۔ پھر ہاتھ سے اشارہ کر کے بولا ''لو اب یہاں سے پاکستان کے کھیت شروع ہو جاتے ہیں۔ تم سیدھے چلے جاؤ۔ کہیں پولیس یا فوج کی چوکی تک پہنچ جاؤ گے یا کسی گاؤں میں جا پہنچو گے۔۔ اب تمہیں کوئی خطرہ نہیں۔۔''

عورتوں نے جنگلی چکوریوں کی طرح اپنی رفتار تیز کر دی۔ گاماں دو کھیت تو تیر کی سی تیزی کے ساتھ پار کر گیا اور پھر رکا۔ تینوں عورتیں لپکتی ہوئی اس کے پیچھے چلی آ رہی تھیں۔ تیز چلنے کے باعث وہ ہانپنے لگی تھیں۔

گامے کی باچھوں میں سے ہنسی پھوٹی پڑتی تھی۔ گھوم کر کہنے لگا ''اماں! ہم پاکستان پہنچ گئے ہیں''

معصوم عورتوں نے رک کر نظریں اِدھر اُدھر دوڑائیں اور دل ہی دل میں خدا کا شکر ادا کیا۔

گامے نے قدرے توقف کے بعد جھک کر دونوں ہاتھوں میں کھیت کی بھر بھری مٹی بھر لی اور اسے اپنے چہرے کے قریب لے آیا۔ چند لمحوں تک اسے غور سے دیکھتا رہا۔ دبا کر اس کے لمس کو محسوس کیا، ہوا کو سونگھا، پھر سر گھما کر طویل و عریض جال کے مانند پھیلی ہوئی کھیتوں کی مینڈھوں پر نگاہ دوڑائی جو ایک دوسرے کو کاٹتی چھانٹتی افق تک چلی گئی تھیں۔۔

اس کے چہرے پر گہری سنجیدگی کے آثار پیدا ہونے لگے۔

پھر اسے احساس ہوا کہ پھلورا اس کے ساتھ نہیں ہے۔۔ پھلورا دو کھیت پرے دھندلی چاندنی میں اڑیل ٹٹو کی طرح زمین پر پاؤں جمائے کھڑا تھا۔

چند لمحوں تک وہ سب چپ چاپ اس کی جانب دیکھتے رہے۔

بلند و بالا پھلور سنگھ کی ڈھیلی ڈھالی پگڑی کے شملے ہوا میں لہرا رہے تھے اور اس کی طویل لاٹھی اس کے داہنے کان کی لو کو چوم رہی تھی۔

عمر رسیدہ ماں نے پھلورے کی طرف دیکھا اور پھر پس منظر میں چھٹکے ہوئے ستاروں پر نظر دوڑا کر دل میں کہنے لگی۔ میں پانچوں وقت نماز کے بعد اللہ سے اس شخص کے حق میں دعا مانگا کروں گی۔

سادہ لوح عورت یہ بھول گئی کہ کیا اس شخص کے حق میں دعا مانگنے پر شانِ کریمی سب کے گناہ معاف کر دے گی؟

الوداع کہنے کے لیے گاماں دھیرے دھیرے قدم اٹھاتا ہوا اپنے دوست کی جانب بڑھا۔اس کے پاؤں من من کے ہو رہے تھے۔۔وہ جانتا تھا کہ پھلورا دو کھیت پرے کیوں رک گیا ہے۔

جب دونوں قریب قریب کھڑے ہوئے تو قد و قامت اور ڈیل ڈول میں دونوں برابر تھے۔

پھلوارے کے پُر خشونت چہرے پر بھدی سی مسکراہٹ پیدا ہوئی۔۔جیسے وہ کہہ رہا ہو "گامے! تم سرزمین پاکستان سے مجھے ملنے کے لیے واپس آئے ہو"

گاماں نے اپنے بلند قد کو اور بھی بلند کیا اور ایک مرتبہ پھر اپنے سامنے کھڑے ہوئے کڑیل کسان سے آنکھیں ملائیں۔اس کی گھنی مونچھیں متحرک ہوئیں۔اس نے پھلورے کا چوڑا چکلا ہاتھ اپنے ہاتھ میں لے لیا اور پھر۔۔جیسے اثبات میں سر ہلاتے اس نے بھرپور مردانہ آواز میں جواب دیا۔

"آہو پھلوریا!"

سوم کا دن تھا۔

یوں تو میں اپنے دوستوں کی بہت قدر کرتا ہوں لیکن کبھی کبھی جی چاہتا ہے کہ دوستوں کی صورت تک نہ دکھائی دے اور میں محض اپنے لیے ہی ہو کر رہ جاؤں۔ میرے دوستوں کی تعداد بہت کم ہے اس لیے مجھے ایسے دن میسر بھی آ جاتے ہیں۔

جس روز کا میں ذکر کر رہا ہوں۔ وہ اسی قسم کا دن تھا، صبح کا وقت تھا، پیشتر اس کے کہ کوئی دوست میرے مکان پر پہنچ کر ''اما کانت ! اما کانت ! !'' کے نعرے لگاتا میں چائے سے فارغ ہو کر گھر سے نکل کھڑا ہوا۔ نہ بیوی، نہ بچے، نہ ملازمت، نہ کاروبار، نہ خوشی، نہ غمی، عجب رندانہ کیفیت میں زندگی بسر ہو رہی تھی۔ میری بیکاری سے گھر والوں کی ناخوشی کے باعث دل میں اداسی چھائی رہتی تھی۔ کوئی ذمہ داری نہ ہونے کی وجہ سے دماغ ہلکا رہتا تھا۔ اپنی بیوی نہ ہونے کے سبب سے ذہن پر رومانیت کا تسلط تھا۔

بس اسٹینڈ پر پہنچ کر دیکھا کہ کناٹ پلیس جانے کے لیے بس تیار کھڑی ہے۔ اندرا کاڈ کا مسافر بیٹھے ہیں، میں نے فٹ پاتھ پر کھڑے ہو کر جیب میں سے ''کیملز'' کی ڈبیا نکالی اور بڑے اطمینان سے ایک سگریٹ کو سہلاتا رہا، پھر اسے ہونٹوں میں دبایا اور سلگا کر طویل کش لیا۔ بالآخر کوٹ کے کالر درست کرتا ہوا بس کے اندر داخل ہو گیا۔

آٹھ بجے تھے۔ بھلا سردی کے موسم میں کسی کو کیا پڑی تھی کہ گھر کی گرم فضا سے نکل کر باہر کو اٹھ بھاگے۔ چنانچہ بس میں ایک عجیب سکون طاری تھا۔ چند لوگ ایک دوسرے سے پرے پرے بیٹھے دھیرے دھیرے باتیں کرنے میں محو تھے۔

میں نے پہلے تو عورتوں اور لڑکیوں کا جائزہ لیا۔ تین لڑکیاں تھیں اور دو عورتیں۔ لیکن گال۔۔ اف توبہ۔۔ اس قدر بے ہودہ گال ! ! ہڈیاں ابھری ہوئیں اور گہری گہری لکیریں جو ہنستے وقت اور گہری ہو جاتیں

تھیں۔۔اب دوسری عورت کی جانب دیکھا۔۔ہرے رام! وہ تو صورت سے بالکل آیا لگی۔شاید سچ مچ کی آیا ہو۔اسی بات سے مجھے خیال آیا کہ ہم لوگ بچوں کے لیے کس قدر بدصورت آیائیں مقرر کرتے ہیں۔ اس کا نتیجہ یہ ہوتا ہے کہ عمر بھر ہمارے بچوں کی جمالیاتی حس پنپنے نہیں پاتی۔۔خیر اب ایک عورت کا جائزہ لینا باقی تھا۔وہ میری جانب پیٹھ موڑے بیٹھی تھی۔اس کے کندھے پر ننھے بچے کا سر ٹکا تھا اور ایک بچی سامنے کی سیٹ پر بیٹھی تھی۔گویا وہ کم از کم دو بچوں کی ماں تھی۔

دل پر مایوسی کا جذبہ طاری ہونے لگا۔بیس پچیس منٹ کا یہ سفر یوں ہی کٹ جائے گا۔دل بہلاوے کی کوئی حسین صورت دکھائی نہ دے گی۔کیا یہ سفر جمائیاں لیتے ہی بِتانا پڑے گا۔

سوچا۔۔اگر دو بچوں کی ماں بدصورت ہے تو اپنی بہنوں سے بڑھ کر کیا ہوگی۔یہی نا کہ ان کے برابر ہوگی یا ذرا بہتر۔آخر یہی طے پایا کہ اس خاتون کے عین پیچھے والی سیٹ پر ڈیرا جمایا جائے۔

پچھلی سیٹ پر چپکے سے بیٹھ کر میں نے سر پر ہاتھ پھیرتے ہوئے بالوں کی تہ جمائی اور پھر انتظار کرنے لگا کہ وہ ذرا ادھر اُدھر گھوم کر دیکھے تو صورت کا جائزہ لیا جائے۔

لیکن وہ ادھر اُدھر دیکھے بغیر سامنے کی جانب منہ کیے چپکی بیٹھی رہی۔یہاں تک کہ بس چل دی۔

مجھے بے چینی سی محسوس ہونے لگی۔کنڈیکٹر نے آکر دام طلب کیے۔ٹکٹ لیتے وقت خیال آیا کہ کاش اس خاتون سے تھوڑی بہت بات چیت ہو چکی ہوتی تو اس کے ٹکٹوں کے دام دے کر اچھے خاصے مراسم پیدا کیے جا سکتے تھے۔

جب اس کی باری آئی تو اس نے منہ پھیر کر دیکھا۔رخِ روشن کا جلوہ دکھائی دیا۔۔دل دھک سے رہ گیا۔ وہ واقعی بہت حسین تھی۔تاراسی آنکھیں، نازک لب اور درخشاں پیشانی۔۔خلافِ امید اس عورت کو حسین پاکر ہاتھ پاؤں پھول گئے۔

اب مسئلہ یہ درپیش تھا کہ اس سے گفتگو کیونکر شروع کی جائے۔کون سا موضوع مناسب رہے گا۔ موسم؟۔۔لیکن ہندوستان میں ابھی موسم کے موضوع پر گفتگو کا آغاز کرنا خاطر خواہ نتائج پیدا نہیں کرسکتا۔ اس عورت سے یہ کہنا کہ آہا! کیا ہی خوش گوار موسم ہے محض بے کار ہوگا۔سینما، ایکٹر، ایکٹریسیں، بسیں، سڑکیں۔۔نہیں، نہیں، یہ باتیں مہمل ہیں۔۔اتنے میں عورت کے شانے کے ساتھ لگے ہوئے ننھے بچے نے آنکھیں کھولیں اور حیرت و استعجاب سے اِدھر اُدھر دیکھنے لگا۔بڑا پیارا بچہ ہے۔میں نے اس کے گال پر ہلکی سی چٹکی لی تو اس کے چھوٹے چھوٹے ہونٹوں پر مسکراہٹ پیدا ہوئی۔پھر میں نے دونوں انگلیوں سے اس

کی ٹھڈی کو ہلکے سہلانا شروع کیا تو وہ ہنسنے لگا۔۔ میں جانتا تھا کہ اس کی ماں کو اس بات کا علم ہو چکا ہے۔ بچے کے کانوں کے پیچھے داد کے نشان دکھائی دے رہے تھے۔ میں نے جرأت سے کام لے کر پوچھا۔

"کیوں جی! ننھے کے کانوں کے پیچھے داد ہو رہا ہے۔۔"

"جی۔۔ ہاں۔۔"

"تو کیا آپ اس کا علاج نہیں کرائیں گے؟"

"علاج تو ہو رہا ہے۔۔"

"کیا ہومیو پیتھی علاج کرا رہی ہیں؟"

"جی نہیں، ہے تو ایلو پیتھی"

"ایک ڈاکٹر ہیں رچی رام۔ ہومیو پیتھی علاج کرتے ہیں۔ خصوصاً بچوں کے علاج میں تو انہیں مہارت حاصل ہے۔ اگر یہ علاج موثر ثابت نہ ہوا تو ان سے رجوع کیجیے گا"

"بہتر"

"بہت ہی پیارا بچہ ہے" میں نے سلسلۂ کلام جاری رکھنے کی کوشش کرتے ہوئے کہا۔

عورت نے بچے کو شانے سے ہٹا کر کھڑکی کے ساتھ پیٹھ لگالی۔ اب اس کا رخ قریب قریب میری جانب تھا۔ اس نے بچے کو زانو پر بٹھا کر دیکھنا شروع کیا کہ وہ واقعی حسین ہے یا نہیں۔ پھر جیسے دل ہی دل میں اس نے میرے قول کی تائید کرتے ہوئے میٹھی نظروں سے میری جانب دیکھا۔

"آپ کو بچوں سے خاصا لگاؤ ہے۔ کیا آپ کے بھی بچے ہیں؟"

"جی نہیں" میں نے قدرے جھینپ کر کہا "ابھی تو میری شادی بھی نہیں ہوئی"

"کیوں شادی نہ ہونے کی کیا وجہ ہے؟"

"یوں ہی" میں نے سر کھجاتے ہوئے جواب دیا۔ "یہی ابھی بے کار ہوں۔ جب تک آمدنی کی معقول صورت نہ ہو، دل میں شادی کا خیال بھی نہیں آسکتا"

"لیکن آپ بے کار کیوں ہیں؟"

میں اس جرح سے گھبرا گیا تھا۔ "میں نے پنجاب یونیورسٹی سے بی اے کرنے کے بعد پشاور میں کاروبار شروع کیا تھا۔ آمدنی کی صورت نظر آنے لگی تو فساد شروع ہو گئے اور مجھے ادھر بھاگنا پڑا۔۔ اب نئے سرے سے کام کرنے کا خیال ہے"

عورت کی آنکھوں میں اداسی کی جھلک دکھائی دی۔اس وقت وہ کچھ کھائی کھوئی سی نظر آ رہی تھی۔موقع کا فائدہ اٹھاتے ہوئے اس کے حسین چہرے کے خدوخال کا بغور جائزہ لینے لگا۔کیا وہ میری خاطر اداس تھی؟ ایک لمحے کے لیے ہی سہی!۔۔ کاش! مجھے بھی ایسی ہی موہنی بیوی مل جائے۔

کہتے ہیں کہ عورت مرد کے دلی جذبات کو بہت جلد پہچان لیتی ہے۔عورت نے نظریں جھکا لیں اور پھر قدرے تامل کے بعد نہ معلوم کیوں۔۔ بڑی بچی کی جانب اشارہ کر کے مسکرا کر بولی "یہ میری بیٹی ہے"

"آؤ بیٹی! میرے قریب آؤ۔۔" میں نے ہاتھ پھیلائے۔وہ مارے شرم کے آگے نہیں بڑھی تو میں نے خود ہی بڑھ کر اسے گود میں بٹھالیا" آہاہاہا۔۔ بڑی اچھی ہے ہماری بے بی۔۔اچھا تو تم پڑھتی ہو کیا؟"

لیکن وہ بڑے اہتمام کے ساتھ شرماتی رہی۔

عورت بولی "بتاؤ نام بے بی! تم سے کئی مرتبہ کہا ہے کہ یوں ہی مت شرمایا کرو"

میں نے سوچا کس قدر مہذب ہے یہ عورت۔اس کی بات چیت سے معلوم ہوتا تھا کہ وہ پڑھی لکھی اور خاصی سلجھی ہوئی ہے۔

ماں کے سرزنش کرنے پر بیٹی نے اثبات میں سر ہلا دیا۔

"کیا پڑھا ہے بھئی ہمیں بھی سناؤ۔۔تم تو بہت اچھی بے بی ہو۔تمہیں تو پڑھا لکھا یاد ہو گا سارا، بولو یاد ہے؟"

"ہاں جی" بے بی نے بڑی بڑی آنکھیں اٹھا کر بھرپور نظروں سے میری جانب دیکھا معلوم ہوتا تھا کہ اس بات کا اقبال کرنے میں اسے بہت فخر محسوس ہو رہا ہے۔

"اچھا بھئی پھر سناؤ نا! کیا پڑھا ہے تم نے؟"

"اے، بی، سی، وائی، زیڈ"

اس پر ہم دونوں قہقہہ مار کر ہنسے۔ میں اور وہ عورت۔ہم دونوں جو ایک دوسرے سے بہت دور تھے لیکن قہقہوں کی ملی جلی آواز سے یوں محسوس ہونے لگا جیسے کسی فلم کے ہیرو اور ہیروئن کوئی سحر انگیز ڈوئٹ گا رہے ہیں۔

عورت نے بہ مشکل ہنسی روکتے ہوئے کہا "اری بے بی! تجھے اے، بی، سی ابھی تک یاد نہیں ہوئی۔سی کے بعد ایک دم وائی زیڈ؟"

اب ہماری ملاقات قابلِ اطمینان درجے تک آن پہنچی تھی۔اب بیش تر خدشات دور ہو چکے تھے۔ہم دو

بہت اچھے واقف کاروں بلکہ دوستوں کی طرح گفتگو کرنے لگے۔

بیس یا پچیس منٹ کے سفر میں زیادہ باتیں نہیں ہوسکتی تھیں، لیکن اگر احساسات کو لیجیے تو لمحہ بھر میں کچھ کا کچھ ہو جاتا ہے۔ ایک میٹھی نظر تھی کہ زندگی کے ان لمحوں کو رنگین بناتی چلی گئی۔ اس کی آواز میں ایسا لوچ اور رسیلا پن تھا کہ مدتوں کانوں میں شہد سا گھلتا رہا۔

اِدھر اُدھر کی باتوں میں ہم اس قدر محو تھے کہ اردگرد کی کچھ خبر نہیں رہی تھی ۔۔ جب میں نے جنگل میں شیر کے فرضی شکار کی کہانی سنائی اور جھوٹوں ہی کہہ دیا کہ میں نے شیر کے سامنے کھڑے ہو کر اس پر گولی چلائی تھی تو عورت کی آنکھیں پھٹی کی پھٹی رہ گئیں۔ حیرت سے بولی۔

"لیکن میں نے تو سنا ہے کہ شیر کا شکار مچان پر بیٹھ کر کیا جاتا ہے"

"جی ہاں" میں نے بے پروائی سے سگریٹ کا بجھا ہوا ٹکڑا ہوا میں پھینکتے ہوئے جواب دیا "لیکن کہنہ مشق شکاری مچان پر کبھی نہیں بیٹھتے ہیں"

وہ سچ مچ میری بات پر ایمان لے آئی۔ باتوں باتوں میں مجھے خیال آیا کہ مرد کے دل میں عورت کی کشش کی ایک وجہ یہ بھی ہے کہ عورت کے سامنے وہ دل کھول کر جھوٹ بول سکتا ہے اور عورت بھی ہر دم جھوٹ سننے کے لیے تیار رہتی ہے۔ ہوشیار سے ہوشیار عورت بھی بالآخر اسی مرد کو پسند کرتی ہے جس کے جھوٹ پر وہ اعتبار کر سکے۔

عورت طفلانہ انداز سے کئی بات پوچھتی رہی اور میں بڑی توجہ سے ان کے جواب دیتا رہا۔۔ گناہ و ثواب، پیار، محبت، عشق و حسن اور شرافت و خباثت کی گھلی ملی سی یہ ملاقات کس قدر دل کش اور جان لیوا تھی۔۔ اس سہانی صبح کو وہ اجنبی مسافروں کی مختصر سی ملاقات، تاریخ عالم کا کس قدر اہم واقعہ !!

بے بی ابھی تک میری گود میں بیٹھی تھی۔ دفعتاً مجھے محسوس ہوا کہ کام نکل جانے کے بعد بے بی کو تو میں بھول ہی گیا تھا۔ میں نے مجوب ہو کر بے بی کی بغلوں کو گدگدیا "ارے بے بی! تم تو کوئی بات ہی نہیں کرتیں۔۔ کیا تم ہم سے خفا ہو۔"

وہ چپ رہی۔

"بولو۔۔ بے بی"

"لاہیں" بے بی نے انکار کے طور پر سر ہلاتے ہوئے جواب دیا۔

"اچھا تو بتاؤ تمہارا نام کیا ہے؟"

''میرالام؟''

''ہاں۔''

''سول تاناں''

''سلطانہ'' عورت نے کہا۔

مجھے پہلی مرتبہ اس بات کا علم ہوا کہ وہ مسلمان ہیں۔ سلطانہ کی بغلوں کو گدگداتے ہوئے میرے ہاتھ رک گئے۔ میں نے قدرے ہچکچاتے ہوئے دریافت کیا۔

'' کیا آپ مسلمان ہیں؟''

''جی'' یہ کہہ کر عورت نے میری طرف استفہامیہ نظروں سے دیکھا۔

''نہیں کچھ نہیں'' میں ہنس دیا۔۔ ''مجھے کچھ ہوا کیوں کہ بظاہر۔۔''

پھر قدرے بھدی سی خاموشی طاری ہوگئی۔

بات کچھ بھی نہیں تھی۔۔ میں نے سکوت توڑتے ہوئے پوچھا۔

''فساد کے دنوں میں آپ دہلی ہی میں تھیں؟''

''جی ہاں ہم سب یہیں تھے''

میرے دل کو نہ معلوم کیا ہونے لگا۔ میں نے رکی رکی آواز میں پوچھا ''آپ کو کوئی تکلیف تو نہیں ہوتی؟''

عورت نے قدرے سکوت کیا ''بس کچھ نہ پوچھیے۔ مالی نقصان بہت ہوا، جانیں بچ گئیں۔ یہی غنیمت سمجھیے۔ کناٹ پلیس میں ہماری دکان لٹ گئی۔ مکان میں فسادی گھس آئے۔۔ لیکن پیش تر اس کے کہ کوئی نقصان ہوتا پولیس آ گئی۔۔''

میرا سر جھک گیا۔۔ ایسا کیوں ہوتا ہے؟ ایسا کیوں ہوتا ہے؟

اسٹینڈ پر پہنچ کر بس رک گئی۔

اس خیال سے کہ عورت تنہا ہے اور بچے دو، شاید اسے میری مدد کی ضرورت ہو، میں نے اپنی سیٹ سے اٹھنے میں تامل کیا لیکن عورت کے ہلکے پن سے روشن ہوا کہ میری مدد درکار نہیں ہے۔ چنانچہ میں شریف مرد کی طرح اٹھ کر چل دیا۔

چند قدم چلنے کے بعد میں نے یوں ہی گھوم کر دیکھا کہ وہ عورت اٹھ کر دروازے کی جانب بڑھ رہی ہے

لیکن اس کے قدم اکھڑے اکھڑے دکھائی دیتے تھے۔ وہ قدرے لنگڑا کر چل رہی تھی۔

میں سوچنے لگا کہ اگر اس کی ٹانگ میں یہ نقص نہ ہوتا تو وہ قدم قدم پر فتنے جگاتی ایسی حسین عورت اور یہ عیب!

دفعتاً ہماری نظریں ملیں۔۔ غالباً وہ سمجھ بیٹھی تھی میں چلا گیا ہوں۔ مجھے ایک مرتبہ پھر اپنے سامنے پا کر وہ پریشان سی ہو گئی جیسے کہہ رہی ہو "آخر تم نے مجھے لنگڑا کر چلتے ہوئے دیکھ لیا نا؟"

محجوب ہو کر اس نے اپنا گلابی ہوتا ہوا چہرہ جیسے جھکا لیا اور پھر جیسے روٹھ کر منہ دوسری طرف پھیر لیا۔

میں اسے منانے کے لیے آگے بڑھا اور اس کے سامنے جا کھڑا ہوا اور اس کے چہرے کا جائزہ لیتے ہوئے دل ہی دل میں کہا "معزز خاتون! تم بہت حسین ہو، تم حسن کی پتلی ہو، تم کیا جانوں میں ان چند دل فریب لمحوں کے لیے تمہارا کس قدر شکر گزار ہوں"۔۔ اور پھر میں قدرے بلند آواز میں کہا "معاف کیجیے گا۔۔ آپ کچھ پریشان سی نظر آتی ہیں، کیا آپ کو کہیں آگے جانا ہے۔ تانگہ لاؤں؟۔۔ یا آپ کو کسی کا انتظار ہے؟"

اس نے سر پر دوپٹہ سنوارتے ہوئے جواب دیا "جی جانا تو قریب ہی ہے۔۔ وہ نہیں آئے۔۔ ملازم کو بھیج دیتے، ملازم کو تو آنا ہی چاہیے تھا۔۔"

میں نے آگے بڑھ کر لڑکی کو گود میں اٹھا لیا اور بولا "چلیے میں آپ کو چھوڑ آؤں"

وہ بغیر کچھ کہے میرے ساتھ ہولی۔

ابھی ہم پندرہ بیس قدم ہی چلے ہوں گے کہ وہ بول اٹھی "لیجیے وہ لڑکا ہمارا نوکر چلا آرہا ہے"

ہم رک گئے۔ میں نے جھجکتے ہوئے ٹانگ کی طرف اشارہ کرتے ہوئے دریافت کیا "کیا پیدائشی نقص ہے؟"

اس نے قدرے تامل کیا۔ پھر اپنی آنکھیں میری آنکھوں میں ڈالتے ہوئے مسکرا کر بولی "جی نہیں۔۔ جب فسادیوں نے ہمارے مکان پر حملہ کیا تو ایک نے لاٹھی گھما کر ماری تھی۔۔"

میرا دل بیٹھنے لگا۔ لرزتے ہوئے ہاتھوں سے میں نے بچی کو نوکر کی طرف بڑھایا۔۔ میری پیشانی پر ٹھنڈے پسینے کی بوندیں پھوٹ پڑیں۔ کانپتے ہوئے ہاتھ سے جیب میں رومال ٹٹولنے لگا۔

رخصت کے موقع پر کچھ کہنا چاہا لیکن ہونٹ پھڑ پھڑا کر رہ گئے۔ چنانچہ میں کچھ اس انداز سے دو قدم پیچھے ہٹائے جیسے وہ قدیم بابلیوں کی حسین شہزادی ہو۔ میری آنکھیں جھک کر اس کے قدموں پر جم گئیں۔ میں

نے تصور ہی تصور میں اس کے پاؤں پر سر رکھ دیا۔

پھر اُچٹتی ہوئی نظروں سے اس کی جانب دیکھا تو معلوم ہوا کہ اب ان آنکھوں میں وہ روکھا پن نہ تھا نہ سختی اور پھر مجھے یوں محسوس ہوا کہ وہ مہربان ہوتی ہوئی کسی خودسر ملکہ کی طرح کہہ رہی ہو "مابدولت خوش ہوئے۔۔ مابدولت نے نہ صرف تمہیں بلکہ تمہاری ساری قوم کو معاف کیا۔۔"

ایک مرتبہ پھر ہم نے ایک دوسرے کی جانب شکرگزار نظروں سے دیکھا۔۔ پھر ہم ایک دوسرے سے دور ہونے لگے۔ یہاں تک کہ بالآخر ایک دوسرے کی نظروں سے ہمیشہ ہمیشہ کے لیے اوجھل ہو گئے۔

ویبلے ۳۸

شہر کا وہ حصہ جسے پہلے واقعی شہر کا حصہ کہا جا سکتا تھا۔ اب بری طرح برباد ہو چکا تھا، ٹوٹے پھوٹے مکانات دور سے دیکھنے والوں کو بالکل غیر آباد کھنڈر دکھائی دیتے تھے۔ اور اگر ان خستہ حال گلیوں میں مغربی پنجاب سے آئے ہوئے شرنارتھیوں کی چہل پہل نہ ہوتی تو شاید دن کے وقت بھی انسان کو وہاں جاتے ہوئے ڈر محسوس ہوتا۔

کچھ مدت پہلے یہاں کے اصل باشندوں یعنی مسلمانوں کو بے پناہ مصائب کا سامنا کرنا پڑا تھا جو کیفیت ان پر گزری تھی۔ اس کی داستان ان کھنڈروں کی زبانی سنی جا سکتی تھی۔ فسادات کے بعد جب کہ اصل باشندے ہجرت کر گئے تھے اور ابھی شرنارتھی آن کر بسے نہیں تھے اس بستی پر عجب کسمپرسی کی حالت طاری تھی۔ مکان گرائے گئے تھے، جلائے گئے تھے، الغرض ان کی اینٹ سے اینٹ بجا دی گئی تھی۔ مکانوں کے بغیر دروازوں کی چوکھٹیں گویا حیرت سے منہ کھولے کبھی واپس نہ آنے والے مکینوں کی راہ تک رہی تھیں۔ گرد آلود آسمان میں گدھ منڈلاتے تھے۔ کھجلی کے مارے ہوئے کتے کونے کھترے سونگھتے پھرتے تھے اور بھولی بھٹکی گائیں اینٹوں کے ڈھیر میں ٹھوکریں کھاتی پھرتی تھیں۔

اس عالم گیر بربادی میں اگر ایک طرف ایک قوم کے مکانات کو ناقابلِ تلافی نقصان پہنچا تھا تو دوسری جانب دوسری اقوام کے اِکّا دُکّا مکانات صحیح و سالم کھڑے تھے۔ انہیں مکانوں میں سے ایک سردار بدھ سنگھ کا مکان بھی تھا۔

اس قدر اچھے نام والے حضرت بڑے بے تکے ڈیل ڈول کے مالک تھے۔ پست قد، کدّو سا سر، چھوٹی چھوٹی متجسس آنکھیں، فربہ بدن، طویل لہراتی ہوئی داڑھی۔۔ صبح و شام پاٹھ کرتے، مالا جپتے، یوں تو مالا ہر وقت کلائی سے لپٹی رہتی لیکن علی الصبح جب وہ سکھ منی صاحب کا طویل پاٹھ کرنے لگتے تو گھر کے افراد کی نیند اکھڑ جاتی۔ آپ گوردوارے میں بھی پاٹھ کرواتے رہتے تھے۔ دوسروں کو بھی پاٹھ کی تلقین کرتے تھے۔

فسادات کے زمانے کے قصے بڑے دردناک لہجے میں دہراتے تھے۔ کہتے ہیں یہ ساری آبادی مسلمانوں کی تھی۔ اس آبادی کے ایک سرے پر ہم لوگوں کے مکانات تھے۔ اسی لیے ان دنوں انہیں اپنا مکان چھوڑ کر ہندو محلے میں جانا پڑا۔ شہر میں ان کے کئی اور مکانات بھی تھے۔ لیکن وہ سب کرائے پر اٹھے ہوئے تھے۔ چنانچہ ان دنوں انہیں خاصی مصیبت کا سامنا کرنا پڑا۔

ادھر جب پانسا پلٹا تو انھوں نے خوف کے مارے بھاگتے ہوئے مسلمانوں کی ہزاروں کی جائیدادیں کوڑیوں کے مول خرید لیں اور پھر دولت مند شرنارتھیوں کے ہاتھ زیادہ سے زیادہ داموں پر بیچ کر جی کھول کر منافع کمایا۔ پاٹھوں کی شدت اور بڑھی اور ان کا چہرہ نورِ معرفت سے دمک اٹھا۔

دور تک پھیلے ہوئے کھنڈروں کے ایک سرے پر کھڑے ہوئے چند صحیح و سالم مکانات عجیب مضحکہ خیز منظر پیش کرتے تھے۔ ان میں سب سے اچھا مکان بدھ سنگھ کا تھا۔ دو منزلہ مکان کا نچلا حصہ انھوں نے کرائے پر اٹھا دیا تھا اوپر والی منزل پر ان کی اپنی رہائش تھی۔ ان کے گھر کے قریب ہی ریل کا پل تھا۔ شب و روز ریل کی گاڑیاں ادھر سے گزرا کرتی تھیں۔ ایسے موقعوں پر انجن کی سیٹیوں اور گاڑی کی گڑگڑاہٹ کا شور اس قدر شدید ہوتا کہ کان پڑی آواز سنائی نہیں دیتی تھی۔

شرنارتھیوں نے گھبراہٹ میں جو کام سامنے آیا، شروع کر دیا۔ پے در پے مصائب جھیلنے کے باعث ان کے حواس قائم نہیں رہے تھے۔ بعض لوگوں کے عزیز مرکھپ گئے تھے، بعض یتیم یا بے سہارا رہ گئے تھے۔ اس قسم کے بے شمار خاندانوں میں سے ایک خاندان بساکھا سنگھ کا بھی تھا۔

بساکھا سنگھ مغربی پنجاب کے ضلع لائل پور کا ایک معمولی زمین دار تھا۔ اس کے دو لڑکے تھے اور تین لڑکیاں۔ وہ خود سیاہی مائل گندمی رنگ کا دراز قد اور مضبوط انسان تھا۔ اس کے ہاتھ سچ مچ ہل کی ہتھی تھامنے کے لیے بنے تھے۔ اس کی شادی چھوٹی عمر ہی میں ہو گئی تھی۔ چنانچہ وہ ابھی سینتیس برس کا تھا اور اس کا بڑا لڑکا انیس برس کا ہو چکا تھا۔ اس سے چھوٹا لڑکا سترہ برس کا۔ لڑکیوں میں سب سے بڑی پندرہ کی تھی۔ چھوٹی بہنیں بھی چار پانچ برس تک جوان ہوا چاہتی تھیں۔

پہلے پہل اپنے گھروں سے نکل کر انہیں کیمپ میں دبکے رہنا پڑا۔ نہ کچھ کھانے کو نہ پینے کو، نہ تن ڈھانپنے کو کپڑا اور نہ سر چھپانے کو کٹیا اس پر طرہ یہ کہ ہر دم جان کا خوف دامن گیر رہتا تھا۔ زندگی پل پل گزارنا بے حد تکلیف دہ ثابت ہو رہا تھا۔ یہ قافلہ عجب بے سروسامانی کی حالت میں مشرقی پنجاب کی جانب روانہ ہوا۔ بچے، بوڑھے، عورتیں اور مرد تکان زدہ قدموں کے ساتھ بھوکے پیاسے تھکے ہارے جانیں ہتھیلی پر دھرے

منزل کی جانب بڑھ رہے تھے۔ راستے میں فسادیوں کے ہجوم بڑھ بڑھ کر حملے کرتے تھے۔ قافلے میں کئی بہادر آدمی بھی تھے جو موقع پڑنے پر بڑی بے جگری سے لڑتے تھے لیکن بھوک اور پیاس کے مارے ہوؤں کا لڑنا بھڑنا بھی کیا تھا۔ بعض اوقات تاریک راتوں کو روکھی سوکھی کھا کر لوگ کھیتوں کی مینڈھوں پر ہی کروٹ بدل کر اونگھنے لگتے۔ جا بجا سلگتی ہوئی آگ میں سے چنگاریوں کی پھلجھڑیاں چھوٹنے لگتیں۔ کوئی آنکھوں سے اندھی بڑھیا پوپلے منہ سے لرزتی ہوئی بے سری آواز میں گانے لگتی تو دفعتاً شور بلند ہوتا۔ فسادی شب خون مارتے۔ وہ بلا کھٹکے ڈیرے کے اندر در آتے۔ تاروں کی مدھم روشنی میں تیزی سے بڑھتے اور اچکتے ہوئے سائے دکھائی دیتے۔ افراتفری مچ جاتی۔ جب حملہ اور بچی کھچی گٹھڑیاں اور پوٹلیاں چھین لینے کی کوشش کرتے تو بعض عورتوں کی آہ و بکا سے آسمان گونج اٹھتا لیکن تارے چپ چاپ آنکھیں جھپکا جھپکا کر تماشا دیکھا کرتے۔ مذہبی نعروں، مارو مارو کا شور اور پہرے دار اور سپاہیوں کی بندوقوں کی تڑاتڑ کی صدائیں رفتہ رفتہ مدھم پڑ جاتیں۔ مجبور و معذور کراہتی ہوئی عورتیں اور زخمی انسانوں کے ستے ہوئے چہرے باقی رہ جاتے۔ یہ قافلہ پکے ہوئے پھوڑے کے مانند تھا جسے بار بار چر کے دیئے جاتے تھے اور جو سدا رستا رہتا تھا۔

بساکھا سنگھ نے خود بھی موقع پڑنے پر لڑنے بھڑنے سے گریز نہیں کیا۔ اسے اور اس کے دونوں لڑکوں کو بھی متعدد زخم آچکے تھے۔ بالآخر جب وہ یونین کے حدود میں داخل ہوئے تو ان کے دم میں دم آیا۔ وہاں انہیں دودھ اور جلیبیاں کھانے کو ملیں۔ آلو کچوریوں سے بھی تواضع ہوئی۔ اس وقت انہیں اس امر کی بے حد خوشی تھی کہ اب وہ آرام کی نیند سو سکیں گے۔ اب ان کا کوئی دشمن شب خون نہیں مارے گا۔ اب ان کی بہو بیٹیوں کی عزت و عفت کوئی نہیں لوٹے گا۔ اب ان کی جان و مال کی پوری پوری حفاظت کی جائے گی۔

ہند یونین کے حدود کے اندر داخل ہوتے ہی قافلہ تسبیح کے دانوں کے مانند بکھرنے لگا۔ کچھ لوگ راستے میں جو شہر پڑتے وہاں رک جاتے۔ فرار شدہ مسلمانوں کے مکانوں پر قبضے ہونے لگے۔ بساکھا سنگھ نے بھی بدھ سنگھ کے پڑوں میں ایک بے حد بوسیدہ مکان میں ڈیرہ جما دیا۔ یہ مکان دراصل اس قدر بری حالت میں تھا کہ اس وقت تک کسی کو اس پر قبضہ جمانے کا خیال تک نہیں آیا تھا۔ چونکہ اور کوئی مکان خالی نہیں تھا اس لیے بساکھا سنگھ نے اسے غنیمت جانا۔

یہ عجیب قسم کی بستی تھی۔ لٹے ہوئے بدنصیب لوگوں کے ترک کردہ مکانوں میں تباہ حال، بدنصیب اور بے خانماں انسان آباد ہو رہے تھے۔ تاریخ عالم میں انسانوں کے دو گروہوں نے ایک دوسرے سے اس قدر

خوف ناک مذاق کبھی نہیں کیا ہو گا۔

انسانی جسم کی ہڈیوں کا ڈھانچہ ہیبت ناک اور عبرت ناک شے ہے لیکن جلی پھکی برباد شدہ بستی کا منظر بھی کچھ کم دہشت ناک اور عبرت انگیز نہیں ہے۔

اونچی نیچی ناہموار غلیظ گلیوں میں ستے ہوئے چہروں والے نحیف و ناچار انسان حیران و ششدر دربدر گھوما کرتے تھے۔ یہ بستی دن کے کسی لمحے میں بھی دل خوش کن منظر پیش نہیں کرتی تھی۔ رات کی خواب ناک روشنی میں وہ ایک طویل و عریض قبرستان کے مانند دکھائی دیتی تھی۔ صبح کے وقت جب سورج کی تیز روشنی تاریکی کی چادر چاک کر دیتی تو یہ بستی زبانِ حال سے عبرت! عبرت! پکارنے لگتی تھی۔ سارا سارا دن بھکے بھکے لوگ ادھر ادھر گھوما کرتے تھے، کتے بھونکتے، مریل بلیاں ہڈیاں بھنبھوڑتیں اور مکھیاں بھنبھنایا کرتیں۔ شام کے وقت تنور اور چولہے روشن ہو جاتے۔ پہلے تو دھوئیں کی پتلی پتلی لکیریں اوپر کو اٹھنے لگتیں اور پھر دھوئیں کے ستون بن بن کر بوجھل بادلوں کے مانند آسمان کے اس سرے سے اس سرے تک پھیل جاتے۔ اس پھیلی پھیلی سیاہی تلے وہ بستی اور بھی حقیر اور بے کیف نظر آنے لگتی۔

پہلے پہل بساکھا سنگھ نے واہگورو کا ہزار ہزار شکر ادا کیا۔ آخر یہ اکال پرکھ کی عنایت ہی تو تھی کہ وہ اپنے سارے کنبے سمیت ساری مشکلات میں سے بخیر و عافیت نکل آیا تھا۔۔ رفتہ رفتہ روزی کی فکر دامن گیر ہوئی۔ کنبے کا پیٹ پالنے کا سوال پیش نظر رہنے لگا۔ یوں تو ہر شخص کے لیے جما جمایا کام چھوٹ جانے کے بعد نئے سرے سے کام شروع کرنا بہت ہی مشکل مسئلہ تھا لیکن بساکھا سنگھ ایسے انسانوں کے لیے جو پہلے کھیتی باڑی کرتے تھے اور جو کسی بھی دوسرے ہنر سے واقف نہیں تھے۔ یہ مسئلہ قریب قریب ناقابلِ حل ہو کر رہ گیا تھا اور پھر بغیر پونجی کے تو کچھ بھی نہیں ہو سکتا تھا۔ یہاں تک کہ نوبت مزدوری تک آن پہنچی۔ اس کے باوجود گھر کے اخراجات پورے نہیں ہوتے تھے۔ جان پہچان والوں کے سامنے اس قسم کا کام کرنے میں اور بھی ہیٹی ہوتی تھی۔ کیوں کہ پہلے وہ ان کے روبرو خاصی عزت اور آبرو کی زندگی بسر کیا کرتا تھا۔ زندگی کی گاڑی چرخ چوں کرتی ہوئی گھسٹتی چلی جا رہی تھی۔

بستی میں پہنچتے ہی گوردوارے میں سردار سنگھ سے اس کی ملاقات ہوئی۔ یوں ہی بدھ سنگھ کو اس کی باتوں میں دلچسپی پیدا ہو گئی۔ شام کے وقت بساکھا سنگھ ان کے ہاں چلا جاتا اور انہیں ان مصائب کے قصے سناتا جو انہیں راستے میں جھیلنے پڑتے تھے۔ بساکھا سنگھ کے دل میں ایک موہوم سی امید تھی کہ بدھ سنگھ سے ضرور اسے کچھ نہ کچھ فیض پہنچے گا۔ اسی لیے اس نے اس کے ہاں آمد و رفت جاری رکھی۔

بساکھاسنگھ کے دل میں بدھ سنگھ کے لیے بڑا احترام تھا۔ایک تو بدھ سنگھ صورت ہی سے بڑا گورمکھ دکھائی دیتا تھا۔اس کی وہ چوڑی پیشانی، روشن آنکھیں، پرنور لانبی داڑھی جس کے بیش تر بال سفید ہو چکے تھے، پریم رس میں ڈوبی ہوئی اس کی وہ مٹھی میٹھی باتیں اور اس پر طرہ یہ کہ صبح و شام پاٹھ کیا کرتا تھا۔ بظاہر یوں معلوم ہوتا تھا کہ اسے دنیا کے موہ مایا کے جال سے مطلقاً کوئی سروکار نہیں ہے۔وہ بساکھاسنگھ کے مصائب کا حال بڑے دھیان سے سنتا۔معلوم ہوتا تھا کہ ان پر کیے گئے مظالم کا حال سن سن کر اس کا دل موم کے مانند پگھلا جا رہا ہے۔اس پر بساکھاسنگھ کا دل بھر آتا اور وہ گلوگیر آواز میں اپنے لہلہاتے ہوئے کھیتوں کا ذکر کرتا۔جہاں ہر سال لکھوکھا سنہری بالیاں ہوا میں جھوما کرتی تھیں۔وہ گندم کے ان ذخیروں کا ذکر کرتا جو اس کے مکان کے اندر بھڑولوں میں ٹھساٹھس بھرے رہتے تھے۔اپنے بیلوں، اپنی بھوری اور کالی بھینسوں، اپنے مکان، غرض ہر شے کی کہانی سناتا۔ بظاہر بدھ سنگھ بہت متاثر نظر آتا تھا۔وہ شخص جس کی بابت کہا جاتا تھا کہ اس کے پاس لاکھوں روپیہ نقد موجود ہے مکان ہیں، کارخانے ہیں، لیکن بساکھاسنگھ کی باتیں سننے کے بعد وہ بڑی متین صورت بنا کر سر ہلاتا اور کہتا ''بساکھاسنگھ جی پاٹھ کیا کرو''

چنانچہ بساکھاسنگھ نے خوب پاٹھ کرنے شروع کر دیئے۔خود بھی کیے اور بیوی بچوں سے بھی کروائے۔لیکن جب ان کا کچھ نتیجہ نہ نکلتا تو بساکھاسنگھ کہتا ''سردار صاحب جی! دیکھیے جوان لڑکیوں کا بھی دل پر کس قدر بوجھ ہوتا ہے۔سنتو بڑی ہو گئی ہے۔اوپر سے کلجگ کا خیال کیجیے۔میرے پاس تین چار سو روپیہ بھی ہو تو میں کسی نہ کسی طرح بڑی لڑکی کے بوجھ سے سبکدوش ہو جاؤں''

''واہگورو! واہگورو!'' بدھ سنگھ جواب دیتا ''بساکھاسنگھ جی نام جپا کرو نام۔نام میں بڑی شکتی ہے''

بساکھاسنگھ نے نام جپنا شروع کر دیا۔خوب جی بھر کر نام جپا۔یہاں تک کہ ایک مالا بھی خرید ڈالی۔ہر وقت انگلیوں میں منکے گھومتے رہتے تھے۔ایک پہر رات باقی ہوتی کہ وہ جاگ اٹھتا، اشنان کرتا اور پھر ایک ٹانگ پر کھڑا ہو کر مالا جپنے لگتا۔۔سارا دن کام کاج کی تلاش میں مارا مارا پھرتا۔ بیٹے الگ خوار ہوتے تھے۔ لیکن نتیجہ وہی صفر کا صفر۔

بساکھاسنگھ کہتا ''مہاراج جی! اگر میرے پاس کہیں سے پانچ سو روپیہ بھی آ جائے تو کوئی چھوٹی موٹی دکان ہی کھول ڈالوں''

جواب ملتا۔ ''بساکھاسنگھ جی! گوردوارے جایا کرو۔سارے پریوار کو لے کر جایا کرو۔گورو کے گھر میں کیا نہیں ہے جو مانگو سو ملے گا۔گورو کے گھر میں کسی شے کی کمی نہیں ہے خالصہ جی!۔۔لیکن شردھا شرط

ہے۔ بغیر شردھا کے کچھ بھی حاصل نہیں ہو سکتا۔ ! جی بابا ابھیکھ سنگھ جی کہہ گئے ہیں کہ شردھا ضرور پھل لاتی ہے۔ خواہ یہ پھل دو، چار، دس، بیس، پچاس برس کے بعد ہی کیوں نہ ملے۔۔ لیکن شردھا کا پھل ملتا ضرور ہے۔۔''

یہ سن کر دکھوں کی ماری عورت نے دفعتاً اپنی میلی میلی آنکھیں اوپر اٹھائیں۔ پہلے چند لمحوں تک تو اس کی زبان سے ایک لفظ تک نہیں نکل سکا۔ پھر بہ مشکل رک رک کر گلو گیر آواز میں بولی۔۔ ''دس، بیس، پچاس برس؟''۔۔ اور پھر اس کی کانپتی ہوئی آواز بند ہو گئی۔ سر میں جنبش پیدا ہوئی اور اس کے ہونٹ لرز کر اور نتھنے پھڑک کر رہ گئے۔۔

اس کے بعد کچھ کہنے سننے کی ضرورت ہی نہیں رہی تھی۔ کیا سنتو اور اس کی بہنیں چالیس پچاس برس تک شردھا کے پھل کا انتظار کر سکتی تھیں۔ کیا اس کے نوخیز لڑکے شردھا کے پھل کے انتظار میں بوڑھے نہ ہو جائیں گے۔ کیا دنیا کے کسی انسان کی اتنی بساط بھی ہے کہ وہ دس، بیس، چالیس۔۔

بساکھا سنگھ کے دماغ میں کھلبلی سی مچ گئی۔

اس رات چراغ کی مدھم روشنی میں وہ ٹانگیں سمیٹے، دونوں گھٹنوں کو بازوؤں کے کلونچے میں لیے دیوار سے پیٹھ لگائے اپنے خیالات میں دیر تک گم رہا۔ اس کی گھنی بھنووں تلے سیاہ پتلیاں بڑے تجسس سے اردگرد کا جائزہ لے رہی تھیں۔ چراغ کی تھرتھراتی لو میں گھر کے افراد متحرک سایوں کے مانند دکھائی دیتے تھے۔ تا حدِ نگاہ رات کی دھواں دھواں سی فضا میں ٹوٹے پھوٹے مکانات کے سلسلے عجب ہیبت ناک منظر پیش کر رہے تھے۔ جس مکان میں وہ خود مقیم تھا اس کا بیش تر حصہ گر چکا تھا۔ غالباً فسادیوں نے ہی اسے آگ لگائی ہو گی۔ دیواریں اور چھت کی کڑیاں کچھ جل جانے کے باعث اور کچھ دھواں لگنے کی وجہ سے بالکل سیاہ پڑ گئی تھیں کہ مکینوں کو ہر وقت ان کے گر جانے کا خطرہ لاحق رہتا۔ اس روز آٹے کی عدم موجودگی میں کھچڑی پکائی گئی تھی اور گھر کے سب لوگ اسی پر اکتفا کرنے پر مجبور تھے۔ اس کی اوپر تلے کی تین لڑکیاں، وہ انہیں ٹکٹکی باندھ کر کھوئی کھوئی نظروں سے دیکھنے لگا جیسے اس نے انہیں پہلے کبھی نہ دیکھا ہو۔۔ یہ صورتیں کیسی ہیں، کون ہیں، کہاں سے آئیں اور سب سے اہم سوال یہ تھا کہ وہ جائیں گی کہاں۔ اس کے دونوں بیٹے ننگے سر بیٹھے کھچڑی کھا رہے تھے۔ بار بار نوالے کے لیے منہ پھاڑتے تھے۔ ان کے جوڑوں میں سے نکل کر اوپر کو لہراتے ہوئے بالوں کے گچھے مرغ کی کلغی کے مانند دکھائی دیتے تھے۔ وہ مسلسل منہ ہلائے جا رہے تھے۔ بساکھا سنگھ پر عجب بے حسی طاری تھی جیسے اس کا اس ماحول سے کوئی تعلق نہ ہو، جیسے وہ سب سے الگ بیٹھا

اس دنیا کے کھیل دیکھ رہا ہو لیکن وہ زیادہ دیر تک اس خواب ناک کیفیت میں گم نہیں رہ سکا۔ اسے جلد ہی اس امر کا احساس ہوگیا کہ یہ سب کچھ خواب نہیں تھا اور نہ وہ ان سے الگ تھا۔ کس قدر عجیب بات تھی کہ کالے کوسوں تک پھیلی ہوئی زمین پر گیہوں کے سنہرے خوشوں سے لدے ہوئے پودے کھڑے تھے۔ وسیع آسمان تلے واہگورو اکال پرکھ کی وسیع زمین موجود تھی، لیکن اس کے بندوں کو نہ کھانے کو اناج ملتا تھا اور نہ سر چھپانے کو جگہ میسر آتی تھی۔۔ تعجب! بدھ سنگھ کے پاس اس قدر روپیہ ہے، مکان ہیں، کارخانے ہیں، بے فکری ہے، آنند ہے۔

دوسرے روز شام کے وقت بساکھا سنگھ بستی میں بے مہار گھومتا پھر رہا تھا۔ اس کا ذہن عجب مخمصے میں گرفتار تھا۔ گھریلو پریشانیاں روز بروز بڑھتی جا رہی تھیں۔ ان کا کوئی حل دکھائی نہیں دیتا تھا۔ فسادات سے پہلے اسے کبھی گہرا غور اور فکر کرنے کی ضرورت محسوس ہی نہیں ہوئی تھی۔ اسے یاد تھا کہ وہ دو بھائی تھے اور ایک بہن۔ ان کے باپ کو ان سب سے بڑی محبت تھی۔ لڑکپن اور آغاز جوانی کا زمانہ اس نے بڑی بے فکری سے گزارا تھا۔ کھیل کود، گیت اور الغوزوں اور عشق و محبت کے سوا اس نے اور کسی چیز کے متعلق سوچا ہی نہ تھا۔ جب وہ جوان ہوگیا تو بے فکری کے باعث جب اور کچھ نہ سوجھا تو اس نے چوروں اور ڈاکوؤں سے یارانہ گانٹھا۔ دو تین برس اسی قسم کے مشاغل میں گزر گئے۔ جب باپ نے دیکھا کہ بیٹا سیدھے راستے سے بھٹک کر اپنی زندگی خراب کرنے پر تلا ہوا ہے تو اس نے اس کی شادی کر دی۔ ازدواجی زندگی کے بندھن کچھ ایسے مضبوط ثابت ہوئے کہ ذمہ دار انسانوں کی سی زندگی بسر کرنے لگا۔

شادی کے بعد بال بچے بھی ہوئے۔ جیون کے دشوار گزار اتار چڑھاؤ سے ہو کر بھی گزرنا پڑا۔ لیکن اسے آج تک ایسا تلخ تجربہ حاصل نہیں ہوا تھا کہ انسان پیٹ کی روٹی اور تن کے کپڑے کے لیے ایمان داری سے کام کرنا چاہے تو اسے کام ہی نہ ملے۔ جدید معاشی پیچیدگیاں اس کی سمجھ میں بالکل نہیں آتی تھیں۔ اسے یہ سب چیزیں قطعاً غیر فطری دکھائی دیتی تھیں۔ لیکن اس کا ذہن ان مسائل کا خاطر خواہ حل پیش کرنے سے قاصر تھا۔

وہ کوچہ کوچہ گھومتا پھرا۔ گندی گندی گلیاں جہاں رُکے ہوئے پانی کی نالیوں میں ایسی سخت بدبو اڑتی تھی کہ دماغ پھٹا جاتا تھا۔ جا بجا گلی سڑی سبزیوں، پیاز کے چھلکوں اور کوڑے کرکٹ کے ڈھیر دکھائی دیتے تھے۔ اونچی نیچی گلیوں میں جا بجا ٹوٹے پھوٹے مکانوں کی اینٹیں، مٹی، چونا اور روڑی پھیلی ہوئی تھی۔ مٹیالے رنگ کی بھدی اور گندی دیواریں طبیعت کو اور زیادہ گندہ کر دیتی تھیں۔ پھٹے پرانے چیتھڑے لٹکائے چھوٹے

بڑے بچے چیختے اور چلاتے ہوئے ایک دوسرے سے آگے پیچھے بھاگ رہے تھے۔مکانوں میں زیادہ تعداد ایسے مکانوں کی تھی جن کے باہر کے دروازے تک جل گئے تھے۔ان کے اندر صحن کے مناظر صاف دکھائی دیتے تھے۔ڈھیلی رسیوں والی چار پائیاں، ان پر بیٹھی ہوئی میلے کچیلے دوپٹوں کے آنچل اڑاتی ہوئی عورتیں اور ان کے بھوک سے بلکتے ہوئے بچے جو چیخ چیخ کر ماؤں کی چھاتیوں کو ٹٹولتے تھے، حالانکہ ان چھاتیوں میں اب دودھ کہاں رہ گیا تھا۔بعض جگہ ہلکی ہلکی آنچ پر تین تین دنوں کی باسی روٹیاں ابالی جارہی تھیں۔

گھوم پھر کر بساکھا بدھ سنگھ کے مکان کے آگے پہنچ کر رک گیا۔شام کے وقت بدھ سنگھ کے درشن کرتا۔۔اس کے معمول میں داخل تھا۔بدھ سنگھ کو (جسے گھر میں بڑے سردار جی کے نام سے پکارا جاتا تھا) گوربانی کی باتیں کرنے اور گیان دینے کا بڑا چسکا تھا۔چنانچہ وہ اس قسم کے لوگوں سے بڑی خندہ پیشانی سے پیش آتا تھا جو اس کی روحانیت کے قائل ہو کر اس کی باتیں انہماک سے سننا اپنا فرض سمجھتے تھے۔گرنتھ صاحب میں سے شلوک پڑھے جاتے اور گیان اور معرفت کے دریا بہائے جاتے تھے۔

اس نے ڈیوڑھی میں سے اوپر کو جاتی ہوئی کشادہ اور صاف ستھری سیڑھیوں کی جانب دیکھا جو ابھی ابھی دھوئی گئی تھیں۔سیڑھیوں کے اوپر والے دروازے میں سے افق میں چمکتے ہوئے سورج کی تیز روشنی دکھائی دے رہی تھی۔نور کا دریا تھا کہ نچلی سیڑھیوں تک بہتا چلا آرہا تھا۔

یہ منظر دیکھ کر اس کی آنکھیں خیرہ ہو گئیں۔

ملازم کی زبانی معلوم ہوا کہ بڑے سردار جی گھر ہی میں ہیں۔وہ قدم بہ قدم سیڑھیوں پر چڑھنے لگا۔اوپر کے دروازے کے دائیں جانب سارا خاندان رہتا تھا اور بائیں طرف کے حصہ جو دو کمروں اور ایک صحن پر مشتمل تھا بڑے سردار صاحب کے لیے مخصوص تھا۔بڑے حصے سے چھوٹے حصے تک ایک چوڑا راستہ تھا جس کے دونوں جانب پھولوں کے گملے دھرے تھے۔

بساکھا سنگھ اوپر پہنچا تو اس وقت سردار صاحب صحن میں چبوترے پر آسن بچھائے براجمان تھے۔قریب ہی چوکی پر پانی کا لوٹا اور رانگو چھا دھرا تھا جس سے معلوم ہوتا تھا کہ ابھی ابھی پاٹھ سے فارغ ہوئے ہیں۔سورج اُفق تک پہنچا ہوتا تھا اور بادل کا ایک ٹکڑا اسے اپنے دامن میں چھپا لینے کی کوشش کر رہا تھا۔

وہ آگے بڑھا تو سردار صاحب نے پاؤں کی آہٹ پا کر پیچھے کی جانب گھوم کر دیکھا۔اس نے ست سری اکال کا نعرہ بلند کیا۔سردار صاحب کی مونچھوں تلے ہونٹوں پر بڑی دل فریب مسکراہٹ پیدا ہوئی "آیئے

آیئے بساکھا سنگھ جی، کہیے کیا حال ہے"

" کرپا ہے۔۔اپنی کہیے"

بڑے سردار صاحب نے سر پر لپٹی ہوئی چھوٹی دستار پر ہاتھ پھیرتے ہوئے کہا۔ ابھی ابھی رہ راس کا پاٹھ کیا ہے۔۔ ذرا سامنے کے منظر سے لطف اندوز ہو رہا تھا۔

منظر؟

بساکھا سنگھ نے گردن اٹھا کر دیکھا۔ اسے کوئی ایسا منظر دکھائی نہیں دیا جس سے وہ بھی لطف اندوز ہو سکتا۔ گرد آلود فضا میں خستہ حال جلے بھنے مکانوں کے سلسلے اور ان کی نیم تاریک غلیظ گلیوں میں حقیر کیڑوں کے مانند رینگنے والے دکھی انسانوں میں سے کوئی بھی ایسا منظر پیش نہیں کرتا تھا جس سے لطف اٹھایا جا سکے۔۔ سچ مچ بڑوں کی باتیں بھی بڑی ہوتی ہیں۔

وہ اور قریب پہنچا تو سردار صاحب نے کمالِ مہربانی سے چوکی کی جانب اشارہ کرتے ہوئے کہا" کڑوی اور انگوچھا منڈیر پر رکھ کر چوکی پر بیٹھ جایئے"

بساکھا سنگھ نے حکم کی تعمیل کی۔

اس نے اپنے گرد سے اٹے ہوئے بوسیدہ جوتوں کی جانب چھپی نظروں سے دیکھا اور گرد آلود ٹخنوں کو تہبند کے پلوؤں سے ڈھانپتے ہوئے پاؤں سمیٹ لیے۔

"واہگورو! واہگورو!!" سردار صاحب کی گھنی مونچھوں میں سے آواز نکلی" دیکھیے سردار صاحب! کرتار کی لیلا بھی کیسی نیاری ہے۔۔ میں دن رات سوچا کرتا ہوں کہ آخر یہ جگ مایا ہی تو ہے۔ یہ مکان، یہ زمین، یہ آرام بھوگنے کے سب سامان ایک روز دھرے کے دھرے رہ جائیں گے۔ دھنیہ ہیں وہ لوگ جو روکھی سوکھی کھا کر بھی واہگورو کے نام کا سمرن کرتے ہیں۔ سورگ بھی تو اکال پرکھ نے ایسے ہی لوگوں کے لیے بنایا ہے۔ ہم لوگ تو گناہگار ہیں، پاپی ہیں۔ ہے واہگورو ہے واہگورو۔۔"

اس کے بعد انھوں نے ایک گورو بھگت کی کتھا سنائی۔ وہ سادھو تھا۔ رام نام کا پیاسا۔ اس کا جی چاہا کہ کھیر کھائے۔ عقل نے کہا کہ مورکھ! تو سادھو ہے، سنیاسی ہے، تجھے ان چیزوں سے کیا تعلق؟ من نہیں مانا تو اس نے اپنی پریمی کے گھر جا کر کھیر کھائی۔ اتنی کھائی اتنی کھائی کہ من بس بس پکار اٹھا، لیکن اب بس کہاں۔ سادھو تو من کو سبق سکھانا چاہتا تھا۔

یہ کتھا سنا کر بڑے سردار صاحب نے مسکین صورت بنائی اور آنکھیں مٹکا کر آسمان کی جانب دیکھا جو اس

وقت خون کی طرح سرخ ہو رہا تھا۔

پہلے جب بساکھا سنگھ ان کی یہ باتیں سنتا تو اس پر وجد طاری ہو جاتا تھا لیکن آج اسے یہ باتیں بڑی عجیب سی معلوم ہو رہی تھیں اور پھر سردار صاحب کی زبانی وہ اور بھی انوکھی معلوم ہوتی تھیں۔ بساکھا سنگھ پر یہ راز تو اب کھلا تھا کہ خالی پیٹ طویل پاٹھ کرنا تو رہا ایک طرف، انسان کے منہ سے ایک شبد 'واہگورو' تک نکلنا ناممکن ہے۔ اسے خیال آیا کہ اس شخص کے ماحول کے اجلے پن میں ہزار ہا غریبوں کی تمناؤں کے خون کی سرخی بڑی چابک دستی سے چھپا دی گئی ہے۔

بڑے سردار کی باتوں کا سلسلہ جاری تھا۔

دھوئیں کے ستون بستی سے اوپر اٹھنا شروع ہو گئے تھے۔ وہ یکجا ہو کر بوجھل بادلوں کی صورت اختیار کر رہے تھے۔ کان کے بڑے حصے کی جانب سے سفید اور اجلی دیواروں کے سلسلوں میں سے ہنستے، کھیلتے، چہکتے بچوں اور عورتوں کی نقرئی آوازیں بلند ہو رہی تھیں۔

دفعتاً سردار صاحب بولے ''آیئے بساکھا سنگھ جی اندر چلیں۔ سردی بڑھتی جا رہی ہے''

سردار جی کمرے کی طرف بڑھے۔ ان کے پیچھے چلتے ہوئے بساکھا سنگھ نے گھوم کر دیکھا کہ افق پر غروب ہوئے سورج کے سر پر بدلیوں کے چند ٹکڑے مچل رہے ہیں اور خون سے لتھڑی ہوئے سنگین کی طرح آفتاب کی ایک طویل کرن مٹیالے آسمان کے سینے کے پار ہو گئی ہے۔

دو کمروں میں سے ایک میں گرو گرنتھ صاحب کا پرکاش کیا گیا تھا۔ اس کمرے میں موت کی سی خاموشی طاری تھی۔ گورو گرنتھ صاحب اونچے چبوترے پر رنگین رومالوں میں لپٹے ہوئے تھے۔ ان کے آگے دری پر بچھے ہوئے رومال کے دامن میں چند رنگین پھول دکھائی دے رہے تھے۔ مکھیاں جھلنے کی چوری کے سفید بال گھوڑے کی ایال کی طرح ایک جانب کو لٹکے ہوئے تھے۔ دائیں بائیں چھوٹے چھوٹے گلدان اور ان میں باسی گھاس میں چند پھول اڑے سے دکھائی دے رہے تھے۔ چونکہ بجلی ابھی وہاں نہیں آئی تھی۔ اس لیے ایک چھوٹا سا خوبصورت لمپ چوکی پر دھرا تھا۔

بڑے سردار صاحب کا کمرا بھی بڑا تھا۔ فرش پر دری اور دری پر دو چھوٹے چھوٹے پرانے غالیچے بچھے تھے۔ سردار صاحب اجلے بستر پر بیٹھ گئے۔ سرہانے کے قریب رکھی ہوئی تپائی پر ایک بہت بڑا اور خوبصورت تیل کا لمپ روشن تھا۔

بساکھا سنگھ کے لیے وہی جانا پہچانا ماحول تھا۔ ایک طرف دیوار پر گورونانک صاحب کی بڑی سی تصویر تھی۔

جس میں وہ نام جپتے ہوئے دکھائے گئے تھے۔ آنکھیں بھگتی رس میں ڈوبی ہوئیں، ہاتھ میں مالا، نام خماری ناز کا چڑھی رہے دن رین۔ انھوں نے لوگوں کی گاڑھی کمائی کا روپیہ نہیں کھایا تھا بلکہ انھوں نے سچا سودا کیا تھا جس پر باپ نے انہیں بری طرح پیٹا تھا۔ مذہبی واقعات کے متعلق اور بھی کئی تصاویر لٹکی تھیں۔ ایک طرف دیوار کے ساتھ ڈریسنگ ٹیبل رکھا تھا جس پر کنگھے برش تیل کی شیشیاں بے ترتیبی سے دھری تھیں غالباً بچے انہیں وہاں بھول گئے تھے۔

سردار جی نے گاؤ تکیہ بغل میں دبایا اور قریب کی الماری میں سے سبز رنگ کی جلد والی ایک موٹی سی کتاب نکالی۔ اس میں مختلف بھگتوں کا کلام مع تشریح کے درج تھا۔ سردار جی نے بڑے انہماک سے کلام سنانا شروع کیا۔ بساکھا سنگھ کرسی پر بھونڈے انداز میں بیٹھا بظاہر سن رہا تھا لیکن درحقیقت اس کا ان چیزوں میں دھیان نہیں تھا بلکہ بعض اوقات خود سردار صاحب بھی پڑوس کے کمہار کے گھوڑوں کی ہنہناہٹ میں سطر بھول کر کہیں اور جا پڑے تھے۔

بالآخر یہ پروگرام ختم ہو گیا تو سردار صاحب نے کتاب بند کر کے تپائی پر رکھ دی۔ آسمان پر اکاڈ کا تارے جھلملانے لگے تھے۔

دفعتاً سردار صاحب بولے "آج میں نے ایک پستول خریدا ہے۔۔"

"پستول؟" بساکھا سنگھ کا منہ کھلے کا کھلا رہ گیا۔

"ہاں" یہ کہہ کر سردار صاحب الماری کی طرف متوجہ ہو گئے۔

"وہ کیوں؟" بساکھا سنگھ نے تعجب سے پوچھا۔

سردار صاحب نے قدرے تامل کیا اور پھر ایک چپٹا ڈبہ نکال کر لائے۔ دیکھیے نا آج کل زمانہ بڑا خراب ہے۔ دنیا میں کسی کا کوئی دھرم ایمان نہیں رہا۔ ہم یہاں رہتے تو ہیں لیکن ہمیشہ خوف دامن گیر رہتا ہے کہ کہیں ادھر اُدھر کے اچکوں میں سے کوئی گھر میں گھس آئے تو کیا ہو۔ واہگورو۔۔ واہگورو۔۔ آج کل تو لوگ خواہ مخواہ ہاتھا پائی پر اتر آتے ہیں"

یہ کہہ کر انھوں نے پستول کی جھلک دکھائی۔ بساکھا سنگھ نے دیسی ساخت کے پستول تو دیکھے تھے لیکن اس قدر اچھا پستول دیکھنے میں نہیں آیا تھا۔

سردار صاحب کہنے لگے "یہ ویبلے کمپنی کا بنا ہوا ہے۔ بہت اچھی کمپنی ہے۔ اسٹینڈرڈ چیز ہے۔۔ آٹومیٹک ہے۔۔ اڑتیس بور ہے۔

بساکھا سنگھ چپ چاپ پستول کی جانب دیکھ رہا تھا۔

"آپ جانتے ہی ہیں آج کل زمانہ خراب ہے، کبھی وقت بے وقت اِدھر اُدھر آنا جانا پڑتا ہے۔ رات کو بھی اسے تکیے کے نیچے رکھ کر سویا جائے تو خاصی بے فکری سی محسوس ہوتی ہے"

بساکھا سنگھ نے گردن قدرے آگے بڑھا کر پوچھا" کیوں جی اس کی قیمت کیا ہوگی؟"

سردار صاحب نے لاپروائی سے کہا" یہ تو سستا ہی مل گیا۔ اجی آج کل یہ چیز بالکل نایاب ہوگئی ہے۔ مجھے تو چودہ سو روپے میں مل گیا ہے"

"چودہ سو؟۔ یعنی ایک ہزار چار سو میں۔۔" یہ کہتے کہتے بساکھا سنگھ کا حلق خشک ہوگیا اور اس کی آواز بھی پھنس کر رہ گئی۔

"یہ دیکھیے۔۔ ادھر سے کارتوسوں کی میگزین اندر داخل کی جاتی ہے۔ آٹھ کارتوس ہوتے ہیں ایک میگزین میں۔ یکے بعد دیگرے آٹھ گولیاں چل سکتی ہیں"

بساکھا سنگھ نے دیکھنے کے لیے ہاتھ آگے بڑھایا۔ سردار صاحب نے پستول اس کے ہاتھ میں تھماتے ہوئے کہا"خیال رہے بھرا ہوا ہے۔ گھوڑا دبانے کی کسر ہے۔۔ انگلی لبلبی سے دور ہی رہے۔۔"

اس لوہے کے سرد ہتھیار کو پکڑتے وقت پہلے تو بساکھا سنگھ کا ہاتھ کپکپایا اور پھر اس نے اسے مضبوطی سے پکڑ لیا۔ اسے اِدھر اُدھر گھما کر دیکھا۔ پھر دستہ مٹھی میں لے کر انگلی لبلبی پر رکھ دی۔

سردار صاحب نے اک دم ہاتھ آگے بڑھایا"ارے چل نہ جائے۔۔"

بساکھا سنگھ نے پستول والا ہاتھ فوراً پیچھے ہٹا لیا اور پھر اس نے دھیرے دھیرے سر اوپر اٹھایا۔ اس کے ہونٹوں پر موہوم سی مسکراہٹ پیدا ہو کر رفتہ رفتہ معدوم ہوگئی۔ اس کی آنکھیں راکھ کی طرح سیاہ اور بے کیف دکھائی دے رہی تھی۔

سردار صاحب پیچھے ہٹ گئے۔ ان کے سر پر چھوٹی ململ کی زرد سی دستار لپٹی ہوئی تھی۔ داڑھی لٹک رہی تھی۔ آنکھوں سے سمجھ میں نہ آنے کیفیت ہویدا تھی۔ انھوں نے خشک ہونٹوں پر زبان پھیرتے ہوئے کہا۔ خاموش کیوں ہو، کیا تم سوچ رہے ہو کہ اگر اس وقت تمہارے دشمن تمہارے سامنے ہوں تو تم انہیں چنوں کی طرح بھون ڈالو؟"

" کون دشمن؟" بساکھا سنگھ نے بے رس آواز میں پوچھا اور پھر وہ سمجھ گیا کہ سردار صاحب کے اس اشارے کا کیا مطلب ہے۔

وہ اٹھ کر کرسی سے الگ کھڑا ہو گیا۔ اس نے بھاری آواز میں کہنا شروع کیا۔ صبح سے شام تک اپنی پیشانی سے ایڑی تک پسینہ بہانے والا کوئی شخص بھی میرا دشمن نہیں ہو سکتا۔ اب مذہب صرف دو رہ گئے ہیں۔ ایک دوسروں کا خون چوسنے اور انہیں لوٹنے والوں کا مذہب اور دوسرا اپنا خون دینے والوں اور لٹنے والوں کا مذہب۔ اس کے علاوہ اور کوئی مذہب نہیں ہے۔ آپ سمجھے۔۔ آپ نہ معلوم کون سے گیان دھیان کی باتیں کرتے ہیں۔۔ وہ باتیں میری سمجھ میں بالکل نہیں آتیں۔۔ شاید اس لیے کہ میں بھوکا ہوں، میرے بچے بھوکے ہیں، میری بیوی بھوکی ہے۔۔ میں زندگی کی چھوٹی چھوٹی ضرورت کے لیے ترستا ہوں۔۔"

پھر وہ ایک دم چپ ہو گیا۔ اس نے دوبارہ چودہ سو روپے والے پستول کی طرف دیکھا اور نظریں سردار جی کی نظروں سے ملائیں۔

سردار جی ہڑ بڑا کر چارپائی سے اٹھ بیٹھے۔ تپائی کو دھچکا لگا تو لمپ نیچے گر پڑا۔۔ تیل بہہ نکلا اور غالیچے کو آگ لگ گئی۔

بڑے سردار صاحب کے لیے باہر جانے کا راستہ بالکل بند تھا۔ راستے میں لمبا تڑنگا بساکھا سنگھ کھڑا تھا۔ اس کے چوڑے شانے، مضبوط ٹانگیں، مچھلیوں والے بھرپور بازو، تنی ہوئی گردن، چوڑے چکلے ہاتھ۔۔ یوں معلوم ہوتا تھا کہ اس کے بدن میں نسوں کے بجائے فولاد کی تاریں کھینچ دی گئی ہیں۔۔ مضبوط، مغرور، اٹل۔۔ بڑے سردار صاحب دیوار سے چپکے کھڑے تھے۔ رنگ زرد پڑ چکا تھا۔ سانس تیزی سے چل رہی تھی، پلپلا پیٹ نیچے اوپر ہو رہا تھا۔ پیشانی پر پسینے کی بوندیں پھوٹ پڑی تھیں۔ وہ اس قدر دہشت زدہ ہو چکے تھے کہ حلق میں سے کوئی آواز تک نہیں نکل پاتی تھی۔ وہ بت بنے پتھرائی ہوئی آنکھوں سے اجڈ کسان کی طرف دیکھ رہے تھے۔

دفعتاً شور سا بپا ہو گیا۔ کمہاروں کے گدھے زور زور سے ہنہنانے لگے۔ ادھر سے ریل گاڑی گڑ گڑاہٹ کا شور مچاتی پل پر سے گزر رہی تھی اور ادھر انجن اپنے پھنکتے ہوئے سینے سے مہیب چیخوں کی صدائیں فضا میں بکھیر رہا تھا۔۔

غالیچے کو لگی ہوئی آگ لحظہ بہ لحظہ بڑھتی جا رہی تھی۔۔

بوسیدہ صوفے میں دھنسے دھنسے اس نے سگریٹ کا ایک طویل کش لینے کے لیے بعد منہ کھولا تو گہرے سرمئی رنگ کے دھوئیں کا کلبلاتا اور بل کھاتا ہوا بادل باہر نکل کر فضا میں پھیلنے لگا۔ رفتہ رفتہ اس کی مندی ہوئی آنکھوں کے آگے سے دھوئیں کا پردہ ہٹ گیا اور دیوار پر لٹکی ہوئی بڑے، سائز اور پرانے ڈھنگ کی رنگین تصویر صاف نظر آنے لگی۔

آج کل اس قسم کی تصویروں کا رواج نہیں تھا لیکن لالہ جی کے گم نام ہوٹل کے سنسان کمرے میں اور کس چیز کی توقع کی جا سکتی تھی؟ تصویر میں پرانے زمانے کے کسی مہاراجہ کے رنگ محل کا اندرونی منظر دکھا دیا گیا تھا۔ نوجوان رانی سکھیوں کے ہمراہ نیلے پانی کے تالاب کے کنارے کھڑی تھی۔

ہائے کس قدر دل گداز منظر تھا یہ!

وہ مہ وش رانی پر بھولے سے نگاہ ڈالنے والے شخص کی آنکھیں نکلوا دی جاتی ہوں گی۔۔ اور پھر اس دل ربا کے محل کا یہ حصہ خاص جہاں بلا اجازت شاید کوئی پرندہ بھی پَر مارنے کی جرأت نہیں کرتا ہو گا۔۔ ان سب پر طرہ یہ کہ عین غسل کا سماں۔۔ ایک سے ایک بڑھ کر مہ جبین۔۔ ان میں سے مکمل طور پر عریاں ابھی کوئی بھی نہیں تھی۔ کپڑے اتارنے کے سارے مراحل ابھی طے نہیں ہونے پائے تھے۔۔

آ گئی؟

وہ چونکا۔۔ نہیں یونہی کھٹکا ہوا تھا۔

کوئی نہیں، کوئی نہیں۔۔ دلِ زار اب یہاں کوئی نہیں آئے گا۔

صاف چاندنی رات تھی۔ انہیں اس وقت تک پہنچ جانا چاہیے تھا۔ خیر شراب کا خمار ابھی باقی تھا۔ اس لیے وہ اپنے ذہن کو بے خیالی کے عالم میں ڈگمگانے کی اجازت دے سکتا تھا۔

تصویر والے تالاب میں گہرے سبز رنگ کی کائی کے تودے پانی میں ہچکورے لے رہے تھے۔ ان

تودوں میں سے گزرتے ہوئے ہنس ادھر ادھر تیرتے پھرتے تھے۔عورتیں چکنے اور نم دار فرش پر اس انداز سے کھڑی تھیں جیسے لمحے بھر میں وہ اپنے بچے کھچے کپڑے اتار پھینکیں گی اور پھر خوش رنگ نیلے پانی کی تہوں میں سے لو دیتے ہوئے ان کے جگمگاتے بدن کیا ہی حسین سماں پیدا کریں گے۔

آ گئی؟

اس نے پھر گھوم کر دیکھا۔

''جی ہاں''

ملازم کی زبانی یہ جواب سن کر اس نے خاص بے چینی کا اظہار نہیں کیا۔البتہ سگریٹ کا کش لیتے ہوئے نگاہ دروازے پر گاڑ دی۔

لڑکی اندر داخل ہوئی۔اس کا لباس بھڑک دار ضرور تھا لیکن اس میں کوئی کشش نہیں تھی، نہ اس کی وجہ سے لڑکی کے حسن میں اضافہ ہوا تھا۔لڑکی کا رنگ سانولا، خدوخال معمولی، لیکن بحیثیت مجموعی صورت دلکش اور بدن نوخیز و عطر بیز تھا۔

نووارد چھوکری دانستہ اس انداز سے کھڑی ہوگئی کہ سر سے پاؤں تک بخوبی اس کو دیکھا جا سکے۔گاہک نے بظاہر نیم وا آنکھوں لیکن حقیقتاً متجسس نگاہوں سے لڑکی کی صورت کا جائزہ لیا۔سنولائے ہوئے رنگ پر نوخیز خون نے عجب نکھار پیدا کر دیا تھا۔اس کے ہاتھوں کے ہموار اور تنی ہوئی جلد دیکھ کر وہ بخوبی اندازہ لگا سکتا تھا کہ وہ اندر سے کیسی ہوگی۔

چنانچہ اس نے لڑکی سے نگاہ ہٹا کر اس کے ہمراہ کھڑے ہوئے مرد کی جانب دیکھا۔پھر اس نے بھی نگاہیں پھیر لیں اور کھڑکی میں سے نظر آنے والے آسمان میں روئی کے گالوں کے مانند بادلوں کی ٹکڑیوں پر نظر جما دی۔وہ ٹکڑیاں یوں دکھائی دیتی تھیں جیسے بے کنار سمندر میں برف کے تودے اٹھکیلیاں کر رہے ہوں۔

قدرے تامل کے بعد اس نے سگریٹ کی راکھ جھاڑی اور لڑکی کے ساتھی سے مخاطب ہو کر بولا ''رات بھر رہنا ہوگا''

لڑکی کے ساتھی کی مونچھیں گھوم کر اس کے بھینچے ہوئے لبوں میں گھسی ہوئی تھیں۔اس نے بات کا جواب دینے کے لیے منہ کھولا تو مونچھیں ہوا کے زور سے متحرک ہوگئیں جیسے کنکھجورا رینگنے کو ہو۔ لیکن گاہک نے یہ تماشا نہیں دیکھا۔اس کی نظریں آسمان پر جمی تھیں۔

اثبات میں جواب پا کر اس نے گردن گھمائے بغیر دریافت کیا ''ریٹ کیا ہے؟''

ریٹ تو۔۔خیر پچاس روپے پر معاملہ طے ہو جائے گا۔

''پچیس''

اس نے قدرے تامل کیا ''یہ بہت کم ہے۔۔''

''نہیں۔۔بس ٹھیک ہے۔۔تم زیادہ طلب کرتے ہو''

''اجی واہ۔۔لوگ رات بھر کا دو دو سو بھی خرچ کر ڈالتے ہیں''

''مال مال کی قیمت ہے''

لڑکی نڈھال سی ہو گئی تھی۔اس نے لڑکھڑا کر دیوار کا سہارا لیا۔

''تم بیٹھ جاؤ''ساتھی بولا۔

''چاہو تو جا سکتے ہو تم لوگ'' گاہک نے کہا۔

لڑکی کرسی پر بیٹھ چکی تھی لیکن اٹھنے کے لیے پَر بھی تول رہی تھی۔

اس کا ساتھی عجب شش و پنج میں پڑ گیا تھا۔ دیر تک بے تکی سی خاموشی طاری رہی۔ آخر اس نے غیر مستحکم آواز میں کہا'' آپ ہمیں کچھ زیادہ دے دیجیے ہم لوگ شریف ہیں۔۔ لیکن ریفیوجی ہیں۔۔ کیا کریں کیا نہ کریں''

''میں بھی ریفیوجی ہوں''

اب لڑکی کا ساتھی بالکل ''دم بخود'' ہو کر رہ گیا۔

ادھر سگریٹ کے تیز تیز کش لگائے گئے۔ پھر اس کی دمچی پھینک دی گئی۔ آواز گونجی ''بتیس دے سکوں گا۔ بس۔اب تم۔۔ یا تم دونوں جا سکتے ہو''

گاہک کی فیصلہ کن بات سن کر مرد نے لڑکی کی جانب دیکھا لیکن دونوں کی نظریں مل نہیں سکیں۔کیونکہ لڑکی کے چہرے بلکہ سارے بدن پر بے حسی طاری تھی۔اس کے پپوٹے جھکے ہوئے تھے۔ یوں ظاہر ہوتا تھا جیسے وہ اپنی خوش وضع چھوٹی چھوٹی چھاتیوں کے ابھار بڑی عجیب نظروں سے دیکھ رہی ہے۔

بالآخر ساتھی نے بے کیف آواز میں کہا''اچھا میں چلا جاتا ہوں''

دس دس کے تین نوٹ اس کے ہاتھ میں تھما دیئے گئے اور وہ اپنے پیچھے دروازے کو بھیڑتا ہوا سست قدموں سے روانہ ہو گیا۔

وہاں اب وہ دونوں رہ گئے تھے۔

مرد نے نیا سگریٹ سلگایا اور لڑکی کی جانب متوجہ ہوئے بغیر بڑے انہماک سے کش پر کش لینے لگا۔سودے بازی کے معاملوں سے اسے خاص کوفت محسوس ہوتی تھی۔وہ چاہتا تھا کہ اس کوفت کا غبار اس کے دل سے دور ہو جائے تو وہ لڑکی کی جانب متوجہ ہو۔

کمرے میں مکمل سناٹا تھا۔

دفعتاً عجیب شور بلند ہوا۔۔مہر سکوت ٹوٹ گئی۔۔اور چند لمحوں کے بعد اسے اس بات کا احساس ہوا کہ لڑکی نے پھوٹ پھوٹ کر رونا شروع کر دیا ہے۔معلوم ہوتا تھا کہ اس وقت تک وہ کسی نہ دب سکنے والے درد کو بزور دبائے بیٹھی رہی تھی لیکن بالآخر لاوا بہہ نکلا۔

لڑکی کی اس حرکت سے اسے سخت کوفت ہوئی لیکن وہ منہ سے کچھ نہیں بولا بلکہ اطمینان سے سگریٹ پیتا رہا۔ایک ختم ہوتا تو وہ اسی سے دوسرا سلگا لیتا۔

لڑکی پھوٹ پھوٹ کر روتی رہی جیسے وہ اپنا کلیجا پگھلا کر آنسوؤں کے ذریعے سے بہا دے گی۔بالآخر رونے کی شدت میں کمی ہونے لگی۔۔اور پھر۔۔رفتہ رفتہ رونا دھونا ختم ہو گیا۔اب صرف ہچکیاں باقی رہ گئی تھیں۔

وہ کرسی سے اٹھا۔اس اثنا میں لڑکی کمرے کے ایک گوشے میں کھڑی ہو گئی تھی اور اپنی ہچکیوں میں دبی ہوئی تھی۔مرد ٹانگیں لٹکا کر پلنگ پر نیم دراز ہو گیا۔سر کے نیچے پروں والا تکیہ دبا لیا۔دھواں کبھی منہ سے اور کبھی نتھنوں سے نکالنے میں مشغول رہا۔۔اور خوابناک نظروں سے سانولی سلونی لونڈیا کو دیکھتا رہا۔اب وہ تھوڑے تھوڑے وقفے کے بعد ہچکیاں لیتی تھی لیکن اس قدر گہری اور جھنجوڑ دینے والی کہ ہر ہچکی پر وہ سر سے پاؤں تک لرز جاتی تھی۔

اس نے لڑکی کی دھلی دھلائی آنکھوں، نمی سے بوجھل پلکوں اور لو دیتے ہوئے ہونٹوں کی جانب دیکھا۔۔ان دونوں کو یوں محسوس ہوا کہ اس سکوت میں گفتگو کیے بغیر بھی وہ ایک دوسرے سے واقف اور مانوس ہو گئے ہیں۔۔لڑکی کے گالوں پر آنسوؤں کی چوڑی اور بھدی لکیریں اسے قطعاً پسند نہیں آئیں۔۔اور آنسو ٹپ ٹپ کر کے اس کے لباس پر بھی گرتے رہے تھے۔

مرد نے بستر میں پڑے پڑے ایک تولیے کی گیند بنا کر لڑکی کی جانب پھینکی اور غیر جذباتی آواز میں کہا "لو آنسو پونچھ ڈالو۔۔لباس بھی خراب کر لیا ہے تم نے۔۔گالوں پر پھیلے ہوئے آنسوؤں کو تھپتھپا کر خشک

کر ڈالو۔ پوڈر بالکل صاف ہو جائے۔۔ یقیناً یہ دیکھ کر مجھے بے حد مسرت حاصل ہوئی کہ تم نے پوڈر منہ پر تھوپنے کی کوشش نہیں کی۔ اس سے تمہارے ذوق کی پاکیزگی کا ثبوت ملتا ہے"

حالانکہ اس کی آواز قطعاً غیر جذباتی تھی لیکن نہ معلوم اس میں کیا کشش تھی کہ لڑکی نے چپ چاپ اس کی ہدایت کے مطابق چہرہ صاف کر ڈالا۔

آنسو پونچھ لینے کے بعد اس نے مرد کی جانب یوں دیکھا جیسے جاننا چاہتی ہو کہ اب میں کیسی دکھائی دیتی ہوں۔ لیکن مرد بے حس و حرکت اس کی طرف دیکھتا رہا۔ بھڑک دار اور بے ہودہ لباس کے باوجود اس کے بدن کے رعنائی عیاں تھی۔ ہاتھ پاؤں مضبوط، کشیدہ قامت، لمبی اور لچک دار گردن اور پھر سانولا رنگ عجب بہار دکھا رہا تھا۔

"تمہاری عمر کیا ہے؟" مرد نے بات شروع کی۔

"سترہ برس"

"کیا تم گاؤں کی رہنے والی ہو؟"

"جی ہاں لیکن شہر میں پڑھتی رہی ہوں"

"تم پڑھی لکھی بھی ہو؟"

"جی"۔

"کہاں تک؟"

"دسویں میں تھی کہ۔۔"

"فسادات شروع ہو گئے"

"نہیں۔۔شادی ہو گئی تھی"

"اچھا تو پھر تم اپنے شوہر کے ساتھ رہنے لگیں"

"یہی تین چار مہینے۔۔ پھر فساد شروع ہو گئے"

"اور تمہارے پتی۔۔"

"مارے گئے۔۔ سب مارے گئے۔ صرف میں بچ گئی یا بچالی گئی۔ وہاں میری عزت کئی بار خراب کی گئی۔ بالآخر ادھر لائی گئی لیکن جن کا سہارا لیا انھوں نے پیشہ کروانے پر مجبور کر دیا"

قدرے سکوت کے بعد مرد نے کہنا شروع کیا "میری عمر تیس برس کی ہے۔ تقسیم سے پہلے میں سیالکوٹ

میں کاروبار کرتا تھا۔ میں کوئی خاندانی رئیس نہیں تھا لیکن اچھا خاصا گزارا ہو رہا تھا۔ بیوی اور دو بچے تھے۔۔ اب کوئی نہیں اور نہ آمدنی کا کوئی معقول ذریعہ ہے۔ جب کبھی بمشکل بیس تیس روپے جمع ہو جاتے ہیں تو عورت کی شکل دیکھنی نصیب ہوتی ہے۔ میری صورت کی بابت تمہارا کیا خیال ہے۔۔ میرے بال بہت ملائم ہیں لیکن جب صبح برش کرتا ہوں تو کنپٹیوں سے چند بال نکل آتے ہیں۔ میرا رنگ صاف تھا لیکن اب چہرے پر سرمئی سا غبار چھایا رہتا ہے۔ آنکھیں بڑی تو نہیں تھیں لیکن ان میں وہ چمک بھی باقی نہیں رہی۔ تم جانتی ہی ہو کہ تفکرات اور بے قاعدہ رہن سہن سے انسان کی صحت پر بہت برا اثر پڑتا ہے۔۔"

"ہاں۔۔ لیکن آپ اچھے آدمی ہیں"، لڑکی نے طفلانہ انداز سے کہا۔

"اچھا آدمی؟۔۔ بس؟ ارے دوسری عورتیں تو میری تعریف میں زمین و آسمان کے قلابے ملا دیتی تھیں اور تم مجھے محض اچھا آدمی ہی کہتی ہو"

اسے لڑکی اس وقت بہت بھلی دکھائی دی۔ جب وہ اس سوال کے جواب میں اس کی جانب دیکھے بغیر دل کش انداز میں قدرے ہنستے ہوئے سر کو جنبش دے کر صرف لمبی سی مترنم "ہوں" کر کے رہ گئی۔

مرد نے لیٹے لیٹے پوچھا "یہ دھندا کب سے کر رہی ہو اور۔۔ میرا مطلب ہے کہ کب سے کروایا جا رہا ہے۔۔"

اس پر لڑکی کا منہ پھولنے لگا۔ پھر سے اس کے رونے کے امکانات پیدا ہونے لگے۔۔ بولی "ایک مہینے سے" اور پھر جیسے اس کی آواز بھرا کر رہ گئی۔

مرد نے عجلت سے کہا "دیکھو بھئی باوجود یہ کہ تم یہاں۔۔ دھندے کے سلسلے میں آئی ہو یا لائی گئی ہو۔۔ اور میں حیوانی جذبے کے تحت آیا ہوں۔۔ یا لایا گیا ہوں۔۔ تاہم ہمیں یہ کبھی نہیں بھولنا چاہیے کہ ہم شریف لوگ ہیں۔۔"

یوں معلوم ہوتا تھا کہ اب ہنسی لڑکی کے لبوں سے ہمیشہ کے لیے رخصت ہو گئی ہے۔ وہ جھنجلا کر بولی "لیکن اب میں بے حد تنگ آ گئی ہوں۔ ہر روز جب میری بابت سودے بازی ہوتی ہے۔۔ تو میں پھوٹ پھوٹ کر رونے لگتی ہوں۔ میں جانتی ہوں کہ میں اس قدر گہرے کھڈ میں گر چکی ہوں یا گرا دی گئی ہوں کہ اب میرا یہاں سے نکلنا ناممکن ہے۔۔ آپ۔۔ آپ پھر بھی شریف ہیں لیکن عورت کی حیثیت سے۔۔"

"نہیں۔۔ کیا نام ہے تمہارا۔۔ میں تم سے زیادہ شریف نہیں ہوں۔ اگر ہوتا تو تمہیں اور تم ایسی لاکھوں لڑکیوں کو یہ پیشہ اختیار کرنا نہ پڑتا"

یہ کہہ کر اس نے کمرے میں ادھر ادھر بے چینی سے ٹہلنا شروع کر دیا۔اس وقت لڑکی کرسی پر بیٹھی تھی۔

وہ ٹہلتا رہا۔۔چند منٹ کے بعد اس نے پھر لڑکی کی جانب دیکھا کہ وہ سر نہوڑائے نظریں فرش پر گاڑے ہے اور عمیق غور و فکر میں ڈوبی ہوئی ہے۔

''تم کیا سوچ رہی ہو؟''

وہ چپ رہی۔

''تم چپ کیوں ہو؟''

'' کچھ نہیں''لڑکی نے بے کیف آواز میں جواب دیا''یونہی۔ بیتے دنوں کو یاد کر رہی ہوں۔اپنی زندگی کا وہ آغاز اور یہ انجام دیکھ کر دل ڈوبا جاتا ہے''

''۔۔اور شاید اسی سلسلے میں تم یہ بھی سوچ رہی ہو کہ یہ سب قتل و غارت اس لیے ہوا کیونکہ سب کے سروں پر شیطان کا سایہ مسلط تھا''

''جی ہاں''۔

''لیکن یہ غلط ہے''

لڑکی نے قدرے متعجب ہو کر اس کی جانب دیکھا۔

چندے تامل کے بعد مرد نے پھر سلسلۂ کلام جاری کیا''درحقیقت یہ سب کچھ نیکی کی خاطر پیش آیا ہے۔ مرنے والے نیکی کی راہ میں مرے ہیں اور مارنے والوں نے اللہ ہو اکبر، بم بم بھولے اور ست سری اکال کے نعروں کے شور میں قتل کیے ہیں۔ مجھے تو اس میں ناپاکی کا شائبہ تک نظر نہیں آتا۔ یہ درست ہے کہ قتل ہوتے وقت مرنے والوں کو تکلیف ضرور ہوئی ہوگی۔ لیکن اب۔۔تو وہ لوگ یقیناً بہشت میں حور و غلماں سے دل بہلا رہے ہوں گے یا سورگ میں گوکل کے کنہیا کی بنسری کی لے پر مسرور و شاداں ہوتے ہوں گے۔ یا ان کی روحیں ننھے منے رنگین پرندوں کے روپ میں سورگ کے سرسبز و شاداب درختوں کے پانی چشموں پر جھکی ہوئی نازک شاخوں پر جھولنا جھولتی ہوں گی۔۔ سمجھیں''

لڑکی نے انکار کے طور پر سر ہلا دیا۔

مرد نے پھر تامل کیا۔۔اور کہا''بات سیدھی سادی ہے۔ قاتلوں اور لیڈروں کی نیتیں صاف تھیں۔طرفین نے ایک دوسرے کو انسان نہیں شیطان سمجھ کر قتل کیا ہے۔یعنی کسی مسلمان نے کسی بھی ہندو یا سکھ کو خدا کا

نیک بندہ سمجھ کر قتل نہیں کیا۔کیونکہ خدا کے کسی بھی نیک بندے کو جان سے مارنے کے لیے برے سے برا مسلمان بھی راضی نہیں ہو سکتا اور یہی بات ادھر بھی صادق آتی ہے۔تم کو یہ بات سمجھ لینی چاہیے کہ ہم لوگ۔۔ یعنی ہندو اور سکھ اور مسلمان۔۔وحشی نہیں ہیں۔ہم سب نیک انسان ہیں۔روزِ ازل سے سچائی اور محض سچائی کے متلاشی اور پرستار ہیں۔بلکہ نیکی اور بدی کے معاملے میں ہماری معصومیت کا یہ حال ہے کہ ہم بڑے اطمینان سے لاکھوں، کروڑوں انسانوں کو موت کے گھاٹ اتار سکتے ہیں۔۔اے بھولی اور نادان لڑکی سمجھ لے اور مت بھول کہ نیکی کی راہیں بے حد دشوار ہیں۔۔"

"میں خاک نہیں سمجھی"

مرد بیٹھ گیا۔وہ ایک دوسرے کی جانب خاموش نظروں سے تکتے رہے، پھر لڑکی بولی "اس کے معنی تو یہ ہوئے کہ میں بھی نیکی کی راہ میں۔۔"

"ہاں" مرد اثبات میں سر ہلاتے ہوئے مسکرایا۔

لڑکی ناچار ہوکر دونوں ہاتھوں سے اپنا سر دبانے لگی۔

مرد نے اس کی دلی کیفیت کو بھانپتے ہوئے کہا "لیکن تم یہ خیال بھی تو کرو کہ اب تم گھریلو عورت کی زندگی کیوں کر بسر کر سکتی ہو؟"

دفعتاً اسے وہ اجنبی مرد یاد آ گئے جنہوں نے فسادات کے دنوں میں بار بار اس کی عزت لوٹی تھی اور پھر ہم قوم مردوں کا کارواں آنکھوں تلے سے گزرنے لگا۔جنہوں نے اس کے واپس لائے جانے پر اسے تباہ کیا تھا۔۔اور ایک مرتبہ پھر وہ رو پڑی۔۔پھوٹ پڑی۔

"یہ بات مجھے قطعاً پسند نہیں ہے۔۔" مرد نے نرم لہجے میں احتجاج کرتے ہوئے کہنا شروع کیا "تم پڑھی لکھی سمجھدار اور نیک لڑکی ہو۔ذرا اس بات کا خیال بھی تو کرو کہ میں نے مبلغ تیس روپے اس غرض سے نہیں خرچ کیے ہیں کہ تم میرے روبرو بیٹھی رات بھر روتی رہو"

اس پر لڑکی فوراً چپ ہو گئی۔اس کی آنکھوں کے گوشوں میں جو آنسو ابل آئے تھے۔وہ بھی قطرے بن کر نہیں ٹپک سکے بلکہ پلکوں ہی میں الجھ کر اور لرز کر رہ گئے۔

مرد نے اسی لہجے میں سلسلۂ کلام جاری رکھا "تم آزاد اور آرام دہ زندگی کی عادی ہو چکی ہو۔اب گھر کا کام کاج کرنا شاید موافق نہ آئے۔کہاں یہ عیش و عشرت اور کہاں کسی غریب جھونپڑے کی محدود چار دیواری کہاں یہ رنگین بھڑک دار لباس اور کہاں۔۔"

۔۔۔معاً دونوں کی نظریں ملیں۔لڑکی جنگلی بلی کے مانند بپھری بیٹھی تھی۔اس کی آنکھوں سے چنگاریاں چھوٹ رہی تھیں۔۔مرد چپ ہوگیا۔دفعتاً لڑکی کے ہاتھ اٹھے اور اس نے وحشیانہ انداز سے گریبان چاک کر ڈالا اور قمیص تار تار کر ڈالی اور پھر شاید اسے رونا آنے لگا لیکن وہ ہٹ دھرمی سے آنسو پی کر شاید جنبش دے کر اور ہونٹ سختی سے بھینچ کر دوسری جانب دیکھنے لگی۔

اس کے بدن کا اوپر کا حصہ عریاں ہو چکا تھا۔اس نے انگیا نہیں پہن رکھی تھی۔شاید اس کی چھاتیاں انگیا کی ضرورت سے بے نیاز تھیں جو ڈھیلا ڈھالا کپڑا اس نے سینہ پر باندھ رکھا تھا وہ خود بخود ڈھلک گیا۔

مرد نے اٹھ کر اس کے چیتھڑوں سے ہی اس کے بدن کو ڈھانپ دیا اور خود ذرا پرے ہٹ کر پوچھا" کیا اب میں تم کو چوم سکتا ہوں"

"کیوں نہیں"،لڑکی نے تلخ لہجے میں جواب دیا۔

وہ اس کے قریب پہنچا۔اس نے اس کے پریشان بالوں کو سنوارا اور دھیرے دھیرے دوستانہ انداز سے اس کے گرم رخساروں اور گھنے بالوں پر چمکارے کے انداز سے ہاتھ پھیرتا رہا۔اس کا لڑکی کے دل پر خوش گوار اثر ہوا۔قریب کی تپائی پر دھرے ہوئے آئینے میں دونوں کی نظریں ملیں۔لڑکی نے آہستہ سے کہا

"میری اس مانگ میں سیندور پڑ چکا ہے ایک مرتبہ"

"شاید پھر پڑے"،مرد نے غیر جذباتی آواز میں جواب دیا۔

اس بات کا لڑکی کے دل پر اور بھی خوش گوار اثر ہوا۔اس کے چہرے سے خشونت کے آثار زائل ہونے لگے تو مرد نے اس کے بال پرے ہٹا کر شانے کی جانب گردن کے نچلے حصے کی سب سے زیادہ پھڑکتی ہوئی رگ پر ہونٹ رکھ دیئے۔

لڑکی کو لذت اور گدگدی کا احساس ہوا۔

"لو میں ذرا دروازہ بند کر دوں" یہ کہہ کر وہ دروازے کی جانب بڑھا۔تو لڑکی نے اس کی جانب دیکھے بغیر خوش گوار لہجے میں کہا" آج جس مقام کا آپ نے بوسہ لیا ہے اسے پہلے کبھی کسی نے نہیں چوما۔۔میں آپ کو یقین دلاتی ہوں کہ میرے بدن کا یہ حصہ بالکل کنوارا ہے،بے عیب اور پاک ہے۔۔"

آواز آئی "شاید اب تمہارے بدن کے کسی حصے کو کوئی اور مرد نہیں چھو سکے گا"اب کے مرد کی آواز میں جذبات کی ہلکی سی لرزش موجود تھی۔

لڑکی نے دفعتاً گھوم کر اس کی جانب دیکھا لیکن وہ اس وقت چٹخنی چڑھا رہا تھا۔اس کے سر کے بال قدرے

بڑھے ہوئے تھے اور انھوں نے بڑھ کر اس کے نکھرے رنگ کی گردن کے کچھ حصے کو ڈھانپ رکھا تھا۔ وہ چاہتی تھی کہ وہ دروازہ بند کر کے فوراً لوٹ آئے۔۔ لیکن نہ معلوم مرد نے کیوں تامل کیا۔ وہ یوں محسوس کر رہی تھی کہ خود اس کے بدن کی طاقت بھی زائل ہو چکی ہے اور وہ کرسی سے اٹھ نہیں سکتی۔۔ لیکن اس نے نقاہت کے عالم میں بکمال مہر و اخلاص مرد کے سر کے پچھلے حصے کو دیکھا اور اس کے دل نے سوال کیا "کیا اس ساری غلاظت اور سڑاند کے باوجود میرے بدن میں داخل ہو چکی ہے۔ کیا ان سب بدمعاشیوں کے باوجود جو میرے جسم کے ساتھ کی جا چکی ہیں۔ کیا ان۔۔"

اب مرد نے سر گھمایا اور لڑکی کی آنکھوں میں آنکھیں ڈال کر اسے بھرپور نظروں سے دیکھا۔ اس کے لبوں پر دلفریب مسکراہٹ پھیلنے لگی جیسے وہ اپنے مخصوص انداز میں کہہ رہا ہو "اے بھولی اور نادان لڑکی سمجھ لے اور مت بھول کہ ان ساری زیادتیوں، غلاظتوں، بدمعاشیوں سے تیری معصومیتیں اور نکھر آئی ہیں۔۔" پھر وہ اس کی جانب قدم بقدم بڑھنے لگا۔ اب کے لڑکی اپنے آنسو نہیں روک سکی۔ وہ پھر زور زور سے رونے لگی۔ مرد نے اسے چپ کرانے کی کوشش کی لیکن وہ شدت جذبات سے لرزتے ہوئے شانوں کو ہلا کر بلند تر آواز میں روتے ہوئے چلائی "نہیں میں ضرور روؤں گی" مرد چپکے سے آ کر پلنگ پر لیٹ گیا۔ اس نے پھر ایک سگریٹ سلگایا اور بکمال اطمینان سے ہلکے ہلکے کش لینے لگا۔

لڑکی بدستور روتی رہی لیکن مرد کو اس کے رونے سے کوفت محسوس نہیں ہو رہی تھی کیونکہ اب وہ اس چیز کو قطعاً گھریلو نقطہ نظر سے دیکھ رہا تھا۔

اعتراف

بیمار خاوند کے پلنگ کے قریب بچھی ہوئی آرام کرسی پر دراز شاہدہ آنکھیں موندے اپنے خیالات میں گم تھی۔

بظاہر مریض کی آنکھیں بند تھیں لیکن اس بات کا اندازہ نہیں لگایا جاسکتا تھا کہ آیا نقاہت کی وجہ سے اس کی آنکھیں بند تھیں یا وہ واقعی سو گیا تھا یا قطعاً بے ہوش پڑا تھا۔ اس کے حساس نتھنوں کو جنبش تک نہیں ہو رہی تھی۔ سانس کم کم اور نا معلوم لیکن وہ ضرورت سے زیادہ پتلی تھی جیسے وہ شکنجے میں دبا دی گئی ہو۔ نتھنے روئی کے پردے کے مانند باریک۔ وہ ہر وقت سرخ، نمدار اور متحرک رہتے تھے۔ نتھنوں کے اندرونی حصے بالوں کی فراوانی کے باعث بالکل سیاہ دکھائی دیتے تھے جو بال نتھنوں سے باہر نکل آتا اسے چمٹی سے نوچ کر پرے پھینک دیا جاتا تھا۔

وہ کئی روز سے بیمار تھا۔ ڈاکٹر سمجھ چکے تھے کہ مریض کا بچ جانا ناممکن ہے۔ لیکن مریض کی حسین اور جوان بیوی پر یہ راز افشا کرنے کا انہیں حوصلہ ہی نہیں ہوتا تھا۔

شاہدہ شب و روز خاوند کی تیمار داری کیا کرتی۔ چوبیس گھنٹوں میں اس کی بجھی بجھی آنکھوں میں موہوم سی چمک صرف اسی وقت پیدا ہوتی تھی جب رات کے دس بجے کے قریب اسے سیٹی کی ہلکی سی آواز سنائی دیتی تھی۔ اسے اس سے محبوب کی آمد کی اطلاع مل جاتی تھی شوہر کے بیمار ہونے سے پہلے بھی۔۔ پچھلے چند مہینوں سے اس کا یہی معمول ہو گیا تھا۔ سارا دن ان چند کیف انگیز لمحوں کی یاد میں بیت جاتا تھا۔ اگر کبھی ناغہ ہو جاتا تو اس کا دم گھٹنے لگتا اور جان لبوں تک آ جاتی تھی۔

کل رات بھی اس کا محبوب ایک روز کے ناغے کے بعد آیا تھا۔۔ اور وہ دل ہی دل میں بے پروا! ظالم! بے پروا! ظالم! کی رٹ لگا رہی تھی کہ باہر سے سیٹی کی آواز آئی۔۔ اس کا دل دھڑکنے لگا۔ جب کبھی ناغہ ہو جاتا تو وہ یہی سمجھتی تھی کہ اس کا محبوب کبھی نہیں آئے گا۔۔ سیٹی کی آواز سے گویا سوکھے دھانوں پر پانی پڑ

جاتا۔

باہر رات پرسکون اور ہوا خشک تھی۔

تاروں کی مدھم روشنی میں شاہدہ کی صورت پھیکی پڑتی ہوئی تصویر کے مانند دکھائی دے دی تھی۔ وہ برآمدے کے سفید چوبی جنگلے پر بیٹھ گئی اور لان کے پرلے سرے پر اُگے ہوئے چیڑھ کے درختوں کے گھنے سائے کی جانب گھور گھور کر دیکھنے لگی۔ اس کے بکھرے ہوئے گھنے اور سیاہ بال کالی گھٹاؤں کی طرح چاند سے مکھڑے کو گھیرے ہوئے تھے۔ آنکھیں خشک اور کھوئی کھوئی سی، بھرے بھرے ہونٹوں پر بے کیفی کی تہ سی جم گئی تھی۔ یہ ہزار وقت وہ زبان نکال کر ہونٹوں پر پھیر لیتی تھی۔

اتنے میں بجری کے چٹخنے کی آوازیں آنے لگیں۔ دفعتاً اس کا محبوب آتا دکھائی دیا۔ لان سے ہٹ کر وہ بجری بچھی روش پر چل رہا تھا۔ قدم بہ قدم ۔۔ اس کی عمر بہ مشکل اٹھارہ یا انیس برس کی ہو گی کہ اس نے ٹھوڑی پر استرا پھیرنا شروع کر دیا تھا لیکن مونچھیں جن کی حقیقت نرم و نازک رووں کے سوا کچھ نہیں تھی۔ ابھی سلامت تھیں۔ شاہدہ عمر میں اس سے چھ سات برس بڑی تھی لیکن نازک اندام ہونے کی وجہ سے اس کی ہم عمر ہی دکھائی دیتی تھی۔ نوجوان کی صورت سے مردانگی کے بجائے لڑکپن کا الھڑ پن زیادہ عیاں تھا۔ چہرہ اس قدر بھولا تھا گویا منہ میں دانت ہی نہیں ہیں۔

اس نے آتے ہی شاہدہ کا دایاں ہاتھ اپنے ہاتھوں میں چھپا لیا۔ تنگ چولی کے دامن میں عورت کا سینہ مچلنے لگا۔ اس نے شکایت کرنی چاہی کہ آخر اس نے ایک رات کا ناغہ کیوں کیا لیکن ہونٹ لرز کر رہ گئے۔

"تم اداس ہو" نوجوان نے سرگوشی میں پوچھا۔

"نہیں تو" شاہدہ کے لبوں سے آہ سی نکل گئی۔ اس نے ہونٹوں پر مسکراہٹ پیدا کرنے کی کوشش کی۔ بے کیفی کی تہہ معدوم ہوتی جا رہی تھی اور ہونٹوں کی شادابی ختم ہوتی جا رہی تھی۔

وہ آہستہ سے ہنس پڑا۔ اس ہنسی میں مسرت، رنج یا شرارت کا جذبہ کارفرما نہیں تھا لیکن یہ بے سی ہنسی بھی نہیں تھی۔ یہ الھڑ پن کی ہنسی تھی۔ بہار زندگی کی ہنسی تھی۔ جوانی ہنسا ہی کرتی ہے۔ پھر اس نے بند ہاتھ کھول دیئے اور اس میں چھپا ہوا عورت کا نسبتاً اجلا ہاتھ خرگوش کے ننھے بچے کے مانند کسمسانے لگا۔

شاہدہ کو یوں محسوس ہوا کہ اس کے جواب سے محبوب مطمئن نہیں ہوا تھا۔ اس نے پھر مری ہوئی آواز میں کہا "چار روز سے سوئی نہیں کبھی دو گھڑی کو آنکھ لگ بھی گئی تو کیا۔ شاید جاگنے کی وجہ سے چہرہ اتر گیا ہو گا۔ یوں بھی بے حد تکان محسوس کر رہی ہوں" ۔۔ یہ کہہ کر وہ اپنا ہاتھ پیشانی تک لے گئی۔ پھر اس نے سر

پیچھے کی جانب جھکا دیا جیسے گردن کو جھٹکا دے کر اس کی ساری تکان دور کر دینا چاہتی ہو۔ اس کی آنکھوں کے پپوٹوں پر سوجن آ گئی تھی۔

''تم سو لیا کرو''

یہ سن کر عورت نے اس کی طرف بڑی عجیب نظروں سے دیکھا ''سو لیا کرو'' میں خود غرضی کی جھلک تھی۔ نوجوان نے محسوس کیا کہ اسے اس طرح نہیں کہنا چاہیے تھا۔ یہ خود غرضی ہی نہیں بلکہ سنگ دلی تھی کہ خاوند بیمار ہو اور بیوی مزے سے پڑی سویا کرے۔ شاہدہ اس قسم کے جذبات کا اظہار پسند نہیں کرتی تھی۔ اس میں کوئی شبہ نہیں تھا کہ وہ اس سے محبت کرتی تھی۔ ایسی والہانہ محبت جیسے وہ نوجوان اس کا عاشق نہیں بلکہ معشوق ہو۔ بعض اوقات اظہارِ محبت کرنے میں وہ خود بڑی گرم جوشی سے پہل کرتی تھی۔ وہ رخصت ہونے لگتا تو اس کے بازو اپنی کمر کے گرد لپیٹ لیتی اور کہتی ''نہیں، نہیں ابھی نہیں۔ ذرا تو رک جاؤ۔۔ یہاں! اور پھر وہ محبت سے اس کی آنکھوں میں آنکھیں ڈال دیتی۔ اس کی گردن کے گرد بازو حمائل کر کے لپٹ جاتی۔۔ اس کی گرم جوشی کے مقابل اس کی اپنی محبت پھیکی نظر آنے لگتی۔۔ اور جب کبھی وہ ایک روز کے ناغے کے بعد آتا تو اس کی بے قراری وحشت سے کم نہیں ہوتی تھی ''کل تم کیوں نہیں آئے؟ غالباً تمہیں یقین ہو گا کہ ناغہ کرنے کے بعد آؤ گے تو مجھے بدستور زندہ سلامت پاؤ گے۔ آں؟ کہو، کہو، لیکن یاد رہے۔ میں تمہیں خبردار کیے دیتی ہوں کہ ہمیشہ ایسا نہیں ہوتا رہے گا۔ پھر وہ اس کے سارے چہرے کا بھوکی نظروں سے جائزہ لیتے ہوئے کہتی ''میں ڈرتی ہوں۔۔ کسی روز ہمیشہ کے لیے میری آنکھوں سے دور چلے جاؤ گے اور پھر لوٹ کر نہیں آؤ گے۔۔ تمہاری راہ تکتے تکتے میری آنکھیں پتھرا جائیں گی۔۔ بالآخر میں مر جاؤں گی۔ یہ الفاظ۔۔ بلند بانگ دعوے۔۔ یہ بنے بنائے گھڑے گھڑائے الفاظ جنہیں کہنے پر شاہدہ مجبور ہو جاتی تھی۔۔ وفورِ جذبات کے مقابل الفاظ کی کم مائیگی پر شاہدہ کی آنکھیں پرنم ہو جاتی تھیں لیکن پیشتر اس کے کہ آنسو بھر آئیں آنکھوں کی نمی چوس لی جاتی۔

شاہدہ کی محبت اور وارفتگی کے باوجود نوجوان اپنے دل کے حال سے بے خبر نہیں تھا۔ وہ خود اس کی شخصیت سے مرعوب ہو چکا تھا۔ وہ اس سے ہر بات کی جواب طلبی نہیں کرتا تھا، نہ وہ اس کی ہر حرکت پر نکتہ چینی ہی کرتا۔ کئی باتیں اس کی عقل کے حدود سے باہر تھیں۔ لیکن اس نے شاہدہ کو ان کی وضاحت کرنے کے لیے کبھی نہیں کہا۔ وہ کسی طرح بھی اس کے دل کو دکھ نہیں پہنچانا چاہتا تھا۔ شاہدہ کا اپنے خاوند سے گہرا لگاؤ اس کی سمجھ سے باہر ہی رہا۔ وہ ایک بچے کی ماں بھی تھی اور پھر ایک غیر مرد پر عاشق بھی تھی۔ ادھر خاوند سے بھی

اس کارشتہ قائم تھا۔اس کے کھانے پینے، کپڑے لتّے اور دیگر ضروریات کی اسے خاصی فکر دامن گیر رہتی تھی۔اسے ان سب باتوں کا علم تھا۔پھر بھی اس نے کبھی استفسار نہیں کیا۔مبادا ایسے حالات پیدا ہو جائیں کہ اسے شاہدہ سے دور رہنا پڑے۔چنانچہ اس نے اس قسم کے سارے شکوک کو مدفون کر دیا تھا۔۔لیکن آج اس کی سوجی سوجی آنکھیں اور اس کا اترا اترا چہرہ دیکھ کر اس کے منہ سے اس قسم کے الفاظ نکل ہی گئے لیکن وہ فوراً اپنی محبوبہ کی دلی کیفیت کو بھانپ گیا۔اس نے معذرت آمیز لہجے میں کہا "نہیں شاہدہ! اپنا دل مت میلا کرو، دراصل میرا مطلب یہ نہیں تھا تم جانتی ہی ہو۔ مجھے اس معاملے میں کچھ کہنا ہی نہیں چاہیے اگر تمہارے دل کو ٹھیس لگی ہو تو میں معافی کا خواست گار ہوں۔۔کیا فی الحقیقت ان کی طبیعت بہت خراب ہے۔کیا یہ ممکن نہیں ہے کہ تھوڑی دیر کے لیے تم انہیں ملازم کے سپرد کر دو۔ آخر اس بات کا امکان بھی تو ہے نا کہ رت جگے سے تمہاری طبیعت بھی علیل ہو جائے۔ایسی شاندار صحت تو پہلے بھی کب تھی کہ ان بد پرہیزیوں کی متحمل ہو سکو"

شاہدہ کو اس کی باتوں سے کچھ اطمینان حاصل ہوا۔آہستہ سے بولی "تم ٹھیک کہتے ہو۔ میں تمہاری دلی کیفیت کا بخوبی اندازہ لگا سکتی ہوں۔۔لیکن ان کی۔۔وہ واقعی بہت سخت بیمار ہیں۔بخار ان کے سر کو چڑھ گیا ہے۔رات کے وقت دو دو گھنٹے کے بعد دوا پلانی ہوتی ہے۔اگر میں ہی سو رہوں تو انہیں دوا کون پلائے۔۔ بھلا نوکر کا کیا بھروسا؟"

"درست ہے۔" کہہ کر نوجوان نے سر جھکا لیا۔

اس وقت وہ بھی اداس نظر آتا تھا۔ یا تو وہ حقیقتاً پریشان تھا یا پھر شاہدہ کا بیمار خاوند کی اس قدر انہماک سے تیمار داری کرنا اس کے لیے رنج دہ ثابت ہو رہا تھا۔شاہدہ نے کم و بیش یہی اندازہ لگایا۔وہ اس کے جھکے ہوئے چہرے کی جانب دیکھ رہی تھی۔وہ چہرہ سے دیکھتے رہنے کی بھوک کبھی ختم نہیں ہو سکتی تھی۔اس وقت اداس اور کھویا کھویا سا تھا۔اس نے اس کا ہاتھ پکڑ کر اپنی جانب کھینچا۔وہ بنگلے پر چڑھ کر برآمدے میں چلا آیا۔شاہدہ نے خاموشی سے اس کی جانب دیکھا اور پھر اس کے ترشے ہوئے ہونٹوں پر ہونٹ رکھ دیئے۔ آج اس کے ہونٹوں میں وہ گرمی، وہ تڑپ نہیں تھی۔ پہلے وہ یہی سمجھی تھی کہ کچھ دیر بعد حرارت پیدا ہو جائے گی لیکن جب اس کا وہی حال رہا تو اس نے اپنا چہرہ قدرے پیچھے ہٹا کر اس کی آنکھوں میں آنکھیں ڈالتے ہوئے پوچھا:

"تم مجھ سے خفا ہو گیا؟"

وہ تھوڑی دیر تک چپ چاپ خواب ناک نظروں سے شاہدہ کی طرف دیکھتا رہا اور پھر اس کی حیرت سے قدرے کھلے ہوئے ہونٹوں کے قریب اپنے ہونٹ لے گیا۔۔شاہدہ ٹوٹی ہوئی شاخ کے مانند اس کی آغوش میں گر پڑی۔

تھوڑی دیر کے بعد وہ جدا ہو گئے۔ وہ زیادہ دیر تک رکے رہنے سے معذور تھی۔

کمرے کو واپس آتے وقت اس نے بالوں کو انگلیوں سے ہموار کیا۔ بار بار بغل گیر ہونے کی وجہ سے کپڑوں میں جو بے ترتیبی پیدا ہو گئی تھی، اسے دور کیا اور پھر آہستہ آہستہ قدم اٹھاتی ہوئی بیمار خاوند کے کمرے میں داخل ہو گئی۔

پچھلی رات کے یہ سارے واقعات فلم کی طرح اس کی آنکھوں کے سامنے سے گزر رہے تھے۔ آنکھیں موندے موندے اس نے سوچنا شروع کیا کہ کہیں آج وہ پھر ناغہ نہ کر دے۔ حالانکہ ایسا بہت کم ہوتا لیکن وہ بے چاری اپنے دل کے ہاتھوں مجبور تھی۔۔ دفعتاً اس نے آنکھیں کھول کر ٹائم پیس کی جانب دیکھا۔ ابھی آٹھ بجے تھے۔ محض آٹھ۔۔ وہ دس سے پہلے تو کیا آئے گا۔

آنکھیں کھول لینے کے بعد اب انہیں بند کرنے میں تساہل سے کام لے رہی تھی۔ عجب کیفیت ہو گئی تھی اس کی۔ تپائی پر رکھے ہوئے سبز رنگ کے شیڈ والے ٹیبل لمپ کی روشنی میں کمرے کی ہر شے جگمگا رہی تھی۔ یہاں تک کہ دواؤں کی رنگ رنگ کی شیشیاں بھی بڑی بھلی دکھائی دے رہی تھیں۔ البتہ مریض کے چہرے پر شیڈ میں سے چھن چھن کی سبز رنگ کی مدھم روشنی پھیلی ہوئی تھی۔ شاہدہ کی نظر شوہر کے چہرے تک پہنچ کر رک گئی۔ اس کا لمبوترا چہرہ بڑا سا سر دبی ہوئی کنپٹیاں بھنویں ناک کے اوپر آن کر مل گئی تھیں۔ اس کے پتلے بے رس ہونٹوں کے اوپر موچھیں کانٹوں کی طرح سیدھی کھڑی تھیں۔ جسم دبلا پتلا، جلد چپچپی اور لجلجی سی۔ اپنے ننگے بدن اور شوہر کے عریاں جسم کے لمس ہی کے احساس ہی سے شاہدہ کے دل میں کراہت سی پیدا ہونے لگی۔۔

پھر اس کی نگاہ سامنے کی میز پر رکھی ہوئی اپنی تصویر پر جا پڑی۔ یہ بہت پہلے کی تصویر تھی۔ شادی سے پہلے بھی وہ اس تصویر کو بڑے انہماک سے دیکھا کرتی تھی۔ اسے اس صورت اور اس جسم سے محبت تھی۔ ان دنوں اس کی جو سہیلی بھی اسے دیکھتی تو کہتی ”شاہدہ، تجھ پر تو جوبن پھٹ پڑا ہے ری۔ بھئی اللہ کرے تجھے شوہر بھی تیری ٹکر ہی کا ملے“

سہیلیوں کی اس قسم کی باتیں اسے پسند نہیں آتی تھیں۔ جوبن پھٹ پڑتا، کافر جوانی، قاتل نگاہیں، وغیرہ

محاوروں ہی سے اسے سخت نفرت تھی۔ وہ ان باتوں پر سنجیدگی اور فلسفیانہ انداز میں غور کیا کرتی تھی۔ وہ حسن کی تعریف سیدھے سادے الفاظ میں سننا زیادہ پسند کرتی تھی۔ وہ اس بات کی خواہش مند بھی نہیں تھی کہ اس کا شوہر لازمی طور پر بے مثل حسن کا مالک ہو۔ وہ کہتی تھی کہ میں دنیا کے ساتھ سمجھوتا کر سکتی ہوں۔

پھر گھر میں اس کی شادی کا چرچا ہوا۔ چند مہینے اسی چہل پہل میں گزر گئے اور پھر شادی ہو گئی۔

پہلی رات کو وہ خاوند کے انتظار میں تن تنہا پلنگ پر بیٹھی تھی۔ اسے معلوم ہو چکا تھا کہ اس کا خاوند رنڈوا ہے۔ خوب صورت بھی نہیں ہے لیکن وہ پڑھی لکھی سمجھدار لڑکی تھی۔ وہ مایوس نہیں ہوئی۔ وہ کب چاہتی تھی کہ وہ لازمی طور پر بانکا ترچھا جوان ہو۔ آخر ایسا محض اتفاق ہی سے ہوا کرتا ہے۔ لیکن جب اس نے ایک رات شوہر کے ساتھ گزار لی تو اسے اپنی زندگی کے بھرپور ہونے کے احساس کے عوض عجیب کھوکھلا پن سا محسوس ہونے لگا۔ پہلی ملاقات بڑی مضحکہ خیز سی رہی۔ خاوند نے خاص التفات نہیں کیا۔ باتیں نہیں ہوئیں۔ اس کا گھونگھٹ الٹ دینے کے بعد جب دونوں کی نظریں ملیں تو شاہدہ کو اس کی آنکھوں میں کوئی جذبہ ہی دکھائی نہیں دیا۔ روکھا پن سرد مہری، اسے دیکھتے ہی شوہر پیچھے ہٹ کر بیٹھ گیا جیسے کوئی انہونی شے دیکھ لی ہو۔ جیسے اس کے قریب آنے میں کوئی خطرہ ہو اور یہ بعد بڑھتا ہی چلا گیا اور تو اور اس نے کبھی اس کے ہونٹوں کو بھی نہیں چوما تھا کبھی اس کے گالوں کو چومتا تو پھر اسے یوں محسوس ہوتا جیسے شوہر کے ہونٹ اس کے ہونٹوں کی جانب بڑھنا چاہتے ہیں لیکن پھر سخت مونچھوں کی چبھن سی محسوس کر کے رہ جاتی۔ اس نے کبھی پیار کا ایک لفظ تک نہیں کہا تھا۔ جنسی تعلقات کے باوجود جذباتی طور پر ایک دوسرے سے کوسوں دور تھے۔ یہاں تک کہ بچی کی پیدائش بھی انہیں ایک دوسرے کے قریب نہیں لا سکی۔ کبھی آپس میں جھگڑا نہیں۔ خفگی یا رنجش پیدا نہیں ہوئی لیکن ان کی ازدواجی زندگی چھکڑا بن کر رہ گئی تھی جو ناہموار راستے پر ہچکولے کھاتا بڑھتا چلا جا رہا تھا۔

شاہدہ کا دل دکھ کے مزے سے آشنا ہو چکا تھا۔ نامعلوم سا درد کلیجے میں بیٹھ کر رہ گیا تھا۔ آغاز شباب سے لے کر اس لمحے تک کا زمانہ ایک مرتبہ پھر اس کی آنکھوں تلے سے گزر گیا۔ آرام کرسی پر پیچھے کی جانب جھکے جھکے اس نے آنکھیں نیم وا کر لیں۔ ایک مرتبہ تو اس کی قوتِ ادراک قطعاً مفلوج ہو گئی تھی اور نہ کوئی احساس ہی باقی رہ گیا تھا۔

سامنے خاوند کی دھندلی دھندلی صورت دکھائی دے رہی تھی۔ وہ خاوند جو اس کے لیے صبح سے شام تک دفتر میں کام کرتا تھا۔ نہ معلوم کیا کچھ کرتا تھا۔ وہ خاوند جس نے اسے کبھی سخت کلمہ تک نہیں کہا تھا۔ اپنی ساری

آمدنی اس کے سپرد کر دیتا۔ اس کے کپڑے لتّے دیگر ضروریات کا دھیان رکھتا تھا۔۔ اس کی آنکھیں ایک مرتبہ پھر شوہر کے چہرے پر جم گئیں اس کے نتھنوں میں سے چند بال باہر کو نکل آئے تھے جنہیں وہ بیماری کی وجہ سے نوچ کر پرے نہیں پھینک سکا تھا۔۔ معاً اس کے لبوں میں سے ہلکی سی آواز نکلی۔ شاہدہ نے آنکھیں پورے طور پر کھول دیں۔

"پانی!"

شاہدہ نے فوراً پانی کا گلاس اس کے منہ کے قریب کر دیا۔ دو تین گھونٹ پی کر اس نے ہونٹ بھینچ لیے۔ پانی کے قطرے اس کی سخت مونچھوں پر لرز رہے تھے۔ پھر اس نے آہستہ آہستہ اپنی زرد آنکھیں کھولیں اور بیوی کی نظروں سے نظر ملائی۔ معلوم ہوتا تھا وہ کچھ کہنا چاہتا ہے۔

اس کی آنکھوں میں نہ معلوم کیا جذبہ تھا۔ شاہدہ وہیں زمین پر دو زانو ہو کر بیٹھ گئی۔ شوہر کے ہونٹ لرزے

"شاہدہ!!"

"جی"۔۔ پھر وہ بہت دیر تک چپ رہنے کے بعد بولا "شاہدہ!"

اس کی آواز میں لرزش بڑھتی جا رہی تھی۔ شاہدہ نے ہاتھ اس کے شانے پر رکھ دیا۔ سانس کی آمد و رفت جاری تھی۔۔ "جی!"

شوہر نے ایک مرتبہ پھر اس کی آنکھوں میں آنکھیں ڈال دیں "میں کچھ کہنا چاہتا ہوں کہنا چاہتا ہوں۔۔ کئی دفعہ جی چاہا کہ کہہ دوں۔۔ لیکن۔۔ لیکن۔۔ نہ معلوم۔۔ ڈرتا تھا کہ کہیں تم برا نہ مان جاؤ۔۔"

یہ کہہ کر اس نے منہ پھیر لیا۔ وہ جانتا تھا کہ اس کی بیوی ہمہ تن گوش ہے۔ پھر دفعتاً آواز آئی "شاہدہ! مجھے تم سے محبت ہے پہلی رات ہی سے۔۔"

شاہدہ کا جسم شدت کی گرمی سے جھلس کر سرد پڑنے لگا۔ اس نے ایک مرتبہ کھڑکی میں سے جھلملاتے روشن تاروں بھرے آسمان کی طرف دیکھا۔ پھر سر شوہر کے سینے سے رکھ دیا۔۔ وہ مر رہا تھا۔

چیڑھ کے جھنڈ میں سیٹیوں کی آوازیں آتی رہیں۔۔ لیکن وہ بیٹھی ہچکیاں لے لے کر آنسو بہاتی رہی۔

پہلا پتھر

تب شاستری اور فریسی ایک عورت کو لائے جو بد کاری میں
پکڑی گئی تھی، اور اس کو بیچ میں کھڑا کر کے کہا۔
"اے استاد! یہ عورت بد کاری کرتی ہوئی پکڑی گئی ہے۔ موسیٰ
کے قانون کے مطابق ایسی عورت کو سنگسار کرنا جائز ہے۔ سو
تو اس عورت کے بارے میں کیا کہتا ہے۔"
جب وہ اس سے پوچھتے رہے تو اس نے سیدھے ہو کر ان سے
کہا: "تم میں سے جس نے کوئی گناہ نہ کیا ہو۔ وہ پہلے اس کو
پتھر مارے۔"

(یوحنا رسول: آیت ۳، ٤، ۷۷۵)

--۱--

رندہ ہاتھ سے رکھ کر باج سنگھ نے چوکنے تیتر کی طرح گردن دروازے سے باہر نکالی اور ایک نظر شاہی اصطبل پر ڈالی۔۔کوئی خاص چیز دکھائی نہیں دی۔ حالانکہ اسے شبہ یہی ہوا تھا کہ گھکی بڑے دروازے میں کھڑی اسی کو آواز دے رہی تھی۔ وہ اس خیال سے اٹھا تھا کہ اندھیرے میں گھکی کی ایک آدھ چمی لے لینا مشکل نہ ہو گا۔

"شاہی اصطبل، دراصل اصطبل نہیں تھا بلکہ یہ سردار ودھاوا سنگھ کی شان دار حویلی تھی جسے باج سنگھ عرف باج اور اس کے چیلے چانٹے شاہی اصطبل کے نام سے پکارتے تھے حویلی کی سب سے بڑی خوبی تھی اس کی کشادگی۔ یہ حویلی ایک بہت بڑے صندوق کے مانند تھی۔ چھت کا طول وعرض اتنا کہ پوری بارات کے لیے چارپائیاں بچھائی جا سکتی تھیں۔ بڑے بڑے ہال کمرے، دروازے آٹھ آٹھ فٹ اونچے، ان ہال

کمروں میں عظیم الجثہ سردار ودھاوا سنگھ فیل پا کے باعث زخمی شیر کی طرح اینڈھ اینڈھ کر چلا کرتے تھے۔ حویلی کا ایک حصہ لیبل پرنٹنگ پریس کے لیے وقف تھا۔ اس کے علاوہ حویلی کے اندر کی جانب بڑے دالان کے گوشے دالان کے گوشے میں نانک فرنیچر مارٹ کے مالک بھی سردار جی ہی تھے۔ فرنیچر کا کارخانہ یہاں تھا اور شوروم حویلی کی دوسری طرف یعنی عین برلبِ سڑک۔

باج ہیڈ مستری تھا۔ ہاتھ کی صفائی اور حرام زدگی، چستی، کے باعث سب کارندوں کا، خواہ وہ کارخانے کے ہوں یا پریس کے، وہ استاد سمجھا جاتا تھا۔

حویلی کے بغل میں سڑک کی جانب چند دکانیں تھیں مع مکانات کے یہ سب سردار جی کی ملکیت تھیں۔ آخر ان کے آباؤ اجداد جالندھر شہر میں رہتے آئے تھے۔ اس لیے اتنی سی جائداد کا بن جانا غیر معمولی بات نہیں تھی۔

جب ۱۹۴۷ء کے آغاز میں مغربی پنجاب کے مسلمان بھائیوں نے اپنے کراڑ اور سکھ بھائیوں کا ناکہ بند کر دیا تو ریفیوجیوں کی ایک بڑی تعداد مشرقی پنجاب میں آ گئی۔ ان میں گھکی کا باپ دیوی داس بھی تھا۔ پیشے کے اعتبار سے وہ بنیا تھا۔ چنانچہ سردار کی نے حویلی کے بالکل بغل والی دکان اور مکان از راہِ کرم اسے کرایہ پر دے ڈالا اور وہ وہاں پنساری کی دکان کرنے لگا۔ اس کی بیوی کو مسلمان بھائیوں نے ہلاک کر دیا تھا۔ لیکن اس کی تین جوان لڑکیوں سمیت صحیح سلامت نکل آنا معجزے سے کم نہیں تھا۔ ان میں سے سب سے بڑی کا نام گھکی، اس سے چھوٹی کا نام نکی اور سب سے چھوٹی کا سانولی تھا۔ سانولی اندھی تھی۔

گھکی خوبصورت اور بانکی لڑکی تھی موقع پا کر سب سے پہلے باج سنگھ نے اس کی چمی لی تھی۔ بوسہ لینے کے سلسلے میں کھل جا سم سم تو باج نے کی۔ لیکن اس کے بعد باقی لوگوں کا راستہ بھی صاف ہو گیا۔ اس میں امیر و غریب کی تخصیص نہیں تھی۔ سردار صاحب کے بیٹے، ان بیٹیوں کے دوست اور کارندے وغیرہ سب ایک آدھ چمی کی تاک میں رہتے۔ یہ بات نہیں تھی کہ ان میں سے ہر ایک کا داؤ چل ہی جاتا ہو۔ بعض تو دور ہی سے چٹخارے لینے والوں میں سے تھے۔ کیونکہ گھکی بقول لیبل کاٹنے والے چرن کے 'بڑی چلتی پرزی، تھی۔ پٹھے پر ہاتھ نہیں رکھنے دیتی تھی کسی کو اور تو اور خود باج سنگھ جو بڑا دیدہ دلیر اور گھسٹرم گھساڑ قسم کا آدمی تھا۔ چمی سے آگے نہ بڑھ پایا تھا، تو بھلا دوسروں کو وہ قریب کہاں پھٹکنے دیتی تھی۔ مایوس ہو کر باج سنگھ ہونٹوں پر زبان پھیرتے ہوئے کارخانے کے دروازے ہی میں کھڑا رہ گیا۔ اس کے بازو کہنیوں تک لکڑی کے برادے سے سنے ہوئے تھے۔ پینتالیس بہاریں دیکھنے کے بعد بھی اس کا بدن

اکہرا اور مضبوط تھا۔صورت گھناؤنی ہونے سے بال بال بچی تھی۔مونچھوں کے بال جھڑ بیری کے کانٹوں کی طرح ہو گئے تھے۔ہونٹ موٹے، ایک آنکھ میں پھولا، اونٹ کے کوہان کی طرح ناک کے نتھنوں میں سے بال باہر نکل آیا کرتے تھے۔جنہیں وہ چمٹی سے کھینچ ڈالتا۔آج سے دس برس پہلے اس کی بیوی مر گئی۔بیوی کے چھ مہینے بعد اس کی اکلوتی بچی بھی چل بسی۔

وہاں کھڑے باج نے دیکھا کہ جس ہلچل کا اسے احساس ہوا تھا، وہ بالکل بے معنی نہیں تھی۔کیونکہ حویلی کے یکے بعد دیگرے چار دروازوں سے پرے باہر والے برآمدے میں برقی روشنی ہو رہی تھی۔ لکڑی کے چھوٹے سے پھاٹک میں سے سامان اندر لایا جا رہا تھا۔جس سے ظاہر ہوتا تھا کہ ضرور کوئی نیا مہمان آیا ہے۔جب سے مغربی پنجاب میں گڑبڑ شروع ہوئی تھی۔سردار جی کے یہاں کافی مہمان آ رہے تھے۔ کچھ عرصے پہلے ان کے ایک ہندو دوست اپنے بال بچوں سمیت آ گئے۔ان کا ایک نوجوان لڑکا تھا۔چمن۔۔! اس کی گردن مور کی سی تھی اور آنکھیں سرمیلی۔وہ بھی گھکی کو دلچسپی کی نظروں سے دیکھتا تھا۔باج کے چیلے چانٹوں کا خیال تھا کہ گھکی بھی اس پر مرتی تھی۔باج کے دل میں حسد پیدا نہیں ہوا۔وہ ان چیزوں سے بالاتر تھا، کہتا "ارے ہمارا کیا ہے۔ہم نے آتے ہی گھکی کی چمیاں لے کر اسے کانی کر ڈالا۔اب چاہے ٹنڈالاٹ بھی اس کی چمی لیا کرے ہمارے۔۔سے" یہ کہہ کر وہ اپنی ایک ثابت اور دوسری پھولا ماری آنکھ سے سب کے چہروں کا جائزہ لیتا ہے۔

جب چمن کے گھر والے الگ مکان لے کر رہنے لگے تو پھر بھی سردار جی کے یہاں چمن کی آمد و رفت جاری رہی۔ادھر باج نے گھکی سے زیادہ اس کی چھوٹی بہن نکی کو اپنی توجہ کا مرکز بنایا۔

دروازے میں کھڑے کھڑے پہلے تو باج کے دل میں آئی کہ جاکر نئے مہمانوں کو دیکھے۔شاید کوئی 'لنڈیا' بھی ان میں شامل ہو لیکن آج کل کام بہت آیا ہوا تھا۔جسے جلد از جلد ختم کرنا ضروری تھا "ہٹاؤ" اس نے دل ہی دل میں کہا "صبح سب کچھ سامنے آ جائے گا"

--۲--

دوسرے روز آنکھ کھلی تو باج نے جلتا پھنکتا سورج اپنی پیشانی پر چمکتا ہوا پایا۔

بڑی سردارنی کے جسم کا ہر عضو اپنے نقطۂ عروج تک پہنچ چکا تھا یعنی جو چیز جتنی موٹی جتنی بھدی، جتنی کشادہ ہو سکتی تھی، ہو چکی تھی، چلتی تو یوں معلوم پڑتا جیسے جیسے تنور ڈھانپنے والے چاپڑ کو پاؤں لگ گئے ہوں۔

ایسی ڈبل ڈوز سردارنی بھی سردار جی کے لیے ناکافی ثابت ہوئی۔چنانچہ انہیں ایک چھوٹی سردارنی بھی کہیں

سے اڑا کر لانی پڑی۔ لیکن جب سے ان کے فوطوں میں پانی بھر آیا تھا۔ تب سے انھوں نے سردارنیوں سے توجہ ہٹا کر ہر روز کئی کئی گھنٹے مسلسل گوربانی کے پاٹھ پر مرکوز کر دی تھی۔

موقع ملنے پر بڑی سردارنی ضرورت سے زیادہ دیر تک باج کے پاس کھڑی رہتی۔ کیونکہ باج نہایت مسکین بن کر کئی بار کہہ چکا تھا ''پروڈھی سردارنی آپ بیالیس برس کی تو نہیں دکھائی دیتیں جی!۔۔ جی! آپ تو مشکل سے تیس برس کی دکھائی دیتی ہیں''

اس پر بڑی سردارنی دل ہی دل میں چہک اٹھتیں اور غین (غ) کی طرح منہ بنا کر فرماتیں ''ہٹ وے پراں۔ کون کہتا ہے میں بیالیس برس کی ہوں''

اس کے بعد وہ دروازے سے کندھا بھڑائے جمی کھڑی رہتیں۔ لیکن ٹانگ سیدھی رکھتیں اور دوسری ٹانگ کو دھیرے دھیرے حرکت دیتیں رہتیں۔ ڈھکے ہوئے پپوٹوں تلے دبی ہوئی پتلیاں باج کے چہرے پر جمائے رکھتیں۔

باج دل ہی دل میں سوچتا کہ گھکی کی کمر تو بڑی سردارنی کی پنڈلی سے بھی پتلی ہو گی۔

بالآخر جب سردارنی ٹوٹے ہوئے چھاج میں برادہ بھر کر لوٹیں تو ان کے پچھواڑے کا نظارہ دیکھ کر باج کے منہ سے بے اختیار نکل گیا ''بلّے بلّے'' پھر اپنے ایک نوجوان ساتھی بونگے سے مخاطب ہو کر بولا ''کیوں او بونگیا! اگر سردار جی پھیل بے خنجر ہیں تو سردارنی بھی وہ چٹان ہے جو جتنی جمیں سے باہر ہے اس سے چار گنا جمین کے اندر دھنسی ہوئی ہے''

یہ کہہ کر اس نے پھلاہ کی داتن منہ میں ڈالی تو اس کی چرمراہٹ سے اس کا بدن صورت چہرہ اور زیادہ بھدا ہو گیا۔

بونگے نے جواب دیا ''ابے تو سردار جی کو کیا سمجھتا ہے۔ اگر سردارنی چار گنا زمین کے اندر ہے تو سردار جی دس گنا جمین میں دھنسے ہیں''

باج نے بیٹھے بیٹھے مریل بونگے کو لات رسید کرتے ہوئے کہا ''اوئے چل اوئے موئں دیا متر اڑا'' جو بات یاد آئی تو پھر بولا ''پر بونگیا گھکی کی کمر تو سردارنی کی پنڈلی سے کم موٹی ہو گی۔۔''

''تو پھر؟''

''نانا۔ سوچو بھلا اتنی پتلی کمر۔۔ بہت پتلی کمر ہے جار! اتنا ناجک لک''

''اوئی!'' بونگے نے مشفقانہ انداز میں کہنا شروع کیا ''عورت کی کمر میں بڑی طاقت ہوتی ہے۔ مرد کی

ساری طاقت چھاتی میں اور عورت کی کمر میں ہوتی ہے"

"اچھا!!" گھاگ باج نے گال کے اندر زبان گھمائی۔

اسی اثنا میں چمن ادھر آ نکلا۔ وہ ہر وقت چمکتا رہتا تھا۔ باچھوں میں سے ہنسی یوں پھوٹی پڑتی تھی جیسے وہ ریوڑیاں کھا رہا ہو۔ چلتا تو گہرا کے۔ بات کرتا تو بل کھا کے۔

بونگے نے کہا "لے بھئی! کنہیا جی تو آ گئے"

" گوپی بھی آتی ہی ہو گی" باج نے چھدرے دانتوں کی نمائش کی اور منہ سے ٹپکتی ہوئی رال کو بمشکل روکا۔

بونگے نے پہلے تو چمن کو دل پھینک انداز سے دیکھا اور پھر ایک آنکھ بند کر کے دوسری آنکھ باج کی بغیر پھولے والی آنکھ سے ملائی اور گھی میں ڈوبی ہوئی آواز میں بولا "جار! جیہ لونڈیا بھی گوپی سے کم نمکین نہیں ہے"

باج نے ایک اور لات رسید کی۔ "بڑا ٹھرکی ہے تو"

بونگے نے بھاؤ بنا کر گانا شروع کیا "اوئے بھگت لبوب کبیر بھی تو فرما گئے ہیں کہ اوئے کچا منڈا رن در گا۔۔"

عین اس وقت چھوٹی سردارنی بھی کولھے مٹکاتی دھم دھم کرتی دروازے سے نکل کر صحن میں آن پہنچیں۔ کہنے کو تو وہ چھوٹی سردارنی تھیں لیکن ڈیل ڈول کے لحاظ سے اگر بڑی بیس تھیں تو وہ انیس۔ یوں معلوم ہوتا تھا جیسے دھنیے نے منوں روئی دھنک کر ہوا میں اڑا دی ہو۔ البتہ نقوش تیکھے تھے۔ رنگ نکھرا ہوا تھا چہرہ چکنا چپڑا۔ اگلے دو دانتوں میں سونے کی میخیں۔

مشہور تھا کہ وہ سردار جی کی بیاہتا نہیں تھیں۔ بقول باج کچھ جیر جبر معاملہ تھا۔ باوجود موٹاپے کے چھوٹی سردارنی کی بوٹی بوٹی تھرکتی تھی۔ بڑی سردارنی کو حالات نے ذرا فلسفی بنا دیا تھا اور حالات ہی نے چھوٹی سردارنی کو "چل چل چنبیلی باغ میں تجھے میوہ۔۔الخ" بنا دیا تھا۔ یہی وجہ تھی کہ بڑی سردارنی کے سامنے کھلے بندوں چھیڑ چھاڑ کا بازار گرم رہتا۔ گرما گرمی میں چھوٹی سردارنی کی کمر میں بھی ایک آدھ چٹکی بھر لی جاتی۔ جس پر وہ نوخیز لڑکی کے مانند کلبلاتی بل کھاتی اور کھل کھلاتی تھیں۔ وہ رنگین محفلوں کی جان تھیں۔ ان کی عمر پچپن سے تجاوز کر چکی تھی، تاہم سردار جی اب بھی ان کی نگرانی کرتے تھے۔ کیونکہ چھوٹی سردارنی چلتی تو جھمکڑے کے ساتھ بیٹھتی تو جھمکڑے کے ساتھ۔ اس کی بے تکلفانہ محفلوں میں آنکھیں لڑانے، چٹکیاں

لینے اور ہائے وائے کرنے کے مواقع بڑی آسانی سے فراہم ہو جاتے تھے۔ شاذ و نادر وہ ایک آدھ بدتمیزی پر چیں بہ جبیں بھی ہو جاتیں تو سب لڑکے اور لڑکیاں انہیں منانے لگتے۔ ان کے بدن کو سہلایا جاتا۔ ان سے لپٹ لپٹ کر خوشامدیں کی جاتیں آخر کار وہ من جاتیں۔

چنانچہ اب جو وہ صحن میں داخل ہوئیں تو گویا نسیم سحری کی طرح آئیں اور اپنے ہم راہ نہ صرف بوئے چمن لائیں بلکہ اپنے اوٹ میں نرگس، نسرین اور گلاب وغیرہ بھی لائیں یعنی گھکی، نکی اور سانولی اور دیگر لڑکیاں بھی ان کے پیچھے چھپی چھپی آرہی تھیں۔ مقصود اس سے حاضرین کو تعجب انگیز مسرت بہم پہنچانا تھا۔ وہی بات ہوئی کہ دفعتاً ''اوئے'' کے شور سے فضا گونج اٹھی اور کچے کنوارے قہقہوں کی مسلسل موسیقی سے سارا صحن رسمسا گیا۔

ان سب سے دور، سڑک والے کمرے میں کسی جٹا جوٹ سنیاسی کی طرح پاٹھ کرتے ہوئے سردار جی کے کان میں بھی ان آوازوں سے تھرتھرائے، پیشانی کے خطوط گہرے ہو گئے انھوں نے جلدی سے اپنے بڑے بڑے دانتوں پر ہونٹ پھسلا کر بے چینی سے پہلو بدلا اور غرا کر کہا:

''باگھو رونام جہاز ہے، جو چڑھے سو اترے پار''

--۳--

داتن کی آخری منزل پر پہنچ کر باج نے بڑا کنستر اٹھایا اور صحن کے پرلے گوشے میں دستی نل کے قریب پہنچا۔

اب فضا نسبتاً پرسکون تھی۔ کچھ لوگ تو چھوٹی سردارنی کو گھیرے تھے باقی اپنے اپنے مشاغل میں محو تھے۔ کنستر نل کے نیچے رکھ کر باج نے دستی کے دو چار ہاتھ ہی چلائے ہوں گے کہ سامنے سے نکی جلد جلد قدم اٹھاتی ہوئی اس کی جانب آئی اور آتے ہی بولی: ''کنستر اٹھاؤ تو--''

باج کی خوشی کا بھلا کیا ٹھکانہ تھا۔ داتن چباتے چباتے اس کا منہ رک گیا۔ آنکھوں کے گوشے شرارت اور حرام زدگی کے باعث سمٹ گئے ''نی کڑیئے کی گل اے''

''اے دیکھ گل وَل کچھ نہیں۔ کنستر ہٹا جھٹ پٹ''

باج نے دانت پیس کر ہاتھ پھینکا۔ لیکن معلوم ہوتا ہے کہ نکی پہلے ہی سے تیار تھی۔ جھپ سے پیچھے ہٹ کر نیم معشوقانہ انداز سے چلا کر بولی ''ہم کیا کہہ رہے ہیں کنستر ہٹا، نا''

''اری کنستر سے کیا بیر ہے-- ہماری ہر چیز سے بدکتی ہو''

''پانی پیئیں گے''

باج نے کنستر ہٹادیا ''لو جانی پیو اور جیو۔ جیو اور پیو''

نکی نے نل کے نیچے ہاتھ رکھ دیا اور قدرے انتظار کے بعد انجن کی سیٹی کی سی آواز میں چلائی ''اے ہے۔۔ دستی ہلاؤ''

باج نے صوفیانہ رمز کے ساتھ جواب دیا ''تم ہی ہلاؤ نا دستی۔۔''

''دیکھو تنگ مت کرو''

''اری نام نکی ہے تو اس کا یہ متبل تو نہیں کہ تو سچ مچ نکی (چھوٹی) ہے''

''چھوٹی نہیں تو کیا بڑی ہوں'' نکی نے نچلا ہونٹ ڈھیلا چھوڑ کر شکایت آمیز نگاہ اس پر ڈالی۔

اب باج نے بڑی فراخ دلانہ ہنسی ہنس کر دستی ہلانا شروع کی۔

پانی پی کر نکی بھاگنے لگی تو باج نے فوراً اس کی کلائی دبوچ کر ہلکا سے مروڑا دے دیا۔

''اوئی''

''کیا ہے؟''

''میری کلائی ٹوٹ جائے گی''

''یہاں دل جو ٹوٹا پڑا ہے''

''چھوڑنا! کوئی دیکھ لے گا''

''اری کبھی ہم سے بھی دو بات کر لیا کر''

''کہانا، کوئی دیکھ لے گا''

''تو پھر آئے گی نا ہمارے پاس''

''میں نہیں جانتی''

ایک اور مروڑا۔ نکی کو واقعی سخت تکلیف ہو رہی تھی۔ جان چھڑانے کے لیے بولی ''اچھا آجاؤں گی''

''پکا وعدہ''

''ہاں''

''مار ہاتھ پر ہاتھ''

ہاتھ پر ہاتھ مارا گیا۔

''اچھا دیکھ! اب کلائی چھوڑے دیتا ہوں، پر ایک شرط ہے۔۔تو بھاگے گی نہیں ''اچھا نہیں بھاگوں گی۔ چھوڑ اب کوئی دیکھ لے گا''

''بس دو منٹ بات کر لے ہم سے۔ جادر کھیو جو ہمیں دھوکا دیا تو بانس پر لٹکا دوں گا''

ہاتھ چھوٹنے پر ننھی سی خوش وضع ناک چڑھائے اور ابرو پر بل ڈالے نیم رضامندی سے رکی رہی اور جب کہ باج اس نظارے سے لطف اندوز ہو رہا تھا۔ وہ ٹھمک کر بولی۔

'' کہہ اب''

''بات کرتی ہو کہ ڈھیلے مارتی ہو''

''اب جو تم سمجھو جلدی سے بات کہہ ڈالو۔ اتّا بخت (وقت) نہیں ہے''

''بخت (وقت) نہیں ہے۔کیا کسی جار سے ملنے جانا ہے''

''دھت۔کوئی سن لے گا۔تم بڑے۔۔''

''بڑے کیا؟''

''بدماس ہو''

''ہائے سر یپ جادی۔۔کبھی کبھار بدماس سے بھی ایک آدھ بات کر لیا کر۔۔اچھا نکّی یہ بتا کہ تیری عمر کتّی ہے''

''سولہ برس''

'' کیسی میٹھی عمر ہے''

''ہو گی۔بس جائیں اب''

''گھکّی کی بھلا کیا عمر ہو گی؟''

''مجھ سے ڈیڑھ سال بڑی ہو گی''

''اور سانولی۔۔''

''چودہ کی ہو گی''

''لیکن نکّی تو تو چودہ کی بھی نہیں دِکھتی''

''دِکھتی کیسے نہیں''

''جرا نجیک (نزدیک) آنا! دیکھوں''

"ہٹ"

"آج کل مستی جھاڑ رہی ہو۔ پہلے تو گھکی ہی تھی۔ اب تم نے بھی پر نکال لیے ہیں۔ تم کیا اب تو سانولی بھی رنگ دکھلا رہی ہے"

"ارے دیکھ سانولی کو کچھ مت کہیو۔ وہ بے چاری اندھی ہے۔ اس سے بری بھلی بات مت کرنا"

"اری نکی کی جوانی بن بولے بات کرتی ہے۔ اس کو اندھی کہتی ہو۔ کھد مجا اڑاتی ہو۔۔ لو وہ رہی سانولی۔ چپ چاپ دروجے میں بیٹھی ہے"

صحن کے دوسرے کونے میں دروازے کی دہلیز پر اندھی سانولی الگ تھلگ چپ چاپ بیٹھی تھی۔

نکّی نے ادھر دیکھا باج نے پوچھا "سانولی جنم کی اندھی ہے کیا؟"

"نہیں"

"تو کیسے ہوئی اندھی"

"دیکھو بے کار باتیں کرتے ہو۔ ہم جاتے ہیں"

"ٹھہرنا جرا۔ بتا تو دے" باج نے اصرار کیا۔ وہ قربِ یار کو طول دینے کے لیے بے معنی باتیں کیے جا رہا تھا۔

"بھئی ہم کچھ نہیں جانتے۔ لالہ (باپ) کہتا ہے کہ وہ بچپن میں اندھی ہو گئی تھی۔ اب میں کیا جانوں۔ لو ہم چلے"

"ارے ہیں دروجے میں سانولی کے پاس کون کھڑا ہے؟"

نکّی چلتے چلتے رک گئی "ہم نہیں جانتے"

باج باچھوں کو خوب کھینچ کر ہنسا "تجھے معلوم نہیں۔۔ سبھی تو تیرے جا رہیں"

"دیکھ ہم سے بکواس مت کر۔۔ ہم اسے کیا جانیں۔ رات ہی تو آیا ہے"

"ارے رات والا۔۔ اچھا اچھا یاد آیا۔ میں نے اس وقت اندر سے سر نکالا۔ سچ نکّی میں سمجھا تم ہو۔۔ لیکن نکی تم۔۔"

نکّی نے جھنجھلا کر قدم بڑھاتے ہوئے کہا "لو ہم چلے"

اس پر باج نے زور سے ناک صاف کی اور دستی ہلانے لگا۔

--٤--

لڈو سرپٹ بھاگتا ہوا آیا اور کارخانے کے دروازے کے دونوں پٹ اس قدر دھماکے کے ساتھ کھولے کہ اندر کام کرتے ہوئے باج اور اس کے ساتھیوں کے ہاتھ رک گئے۔ وہ قدرے حیران ہو کر اس کا منہ تکنے لگے کہ لڈو لیبلوں کی گڈیاں باندھنی چھوڑ کر بے وقت یہاں کیسے آن ٹپکا۔

اندر پہنچ کر خود لڈو کو اس بات کا احساس ہوا کہ اس قدر دھماکے سے اپنی آمد کے جواز کے لیے جو مواد اس کے پاس ہے وہ کافی اور مناسب ہے بھی یا نہیں۔ بہر حال اس نے ہانپتے ہوئے گردن گھما کر سب کی طرف دیکھا اور بولا ''جارو! آج بڑی مزے کی بات دیکھنے میں آئی''

مزے کی بات!!۔۔اس وقت گیارہ بجنے کو تھے۔ کاریگر مسلسل کام کر رہے تھے۔ اس لیے وہ مزے کی بات سننے کے موڈ میں تھے۔ اُدھر باج سنگھ نے صبح باسی مٹھے سے سر دھویا تھا۔ اس کے بالوں سے ابھی سڑی لسی کی بساند دور نہیں ہوئی تھی۔ اس نے بھی موقع غنیمت جانا کہ مزے کی بات سننے کے ساتھ ساتھ وہ بالوں میں کنگھا کرے گا۔ اس طرح جب اس کے بالوں کے اندر تک ہوا پہنچے گی تو بال سوکھنے کے ساتھ بساند بھی دور ہو جائے گی۔ چنانچہ اس نے اپنا چھاوڑا سا کنگھا اٹھایا اور اسے داڑھی میں اڑس کر بولا:

''ابے لڈو ماؤں کے متراڑ، جب سے تو پیدا ہوا ہے۔ آج تک تو نے کوئی مزے دار بات نہیں سنائی لیکن آج تو مینڈکی کو بھی زکام والی مثال تجھ پر لاگو ہوتی ہے۔۔اچھا بول بیٹے بجورے''

حالات موافق پا کر باقی کاریگر بھی پنڈے کھجاتے ہوئے لڈو کے قریب آ گئے۔ ان میں مونوں (منڈے ہوئے سر والوں) نے بیڑیاں جلا کر دانتوں میں ڈال لیں۔

اس غیر متوقع خوش آمدید سے لڈو کی جان میں جان آئی۔ اس نے گھگھیا کر ایک بیڑی طلب کی۔۔جو قدرے ناک بھوں چڑھانے کے بعد دے دی گئی۔ اب لڈو نے بڑے اہتمام کے ساتھ بیڑی کو جلایا یہ توقف حاضرین کے لیے ناقابلِ برداشت ہوتا جا رہا تھا۔ باج نے دولتی رسید کرنے کے انداز سے پاؤں اوپر اٹھاتے ہوئے کہا ''اوئے بھین کے بینگن جلدی سے اُگل ڈال۔ سالے ہم تیرے بے بے کے نوکر تو نہیں ہیں کہ بیٹھے منہ تکتے رہیں تیرا۔۔''

''جار آج بڑے مزے کی بات ہوئی'' لڈو نے اس طرح بات شروع کی جیسے ابلتے ہوئے پانی کی کیتلی کا ڈھکنا بھک سے اڑ جائے'' آج صبح جب باج نکّی سے۔۔ باج نکّی سے۔۔''

باج نے خونخوار تیور بنا کر کہا ''اوئے تیری بہن کو چور لے جائیں۔۔ہماری ہی بات ملی سنانے کو۔۔''

''نئیں نئیں جی'' لڈو نے خالص پنجابی لہجے میں حلق سے گھسا کر آواز نکالی ''پادشاہو! آپ کی بات

نہیں ہے۔ وہ تو گھکی کی بات ہے"

ایک کاریگر نے اشارہ کر کے ساتھیوں سے کہا" یہ چونکا بھی ٹھرکی ہے اور گھکی پر ٹھرک جھاڑنے والوں میں شامل ہے، ہاں تو برخوردار کیا بات ہے گھکی کی۔۔"

"او جی جب چھوٹی سردار اکھبار میں لگی ہوئی ماسٹر تارا سنگھ کی تصویر سب کو دکھارہی تھیں تو گھکی اور چمن کی نجریں ملیں۔۔ میں دیکھ رہا تھا چپکے سے"

"تو تو دیکھا ہی کرتا ہے گھکی کو، پر سالے چمن نے جتنی چمیاں لی ہیں تو نے اُتی ٹھوکریں نہ کھائی ہوں گی گھکی کی"

اس پر لڈو نے روٹھنے کے اندازے سے منہ بسورا تو کسی نے ہمدردی جتائی "بھئی ایسا مت کہو بے چارے کو گھکی کی ٹھوکروں میں کیا کم مجا ہے۔ کئیوں نے تو ٹھوکر بھی نہ کھائی ہو گی اس کی۔۔ ہاں تو بول بیٹھا بول۔۔ بول بجورے بول"

"بس پھر کیا تھا۔ آنکھوں ہی آنکھوں میں اشارے ہوئے، ابرو ملے اور پھر گھکی بڑی مسومی کے ساتھ اٹھ کر ٹھمک ٹھمک چل دی"

"کہاں چھت کو"

"ابے نہیں۔۔ اس بکت تو وہ اپنے گھر کو گئی۔ تھوڑی دیر بعد چمن نے کہا کہ جرا پکھانے جاؤں گی۔ سردارے (سردار جی کا بڑا لڑکا) نے کھانس کر کہا۔ بئی جلدی آنا۔ نہ جانے پکھانے میں بند کیا کرتے ہو۔ اس پر چمن بڑی میٹھی ہنسی ہنستا ہوا پچھلے کمرے میں چلا گیا۔۔ جہاں سے کہ چھت کی سیڑھیاں جاتی ہیں"

ایک دو نے جماہی لے کر کہا" ابے لڈو کے گھسے۔ یہ سب پرانی باتیں ہیں، روج کا قصہ ہے۔۔"

"ابے سن تو" لڈو نے سرزنش کی "سب کی نجر بچا کر میں بھی گیا پیچھے اور بئی جب اوپر پہنچا تو دیکھا کہ سیڑھیوں کا دروجہ بند ہے۔ بس بئی یہ دیکھ کر میری پھونک نکل گئی"

باج ہنسا "سالے تیری پھونک تو اچھی طرح نکلنی چاہیے پھول کے گبارہ ہو رہا ہے"

لڈو نے سنی ان سنی کرتے ہوئے سلسلہ کلام جاری رکھا "پہلے تو میں سمجھا کہ دروجے کے پاس ہی کھڑے ہوں گے۔ مگر کوئی آواج سنائی نئیں دی۔ درار میں سے جھانکا تو چھت پر بھی کوئی صورت نہیں دکھائی دی۔ پھر میں نے سوچا کہ جرور برساتی کے اندر بیٹھے ہوں گے"

"بڑی جسوسی دکھائی تو نے"

لڈو نے بیڑی کا کش لیا "میں نے نیچے اوپر سے ہاتھ ڈال کر چٹکنی سرکا دی۔ یہ دیکھو میری بانہہ پر خون جم گیا ہے۔۔"

"آگے بول"

"چھت پر سے ہوتا ہوا میں برساتی کی طرف بڑھا۔ اینٹوں کی جالی میں سے دیکھا کہ وہ دونوں اندر چارپائی پر کچھ بیٹھے اور کچھ لیٹے ہیں"

ایک کاریگر بولا "لیکن گھکی وہاں کیسے پہنچی"

لڈو کو اس کی حماقت پر بڑا رحم آیا۔ جار! تم بھی بس۔۔ چھت سے چھت ملی ہوئی جو ہے"

"ہئ تو بڑا عکل بند (عقل بند) ہے اب آگے چل"

"بس آگے کیا پوچھتے ہو، بڑے مجے میں تھے دونوں۔ گھکی کا منہ تو لال بھبوکا ہو رہا تھا۔ اتی پیاری لگ رہی تھی کہ جی چاہا کہ بس جا کر لپٹ ہی جاؤں"

"واہ رہے بجورے" باج والا "اب تو ایہہ بات پکی ہو گئی کہ معاملہ چمی چاٹی تک ہی نہیں ہے۔۔ اچھا پھر کیا ہوا؟"

"بڑے پریم کی باتیں ہو رہی تھیں۔ چمن نے گھکی کے منہ کے آگے سے بال ہٹا کر کھوب بھینچ بھینچ کر۔۔"

"ارے یہ سب تو ہوا ہی ہو گا۔ جیہہ تو بتا کہ باتیں بھی ہو رہی تھیں کچھ؟ جیہہ تو مالوم ہو کیا ارادے ہیں ان کے"

پھر گھکی نے بڑے پیار سے اس کے گلے میں باہیں ڈال کر پوچھا "تم سچ مچ مجھی سے پیار کرتے ہو" ۔۔ چمن نے مور کی طرح گردن ہلائی اور بولا "سچ مچ"

"مجھے یکین نہیں آتا"

"جالم، جالم۔ اری ہم تو جان پھدا کرتے ہیں"

گھکی نے یہ سن کر سر نیچا کر لیا اور گہری سوچ میں ڈوب گئی۔ اس پر چمن نے پھر اسے سمیٹ کر اپنی گود میں لے لیا اور کہنے لگا" کہو تو آسمان سے تارے توڑ لاؤں، کہو تو اپنی چھاتی چیر کر۔۔ گھکی نے اس کے ہونٹوں پر انگلی رکھ دی اور پھر ایسے بولی جیسے سفنے میں بول رہے ہو۔ ' تم تارے مت توڑو۔ اپنی چھاتی مت چیرو۔۔ مجھے۔۔ مجھے اپنی داسی بنا لو"

"داسی! داسی؟ ارے تم رانی ہو رانی۔ داس تو ہم ہیں تمہارے۔

"گھکی کچھ دیر چپ رہی۔ پھر بولی۔ "تم میرا متبل نہیں سمجھے۔ مجھ سے سادی کرلو نا"

جیہہ سن کر چمن بدک گیا۔ جیسے گھکی کھوب صورت لڑکی نہیں، ناگن ہو اور وہ اسے بڑی عجیب نجروں سے دیکھنے لگا۔ اس بخت گھکی کا سر جھکا ہوا تھا۔ سالی اپنے کھیال میں مگن بولی۔ "میں گریب کی لڑکی ہوں۔ ہر کوئی مجھے بھوکی نجروں سے دیکھتا ہے۔ ہر کوئی مجھے کھانا چاہتا ہے۔۔ گھر سے باہر پاؤں رکھنا مسکل ہو گیا ہے۔ پھر بھی میں نے اجت بچا کر رکھی۔ مگر تمہارے آگے میرا کوئی بس نہیں چلا۔ سوچو اگر مجھے کچھ ہو گیا تو؟"

"جیہہ کہہ کر آنکھوں سے آنسو ٹپ ٹپ گرنے لگے۔ اس پر چمن نے اس کا ہاتھ تھام لیا "اری واہ روتی کاہے کو ہے۔ بے پھکر رہو، تمہیں کچھ نئیں ہو گا۔ پریم میں ایسی باتیں دن رات ہوتی رہتی ہیں۔ تم بڑی وہمن ہو"

" مگر میں تمہاری ہو چکی ہوں۔ سدا کے لیے تمہاری۔" جیہہ کہہ کر اس نے اپنے پیلے رنگ کے کرتے سے آنکھیں پونچھیں لیکن آنسو نہیں تھمتے تھے۔ ہچکیاں بھرتی ہوئی بولی "چمن! میں عمر بھر تمہارے پاؤں دھو دھو کر پیوں گی۔ تمہاری رہوں گی۔ تمہارے اشارے پر ناچوں گی۔ لالہ کو میری بڑی پھکر لگی ہے۔ ماں ہے نہیں، میں ہی سب میں بڑی ہوں، مجھے چھوٹی بہنوں کا بھی کھیال کرنا ہے۔ میں تمہاری منت کرتی ہوں، مجھے چھوڑنا نہیں"

"اے ہے، تمہیں کون چھوڑتا ہے۔ پگلی ہوئی ہو کیا؟"

"اس پر گھکی نے بھیگی آنکھوں سے چمن کی طرف دیکھا اور بولی، نئیں تم وادا کرو کہ مجھ سے سادی کرلو گے۔۔ میں بڑی منہ پھٹ ہوں۔ بے سرمی ماپھ کرو۔ مجھے اپنی بنالو۔ میں خوب پڑھ لکھ لوں گی اور جیسا تم کہو گے ویسا ہی کروں گی"

"جیہہ کہتے کہتے گھکی کا سر جھک گیا اور اس نے مدہم آواج میں پوچھا" کہو مجھی سے سادی کرو گے؟" اور جب اس نے پھر چمن کی طرپھ دیکھنے کو سر اٹھایا تو چمن نے جھٹ سے اس کا سر دبا کر چھاتی سے لگالیا "ہاں ہاں بھئی۔ تجھی سے سادی رچاؤں گا اری تم میں کمی کس بات کی ہے۔ تم سندر رہو، ہجاروں میں ایک ہو۔۔ لو اب چلیں تم بھی گھر کو جاؤ۔ نہیں تو نیچے والے سک کریں گے۔۔"

"جیہہ سن کر میں بگٹٹ بھاگا وہاں سے"

--۵--

دوپہر کے وقت گرمی کی وہ شدت ہوتی تھی کہ کیا کارخانے اور کیا پریس کے کاریگر سبھی کام چھوڑ کر الگ بیٹھ جاتے۔ دن کا یہ حصہ سب سے زیادہ دلچسپ ہوتا تھا۔ فرصت کا سماں ہوتا تھا۔ حویلی جی بھر کر کشادہ تھی۔ چھوٹے بڑے متعدد کمرے، ان میں اونچی اونچی الماریاں، کرسیاں، میزیں، پلنگ، صندوق۔۔ غرض آنکھ مچولی کھیلنے کا پورا سامان میسر تھا۔

باج سنگھ تنور سے روٹی کھا کر لوٹا تو سیدھا حویلی کے اندر داخل ہو گیا۔ بڑے سردار جی کے سوا حسبِ معمول سبھی لوگ موجود تھے لیکن بڑی سردارنی سب سے الگ تھلگ پہلے بڑے کمرے میں براجمان تھیں۔ دوسرے کمرے سے ہنسی ٹھٹھوں اور خوش گپیوں کی آوازیں آ رہی تھیں۔

آج تنور پر روٹی کھانے کا باج کو کچھ مزا نہیں آیا تھا۔ دل میں کنکر، راشن کے آٹے میں ریت، تنور والوں کی ایسی تیسی کر کے پیٹ بھرے بغیر ہی وہ لوٹ آیا تھا۔ جب وہ حویلی میں داخل ہوا تو قدرتی طور پر سب سے پہلے اس کی نگاہ سردارنی پر پڑی۔ تعجب! آج وہ پان چبا رہی تھی۔ چھوٹی سردارنی تو خیر ہر کھانے کے بعد ایک عدد پان کلّے میں دبا لیتیں۔ نہ جانے کہاں سے لت لگی تھی انہیں۔ بڑی سردارنی کو پان چباتے ہوئے اس نے پہلی بار ہی دیکھا تھا۔ ان کی باچھوں اور ہونٹوں پر گہرے سرخ رنگ کی تہہ جمی ہوئی تھی۔ نظریں چار ہوتے ہی بڑی سردارنی اس قدر بے دریغ انداز میں مسکرائیں کہ ایک بار تو باج بدک گیا لیکن پھر سنبھال کر وہیں اینٹوں کے فرش پر بیٹھ گیا اور اپنے ٹخنوں اور پنڈلیوں پر سے لکڑی کا برادہ جھاڑنے لگا۔

بڑی سردارنی نے اس کی جانب چوکی دھکیلتے ہوئے کہا "ہاۓ ہاۓ! جمین پر کا ہے بیٹھتے ہو چوکی پر بیٹھو"

"نہیں بڑی سردارنی! اینٹیں ٹھنڈی لگ رہی ہیں، مجا آ رہا ہے۔ اچھا کریں ہیں آپ جو دوپہر کو پھرش پر پانی بھکرا دے ہیں۔ سچ بڑی سردارنی بڑی دور کی سوجھے ہے آپ کو۔۔ سچ ہے"

یہ سن کر سردارنی نے چاہا کہ مارے خوشی کے پھولی نہ سمائے لیکن اب اور پھولنے کی گنجائش ہی کہاں تھی۔ چنانچہ اس نے پہلے تو کمال انکار سے سر جھکا دیا۔ پھر قدرے بھونڈے مستانہ پن سے نظریں اٹھائیں۔ باج کو کوئی بات سوجھ نہیں رہی تھی۔ اس لیے اس نے پگڑی کے اندر دو انگلیاں داخل کر کے سر کھجانا شروع کر دیا۔ سردارنی محققانہ انداز میں بولی:

"روٹی کھا کر آ رہے ہو؟"

"جہر مار کر کے آ رہے ہیں"

باج کو برہم پا کر سردارنی بڑے مبالغے کے ساتھ پریشان ہوئیں "آ کھر ماجرا کیا ہے؟"

باج نے ماجرا سنایا اور نتیجہ یہ برآمد کیا کہ "روٹی! ہائے روٹی! تو بڑی سردارنی آپ کی ہوتی ہے۔ مکھن سسرا روٹی کی نس نس میں رچ جاتا ہے۔ نوالہ منہ میں رکتا ہی نہیں بتاشے کی طرح گھلا اور چل اندر"

بڑی سردارنی کو تعریف و توصیف کے یہ فقرے ہضم کرنے کے لیے خاصا پرانا یام (Deep Breathing) کرنا پڑا۔ جب دم میں دم آیا تو ایک خاص سر تال میں بولیں:

"کبھی ہمارے یہاں کھاتے بھی ہو"

"کبھی کھلاتی بھی ہیں آپ" چالاک باج نے اسی سر تال میں برجستہ جواب دیا۔

اس پر جلال میں آکر جو بڑی سردارنی اٹھیں تو باج کو یوں محسوس ہوا جیسے زمین سے آسمان تک اودی گھٹا چھا گئی ہو۔

روٹی کھاتے کھاتے باج نے پوچھا "کیوں جی! آج بڑے سردار جی بیٹھک میں کس سے بات چیت کر رہے ہیں؟"

سردارنی نے جھالر دار پنکھا جھلتے ہوئے جواب دیا "معلوم نہیں"

گھر میں ایک ہی ٹیبل فین تھا بجلی کا، اور وہ جدھر بڑے سردار جی جاتے ان کا پیچھا کرتا۔

باج نے نمک حلال کر ڈالنے کے خیال سے کہا "کیوں مجاخ کرتی ہیں سردارنی! بھلا یہ کبھی ہو سکتا ہے کہ ادھر بات چیت ہو رہی ہو اور آپ کو کھبر نہ ہو"

سردارنی نے بڑے بڑے کی طرح منہ کھولا لیکن دفعتاً اس کا دہانہ تنگ کر کے بولیں "جسوس چھوڑ رکھے ہیں ابھی مالوم ہو جائے گا سب کچھ"

اسی اثنا میں چھوٹی سردارنی بغل والے کمرے سے نکل کر ان کے کمرے میں داخل ہوئیں۔ بتیسی نکلی پڑتی تھی۔ سنہری کیلیں چمک رہی تھیں۔ حسبِ معمول لڑکیاں ان کے ساتھ تھیں۔ جب لڑکیاں ساتھ تھیں تو قدرتی طور پر لڑکے بھی ساتھ تھے۔۔

بڑی سردارنی کو چھوٹی سردارنی کے یہ لچھن پسند نہیں تھے اور پھر اس موقع پر؟ چنانچہ اس نے چپکے سے ناک بھوں چڑھا کر ہاتھ کو ذرا سا گھما کر ناپسندیدگی کا اظہار کیا۔ اسے یقین تھا کہ باج بھی اس معاملے میں اس سے متفق ہے لیکن باج نے بڑی دیدہ دلیری سے اپنے بے ڈول دانتوں کی نمائش کی اور تر مال اپنے سامنے پا کر اس نے دل ہی دل میں نعرہ لگایا "جو بولے سو نہال۔۔"

چھوٹی سردارنی مع کمسن پریوں کے اور جنات کے دھوم دھڑاک سے آگے بڑھیں۔ ان کے پہلو بہ پہلو ان کا ہاتھ جھلاتی گھکی چہکتی، پھدکتی چلی آ رہی تھی۔ گھکی محض بانکی نہیں تھی بلکہ اسے اپنے بانکپن کا احساس بھی تھا۔ ہر نگاہ جو اس کے چہرے یا جسم پر پڑتی تھی۔ اس کا ردِ عمل اس کی ابروؤں کی لرزش، ہونٹوں کی پھڑکن یا جسم کی کسی نہ کی حرکت سے ظاہر ہو جاتا۔

اس کے بعد نگّی۔۔ گھکی نوک پلک اور چہرے کے خدوخال کے لحاظ سے غضب تھی تو نگی بدن کے اعضا کی متناسب بناوٹ، تناؤ اور تڑپ کے اعتبار سے قیامت تھی۔ اس کی نظریں بڑی بہن کی طرح دور تک نہیں پہنچتی تھیں۔ وہ اس انسان کے مانند دکھائی دیتی تھی جو ویرانے میں بھٹکتا بھٹکتا دفعتاً میلے میں آ نکلے۔۔

نگّی کی چندری کا دامن اندھی سانولی کے ہاتھ میں تھا۔ اس کا چہرہ اوپر کو اٹھا رہتا۔ وہ بڑی دونوں بہنوں سے کم گوری تھی۔ خدوخال گوارا لیکن چہرہ بحیثیت مجموعی پر کشش تھا۔ اسے اس بات کا مطلقاً احساس نہیں تھا کہ مرلی والا اس کے بدن میں عمر کے ساتھ ساتھ کیا کیا تبدیلیاں کر رہا ہے۔ کیونکہ اس معمے کا احساس تو لڑکی کو آنکھیں چار ہونے پر ہی ہو سکتا ہے۔ وہاں ایک بھی دیکھنے والی آنکھ نہیں تھی۔ اِس لیے آنکھیں چار ہونے کا وچار ہی پیدا نہیں ہوتا تھا۔۔

''بلّے بلّے'' باج کو اپنے کان میں آواز سنائی دی۔ دیکھا کہ بونگا بھی اسے کارخانے میں نہ پا کر وہاں آن پہنچا تھا اور پھر رال ٹپکاتے ہوئے بولا ''جار ! گھکی کی کمر تو دیکھو۔ کیسی پتلی، کیسی لچکدار ہے، آنکھیں نہیں ٹکتی اس پر۔۔''

''اوئے میں جُتی پنجاب دی۔ میرا ریشم بر گا لک۔۔''

معاً باج نے بونگے کو کہنی کا ٹھوکا دیتے ہوئے کہا ''دیکھ اوئے جل ککڑ ! !''

جل ککڑ پریس میں لیبل پرنٹ کیا کرتا تھا۔ اس کی عمر چونتیس برس کے لگ بھگ ہو گی۔ دو بچے بھی تھے۔ تعجب ! وہ بھی سینگ کٹا کر بچھڑوں میں شامل ہو گیا تھا۔ یہ راز باج کی سمجھ میں اب تک نہ آیا تھا۔ لیکن آج اس نے دیکھا کہ کیسے جل ککڑ نے دیدہ دانستہ نگی کو دھکا دیا اور کیسے نگی معشوقانہ ادا کے ساتھ اس کی اس حرکت کو برداشت کیا لیکن آخر جل ککڑ میں رکھا ہی کیا تھا۔ اس کی مضحکہ خیز صورت کی وجہ سے ہی تو یاروں نے اس کا نام جل ککڑ تجویز کیا تھا۔۔ مگر عورت کے دل کو کون پا سکتا ہے۔۔

بونگے نے کہا ''جار یہ تو دور مار توپ نکلا۔ کیسا، مسکین بنتا تھا''

آج کل جل ککڑ زیادہ تر رنگین بشرٹ پہنے رہتا تھا جس کے کپڑے پر چینی طرز کے اژدہا ناچتے دکھائی

دیتے تھے۔

سردار جی کے لڑکے بھی ''چل کبڈی تارا۔سلطان بیگ مارا'' کہتے ہوئے ساتھ ساتھ چلے آرہے تھے اور ان کے پیچھے وہ نوجوان تھا جو وہاں کوئی امتحان دینے کے لیے نیا نیا آیا تھا۔اسے دیکھتے ہیں باج نے پوچھا

''اوے ماں دیا مترا اڑا ایہہ کون ہے''

''اوئے جیہہ بھی اپنا منڈا اہے۔نواں داکھل ہویا اے عسک دے مدرسے دے بچ''

''ہچھا ہچھا۔۔ایہہ تاں پرسوں ہی آیا ہے''

''آہو جی لونڈیوں کی باتیں چھوڑو۔اب ناریوں کی باتیں کرو''

پریوں کے اس قافلے نے زمین پر ڈیرے ڈال دیے اور اس کی خوش نوائیوں میں بڑی سردارنی اپنے آپ کو تنہا محسوس کرنے لگی۔

''اوئے پر جی چمن کہا ہے؟''

ایک چھوٹا لڑکا (غالباً بڑی سرداری کا جاسوس) جو بیٹھک سے اسی وقت وہاں آیا تھا بولا۔''چمن ادھر بیٹھک میں بیٹھا ہے''

باج کو حیرت ہو رہی تھی، یہ کیا؟ گل اِدھر اور بلبل ادھر؟ پھر اسی جذبے کے تحت اس نے گھکی کی جانب دیکھا۔وہ نظروں ہی نظروں میں سب کچھ سمجھ گئی۔اس کے ابرو لرزے، پلکیں جھپکیں، کمر لچکی اور پھر وہ ساکت ہوگئی۔باج نے دل پھینک تیور بنا کر آنکھوں ہی آنکھوں میں سمجھایا کہ لو ہم تفتیش کرتے ہیں اور حسن کے چور کو حسن کے حضور میں حاضر کرتے ہیں۔چنانچہ اس نے بلند آواز میں پوچھا''لیکن بئی وہ وہاں کیا کر رہا ہے؟''

''اُدھر ایک جرنیل صاحب بیٹھے ہیں''

باج نے سوچا کوئی فوجی افسر ہوگا۔یہ لونڈے ہر ایسے افسر کو ایک دم جرنیل بنا دیتے ہیں۔پھر بولا ''پر بائی! چمن کا وہاں کیا کام؟''

''چمن کے بابو جی بھی بیٹھے ہیں''

اس سے مراد یہ کہ چمن کو باپ کی وجہ سے مجبوراً وہاں بیٹھنا پڑ رہا ہے ''اچھا تو بچو چمن کو انھوں نے وہاں کس لیے پھانس رکھا ہے'' باج نے جرح کی۔

''وہ پھوج میں بھرتی ہو رہا ہے'' لڑکے نے ٹیں سے جواب دیا۔

اب باج نے ایک نظر بڑی سردارنی پر ڈالنا ضروری سمجھا اور پھر منہ ٹیڑھا کر کے اس کے ایک کونے میں سے سانپ کی پھنکار کی سی آواز نکالتے ہوئے بولا ''اے جی آپ کا جسوس تو بڑا ہسیار نکلا''

داد پا کر سردارنی ہاتھی کی طرح جھومنے لگیں اور دیر تک جھومتی رہیں۔

جب جسوس لونڈے کو محسوس ہوا کہ وہ ایسی باتیں کہہ رہا ہے جن سے سب کو بڑی دلچسپی محسوس ہو رہی ہے تو اس نے مزید معلومات بہم پہنچانے کے لیے کہا ''چمن ماہاؤ جا رہا ہے''

''اوئے ماہاؤ کون جگہ کا نام ہے۔ وہاں تیری ماؤں (ماں) رہتی ہے کیا؟'' بونگے نے دبی زبان میں کہا تا کہ صرف باج سن سکے۔

سردار نے کہا ''اوئے ماہاؤ نہیں مہو کہو مہو''

'' کیا چمن، مہو جا رہا ہے؟'' سردار جی کے چھوٹے لڑکے نے سوال کیا اور ساتھ ہی پہلے تو مصنوعی تعجب کے مارے دونوں ٹانگیں خوب پھیلا کر اور پاؤں فرش پر جما کر بالکل بے حس و حرکت کھڑا رہا اور پھر سمٹ کر جو کودا تو کمرے باہر اور بیٹھک کے اندر۔

''اوئے چمن ہم کو چھوڑ کر مہو جا رہا ہے اور ہم کو خبر تک نہیں دی''

لفظ ''ہم'' سے اس کا اشارہ گھکی کی طرف تھا۔ یہ الفاظ اس نے کھڑے ہو کر کہے۔ اس وقت اس کی میلی کچھ کا اور بھی زیادہ میلا ازار بند اس کے دونوں گھٹنوں کے بیچ میں جھول رہا تھا اور اس نے پر معنی انداز میں کنکھیوں سے گھکی کی جانب دیکھا۔ بھلا گھکی کو اس کی بات پا لینے میں کیا مشکل پیش آسکتی تھی۔ اس کے دل میں ایسی گدگدی پیدا ہوئی کہ وہ اٹھ کر رقصاں و شاداں چھوٹی سردارنی کے ایک بازو سے اٹھ کر اس کے دوسرے پہلو میں جا بیٹھی اور بے حد سریلی آواز میں بولی ''ہمیں پہلے ہی سے معلوم تھا''

گھکی نے یہ بات زیادہ زور سے نہیں کہی لیکن یہ اتنی بلند ضرور تھی کہ باج اسے آسانی سے سن سکے۔

اس پر باج ٹھنڈا ہو کر ٹھنڈے فرش پر اس طرح بیٹھ گیا جیسے غبارے میں سے دفعتاً ساری ہوا نکل جائے اور پھر اس نے ابرو ہلا کر اور مونچھیں پھڑ کا کر بونگے کے کان میں کہا:

''جار! سچ مچ یہ لونڈیا بڑی چلتی پر جی ہے''

-- ٦ -- ایت وار!

آج سردار جی کے دونوں لڑکے دس بجے کا انگریزی شو دیکھنے جا رہے تھے۔ بڑے زور شور کے ساتھ تیاریاں ہو رہی تھیں۔ نہ جانے کب کی پرانی نیک ٹائیاں برآمد کی گئیں۔ ایک مسہری لگانے کے بانس کے

سرے پر بندھی تھی اور دوسری بڑے ٹرنک کے پیچھے سے گیند کی طرح گول مول کی ہوئی نکی۔

چونکہ اس وقت چھوٹی سردارنی غسل کر رہی تھیں اس لیے ان کی چیلیاں بے جان سی ہو کر ادھر اُدھر لٹک رہی تھیں۔ نکّی بڑی سردارنی کے ساتھ باورچی خانے کے اندر بیٹھی تھی۔ سانولی پرے نل کے پاس بیٹھی ایڑیوں کو رگڑ رگڑ کر دھو رہی تھی۔ دستی ہلانے والا نیا نوجوان تھا۔ گھکی حویلی کے بڑے دروازے کے آگے بنی ہوئی چند پختہ سیڑھیوں کے بیچ والے حصے پر بیٹھی تھی اس کی دونوں کہنیاں اس کے گھٹنوں پر ٹکی تھیں اور دونوں ہتھیلیوں کے بیچ میں اس کا چہرہ پھنسا ہوا تھا۔ اس کی آنکھیں اداس تھیں۔ چمن کو گئے پچیس دن گزر گئے تھے لیکن گھکی کو اس کا ایک خط تک نہ آیا تھا۔ حالانکہ دوسروں کو اس کی چٹھیاں آ چکی تھیں۔۔

اتوار کی وجہ سے چھٹی تھی، اس لیے کاریگروں کی گہما گہمی نہیں تھی۔ البتہ باج اور بونگا موجود تھے کیونکہ وہ مستقل طور سے وہیں پر مقیم تھے۔

دیواروں کی سفیدی کرنے کے کام میں آنے والے پانچ فٹ اونچے اسٹول پر پاؤں کے بل بیٹھا باج داتن چبا رہا تھا۔ اسٹول کے ساتھ سٹ کر زمین پر بیٹھا ہوا بونگا آئینے میں دیکھ دیکھ کر چمٹی سے ناک کے بال نوچ نوچ کر پھینک رہا تھا۔

دور بیٹھک کی طرف سے ایک بڑے سنگھ کی آواز میں سردار جی پاٹھ کر رہے تھے۔ سردار جی کا پاٹھ اور باج کی داتن دونوں مشہور چیزیں تھیں۔ ادھر سردار جی مسلسل کئی کئی گھنٹے پاٹھ کرنے میں چپے رہتے۔ ادھر اتوار کو فرصت پا کر باج علی الصبح ہی منہ میں یہ لمبی داتن اڑس کر بیٹھ جاتا۔ پہلے اسے چباتا پھر دانتوں پر گھساتا۔ پھر چباتا اور دانتوں پر گھستا۔ یہاں تک کہ داتن ختم ہو جاتی۔

بونگے نے اپنے کام سے فرصت پا کر اطمینان سے ٹانگیں زمین پر پھیلا دیں۔

بلند نشین باج نے اپنے تیزی سے ہلتے ہوئے منہ کو لمحہ بھر کے لیے روکا اور بونگے سے مخاطب ہو کر دبی زبان میں پھنکار کر بولا ”بونگیا! آج گھکی کچھ اداس ہے۔ شاید چھوٹی سردارنی کا انتجار ہو رہا ہے“

اس طرح بولنے سے باج کی مونچھوں میں پھنسے ہوئے تھوک کے قطرے اڑ کر بونگے کے چیچک مارے چہرے پر پڑے اور اس نے بھڑک کر اسٹول کو ذرا سا ہلا دیا اور چھوٹی چھوٹی آنکھیں لال چنگاری بنا کر کہا

”اوئے ابھی ہلا دوں تو راج سنگھاسن سے سر کے بل نیچے گر پڑے۔ ہم پر تھوکتا ہے؟“

اسٹول کے قدرے ہل جانے پر باج نے گدھ کے مانند بازو پھڑپھڑائے اور اس کی طرف دھیان دیئے

بغیر بولا'' کیوں یہی بات ہے نا! ملکاں (چھوٹی سردارنی) کا انتجار ہو رہا ہے''

''اوئے نئیں ۔۔'' بونگے نے نتھنے پھلا کر عالمانہ انداز میں جواب دیا ''ہیر کو رانجھے کا۔ سسی کو پنوں کا۔ گوپی کو کنہیا کا انتجار ہے، سمجھے؟''

''سمجھا'' باج سے بھلا کیا بات چھپی تھی۔ اس نے بونگے کو محض گرمانے اور پھر اس کی کسی حرکت بازی کا لطف اٹھانے کے لیے ان جان پن کا ثبوت پیش کیا تھا۔

اب بونگے نے احتیاط سے ادھر اُدھر دیکھا اور کسی کو قریب نہ پا کر ہلکا سا نعرہ بلند کیا ''ہائے'' روئے سخن گھگّی کی جانب۔

''کیا ہے؟'' باج نے پوچھا اور سمجھ گیا کہ بونگے کو خرمستی سوجھ رہی ہے۔

''درد'' بونگے نے جواب دیا۔

''کہاں؟''

''جیہہ تو میں مر جاواں تاں بھی نہ دستاں'' بونگے نے خاص زنانہ آواز میں جواب دیا اور پھر قدرے سکوت کے بعد گانے لگا۔

''چھوڑ گئے بالم!''

''اکیلی مجھ نوں چھوڑ گئے''

فضا بونگے کی ٹرٹراتی آواز سے گونج اٹھی۔

اب دونوں چھوٹے سردار تیار ہو کر اندر سے نکلے تو اس شان سے کہ پہلے تو بڑے بھائی نے اندر سے چھلانگ لگائی تو گھگی کے اوپر سے کود کر صحن میں۔ وہ سمجھنے بھی نہ پائی تھی کہ دوسرا بھائی صاف کود گیا اوپر سے۔ گھگی ہڑبڑا کر اٹھ کھڑی ہوئی۔ اس کا چہرہ لال بھبھوکا ہو گیا۔ چمک کر بولی ''ہمیں نہیں اچھا لگتا ایسا مجاخ، اگر ہماری گردن ٹوٹ جاتی تو؟''

اس پر چھوٹے بھائی نے پنجاب کے مشہور لوک ناچ بھنگڑا کے انداز میں چند چک پھریاں لیں اور گلے کی گہرائیوں میں سے نہایت گھگیائی ہوئی آواز نکال کر گیت کا بول دہرایا:

''چھوڑ گئے بالم!''

اُدھر بونگا بھی بس تیار ہی بیٹھا تھا۔ فی الفور چھاتی پر دوہتڑ مار کر بین سر میں گا اٹھا:

''اکیلی مجھ کو چھوڑ گئے''

اس پر باج نے جو قہقہے لگائے تو وہ سیدھے آسمان کے اس پار پہنچے۔ بڑی سردارنی معہ نکّی کے باورچی خانے کے دروازے میں آن کھڑی ہوئیں۔ چھوٹی سردارنی بھی غسل سے فارغ ہو کر نکل آئیں۔ سانولی سمجھی ضرور کوئی مزیدار بات ہو رہی ہے۔ چنانچہ وہ نل کے پاس بیٹھی زور زور سے ہنسنے لگی۔

چلتے چلتے چھوٹا سردار وہی بول دہراتا گیا اور بونگا بھی گرمی کھا کر سینے پر دوہتڑ مار مار جواب دیتا گیا۔ صحن میں قیامت کا شور سن کر بڑے سردار جی اندر سے ہی کڑکے۔۔ تو چھوٹے سردار جی بگٹٹ بھاگے۔ باج اسٹول سے کودا اور بونگے سمیت کارخانے میں جا گھسا۔ بڑی سردارنی اور نکّی نے اندر سے باورچی خانے کا دروازہ بھیڑ دیا۔ گھکی اچھلی اور چھوٹی سردارنی نے اسے بغل میں دابا اور ایک بار پھر غسل خانے کے اندر۔۔

--۷ --

دیوی داس کے مکان اور دکان کے آگے سڑک کے آر پار کاغذ کی رنگ برنگی جھنڈیاں لہرا رہی تھیں۔ باجے بج رہے تھے۔ گھر کے اندر کسی تاریک گوشے میں چند عورتیں بطخوں کی قیں قیں کی سی آواز میں ٹوٹے پھوٹے گیت گا رہی تھیں۔

گھکی کی شادی ہو رہی تھی!

چمن کے ساتھ؟ نہیں۔

بارات آنے والی تھی۔ محلے کے لونڈے دوڑ دوڑ کر دولہا کی پیشوائی کو جاتے لیکن بڑے بوڑھوں کی زبانی یہ سن کر کہ ابھی بارات نہیں آئی تو مایوس ہو جاتے اور چپ چاپ چڑوے ریوڑیاں چبانے لگتے۔

بیٹھک میں بڑے سردار جی اور ان کے چند معزز اور بزرگ ساتھ کاٹھ کے الوؤں کی طرح ساکت بیٹھے تھے۔ کبھی ایک آدھ بات ہو جاتی تو سب اثبات میں سر ہلا ہلا کر اظہارِ اطمینان کرتے۔

پریس کے کاریگر سڑک کی جانب برآمدے میں کھڑے تماشہ دیکھ رہے تھے۔ ادھر کارخانے کے کاریگر بغلیں بجاتے چھت پر چڑھ گئے۔ وہاں سے دیوی داس کی نیچی چھت صاف دکھائی دیتی تھی۔ اس کی چھت پر دس پندرہ چارپائیاں بچھی تھیں کیونکہ زیادہ براتیوں کے آنے کی امید نہیں تھی۔ چند بچے اور عورتیں بے جان رنگوں کے کپڑے پہنے سست قدموں سے ادھر اُدھر کے کامی کرتی پھرتی تھیں۔ قریب والے پیپل کے پیڑ کا تاریک سایہ چھت پر پھیل رہا تھا۔۔ اور باجے الگ کراہ رہے تھے۔۔

چھت والے کاریگروں میں سے ایک سر ہلا کر بولا ''تت تت عورت کی بے وفائی کے بارے میں سنا تھا،

لیکن آج اپنی آنکھوں سے دیکھ لی"

بونگے نے نتھنے پھلا کر اس کی طرف دیکھا اور پھر کچھ کہنے کے لیے منہ پھلایا۔۔اور پھر نتھنے اور منہ دونوں سکوڑ کر رخ دوسری جانب پھیر لیا۔

کاریگر کو تعجب ہوا۔اس نے باج کو کندھا مار کر کہا" کہو استاد! آج بونگے کو کیا ہو گیا ہے"

باج نے پہلے پھولے ماری آنکھ دکھا کر بے رخی برتی۔لیکن پھر چشم بینا سے شرارے برسا کر کہا"عورت کی بے وفائی نہیں، مرد کی بے وفائی کہو"

"یعنی؟"

"جعنی جیہہ کہ چمن کو یہاں سے گئے تین مہینے گزر چکے ہیں اس نے ایک سطر تک نہیں لکھی گھکی کو۔۔"

"اور گھکی نے؟"

"اس نے اپنے ہاتھ سے ٹوٹی پھوٹی ہندی میں اسے کئی چٹھیاں لکھیں لیکن ایک کا بھی جواب نہیں آیا"

اب بونگے نے بھی بولنا شروع کر دیا"چمن نے اپنے چار دوستوں کو لکھا کہ کسی نہ کسی طرح گھکی کو چٹھی لکھنے سے روکا جائے۔ہر چٹھی اس کی اس بات سے کہ اگر میرے پر ہوتے تو میں اڑ کر آپ کے پاس آ جاتی"تنگ آ گیا ہوں"

"اُدھر کہیں چمن کے پتا جی وہاں جا نکلے"باج نے بات آگے بڑھائی"ان کی موجودگی میں کہیں کوئی کھت آیا تو انھوں نے پڑھ لیا۔ پہلے بیٹے کے کان مروڑے اور پھر یہاں آ کر بڑے سردار جی کو بتایا۔سردار جی نے دیوی داس کو بلایا اور کہا"اوئے لونڈیا کی سادی کر دے جھٹ پٹ، پندرہ دن کے اندر۔نہیں تو دکان کھالی کر دے اور اٹھا بوریا بستر مکان سے بھی"ایسے مسکل سمیں میں بھلا دیوی داس کہاں جاتا۔ ہاتھ جوڑ کر کہنے لگا۔ پر جی گریب کی لڑکی کی سادی بھلا اتی جلدی کہاں ہو سکتی ہے؟"چمن کے باپ نے کہا " آ کھر تمہاری لونڈیا کو ایسے کھت لکھنے کی ہمت کیسے ہوئی۔جمیں کی کھاک سر کو چڑھے۔ بڑے سردار جی نے ڈانٹ پائی۔اب میں نے کہہ دیا۔جیادہ رعایت نئیں نا ہو سکتی۔ پندرہ دن کے اندر اندر سادی کر ڈال کہیں، نئیں تو مکان اور دکان دونوں سے کھارج"

گفتگو اسی منزل پر پہنچی تھی کہ بڑی سردارنی جی بھی اوپر آ نکلیں اور حسبِ عادت باج کے قریب کھڑی ہو گئیں۔اپنی آمد پر سب کو چپ دیکھ کر بولیں"بارات نہ جانے کب آئے گی؟"

ان کی بات ختم بھی نہیں ہونے پائی تھی کہ لوگ باگ چلا اٹھے "بارات آ گئی، بارات آ گئی۔"
شہنائیاں اور زور سے کائیں کائیں کرنے لگیں۔

تھوڑی دیر بعد سردار کا چھوٹا لڑکا دوڑا آیا "اوئے لٹیا ڈوب گئی۔ دھت تیری کی"

"کیوں خیریت؟ دولہا دیکھا؟ کیسا ہے؟" سب نے ایک زبان ہو کر پوچھا۔

لڑکے نے بڑے واہیات انداز سے بازو ادھر اُدھر پھینک کر جواب دیا "دھت تیری کی۔۔ چڑی مار۔۔ بالکل چڑی مار دکھائی دیتا ہے"

--۸--

اگست ۴۷ء کے فسادات زور شور سے شروع ہوئے تو حویلی کے مکینوں اور کاریگروں کے وقت کا کچھ حصہ قتل و غارت، ہندوؤں اور سکھوں پر ڈھائے گئے مظالم اور ان کی خواتین کی آبرو ریزی جیسے موضوعات پر صرف ہونے لگا۔ لیکن وہاں کی روزمرہ کی زندگی اور چہل پہل میں کوئی خاص فرق نہیں آیا تھا سوائے اس کے کہ گھکی کی شادی کو تین ساڑھے تین ماہ گزر چکے تھے۔ ان تین مہینوں کے دوران میں چمن دو چار دن کے لیے جالندھر آیا۔ انھوں نے الگ مکان کا انتظار کر لیا تھا۔ پھر بھی چمن سردار جی کے گھر چوری چھپے آتا رہا۔ وہ گھکی سے بچ کر رہتا تھا۔ خود گھکی نے بھی بطورِ خاص اس امر کی احتیاط برتی کہ اس کی چمن سے مڈ بھیڑ نہ ہو۔

چمن نے سردار جی کے لڑکوں کو بتایا کہ مہو میں اس کی زندگی بڑے مزے اور چین میں کٹ رہی تھی۔ ارد گرد معشوقوں کی بھی کچھ کمی نہیں تھی۔ اس نے ایک نیا آرٹ سیکھا تھا۔ جس کا مظاہرہ اس نے سگریٹ کے دھوئیں کے مرغولے بنا بنا کر کیا۔ اگر گھکی کی کوئی بات چلتی تو کہتا "ہندوستانی لڑکیاں بھی بس، عجیب ہوتی ہیں۔ ذرا ہنس کر بات کر لو تو گلے کا ہار ہو جاتی ہیں۔ فولش (Foolish) چائلڈش (Childish)!!"

بالآخر وہ گھکی سے ایک بات کیے بغیر ہی واپس چلا گیا۔

بظاہر گھکی پر اس کا کوئی خاص ردِّ عمل نہیں دیتا تھا۔ وہ اب بھی چھوٹی سردارنی کے ساتھ اٹھتی بیٹھتی، ہنستی بولتی، لیکن اس کے دل کو گھن لگ چکا تھا۔ اس کا جسم نرم اور کمزور تو پہلے ہی تھا۔ لیکن اب تو بالکل ہی ہڈیوں کا ڈھانچہ سا ہوتا جا رہا تھا۔ وہ نہایت نازک اور شگفتہ پھول کے مانند تھی اسے اگر مناسب حالات میسر آ جاتے تو یقیناً اس کی مہک دور دور تک پھیلتی۔ لیکن اب وہ درد دبا کر خاموش ہو گئی تھی۔ اس کے

چہرے سے ایسا سنجیدہ وقار ٹپکتا تھا کہ اب کسی کو اس سے چہل بازی کرنے کی جرأت تک نہیں ہوتی تھی۔ اُسے کھانسی آنے لگی تھی۔ جب کھانسی چھوٹتی تو وہ اپنے کمزور سینہ کو چھوٹے چھوٹے ہاتھوں سے تھام کر کھانستے کھانستے بے حال ہو جاتی۔ اس کا چہرہ سرخ ہو جاتا۔ بعض دیکھنے والوں کو اس کی حالت پر ترس آنے لگتا۔ لیکن وہ مسکراتی ہوئی اپنے خوش وضع سر کو پیچھے کی جانب پھینک کر اسے دائیں بائیں دو چار جھٹکے دیتی اور پھر بات چیت میں مصروف ہو جاتی۔

نکّی، البتہ اب اڑ نکلی تھی۔ اسے بات بے بات پر اس قدر ہنسی چھوٹتی تھی کہ بس لوٹ پوٹ ہو جاتی۔ پہلے گھکی ان محفلوں کی جان تھی تو اب نکّی! گھکی کا رویہ پہلے بھی پُروقار تھا۔ اب سینہ پر زخم کھا کر وہ اور سنجیدہ ہو گئی تھی۔ مگر نکّی شروع ہی سے شوخ تھی اور اب میدان صاف پاکر وہ تڑپتی ہوئی بجلی بن گئی تھی۔ چھیڑ چھاڑ کی اس میں بہت برداشت تھی۔ اس لیے وہ گھکی سے زیادہ مقبول تھی۔ خفا ہونا تو اسے آتا ہی نہیں تھا۔ سمٹنا، بننا، بچنا، جھوٹوں ہی ابرو پہ بل ڈالنا، پٹھے پر ہاتھ نہ رکھنے دینا، یہ سب درست، پھر بھی وہ خفا نہیں ہوتی تھی۔ خواہ کچھ بھی ہو جائے۔ اس کی چہک اور مہک میں فرق نہیں آتا تھا۔

اب نکتہ سنجوں کو یہ بھی کوئی راز کی بات نہ رہی تھی کہ نکّی کا خاص منظورِ نظر پریس کا وہی آدمی تھا جسے سب جل ککڑ کہتے تھے لیکن سمجھ میں نہ آنے والی بات یہ تھی کہ آخر اس کے پاس کون سی ایسی گیدڑ سنگی تھی جس کی وجہ سے نکّی سب کو چھوڑ چھاڑ کر اس کی بغل گرم کرتی تھی۔

ایک روز شام کے وقت ایک بہت بڑے زمین دوز چولہے پر لوہے کی کڑاہی جمائی گئی جسے دیکھ کر سب کے منہ میں پانی بھر آیا۔ کیونکہ چند مہینوں کے وقفے کے بعد یہ وہ شام ہوتی تھی، جب بڑی سردارنی کڑاہی میں ریت گرم کر کے اس میں مکّی، چنا اور چاول بھونتیں، گڑ ملا کر ان کے مونڈے تیار کرتیں اور سب کو جی بھر کر کھلاتیں۔ چنانچہ جب کارخانے کے اندر تیشہ چلاتے ہوئے باج سنگھ کو بونگے نے خبر سنائی کہ آج صحن میں کڑاہی جمائی گئی ہے اور بڑی سردارنی کے کیا تیور ہیں تو اس سے نہ رہا گیا۔ وہ تیشہ ویشہ پھینک فوراً باہر نکلا اور دیکھا کہ بونگے جو زیادہ تر جھوٹ بولا کرتا تھا، اب کے جھوٹ نہیں کہا تھا۔

بڑی سردارنی نے جب باج کو دیکھا تو انداز ے سے مسکرائی کہ جیسے اسے پہلے ہی یقین تھا کہ باج سب کام چھوڑ چھاڑ کر فوراً باہر آئے گا۔ آج سردارنی نے جامنی رنگ کا دوپٹہ اوڑھ رکھا تھا۔ یوں تو اسے کوئی بھی رنگ نہیں پھبتا تھا لیکن جامنی رنگ تو بہت ہی بھونڈا لگ رہا تھا۔ اس رنگ کے تلے اس کے پلپلے ہونٹوں پر مسکراہٹ پھیلتی جا رہی تھی۔ باج سے آنکھیں چار ہوتے ہی وہ بامعنی انداز سے ٹھمک کر باورچی خانے

میں داخل ہوگئی۔

رفتہ رفتہ سب قسم کے دانے بھن چکے تو پھر نگّی کی مدد سے بڑی سردارنی نے سوندھی سوندھی بووالے دانوں کو گڑ میں ملا کر الگ الگ قسم کے مرونڈے تیار کیے۔

چرن منٹ منٹ کی خبر پریس میں پہنچا رہا تھا۔ کارخانے کے کاریگر چونکہ باورچی خانے کے زیادہ نزدیک تھے۔ اس لیے وہ کام میں من لگا ہی نہیں سکے۔ وہ اس بات کے منتظر تھے کب سردارنی اپنی لوچ دار آواز میں انہیں کھانے کی دعوت دے اور کب وہ پل پڑیں میٹھے مرونڈوں پر۔

سب سے پہلے سردارنی نے گھکی کو آواز دی۔ اب اسے گھکی پر پیار سا آنے لگا تھا۔ گھکی دونوں کہنیاں گھٹنوں پر ٹکائے اور منہ بازوؤں میں چھپائے کھانس رہی تھی۔ کھانس چکی تو حسبِ عادت اس نے سر کو پیچھے کی جانب پھینک کر دائیں بائیں دو چار جھٹکے دیئے اور پھر ہنسنے لگی۔۔ اس کی ہنسی خوب فراخ ہوتی تھی۔ لیکن اس کے باوجود اس کے چہرے پر عجیب کیفیت طاری رہتی تھی۔ اب اس پر پہلے والے لطیف ردِّعمل نہیں ہوتے تھے، یوں معلوم ہوتا تھا جیسے وہ خود اپنے لیے ہنس رہی ہے۔۔ اسی طرح کھل کھلا کر ہنستی ہوئی وہ آگے بڑھی اور اس نے دونوں ہاتھ ایسے پھیلائے جیسے اسے مندر یا گوردوارے سے پرشاد مل رہا تھا۔

بڑی سردارنی نے سب کو نام لے لے کر بلایا "وے بونگیا، وے چرن، نی سانو لیے، نی پریمو۔۔" باج اپنے محبوب اسٹول پر ٹنگا ہوا تھا۔

اسے نہیں بلایا گیا۔

نہیں، اسے نام لے کر نہیں بلایا گیا۔ بلکہ سب کی نظریں بچا کر سردارنی جی اسے ابروؤں آنکھوں اور سر کے اشاروں سے بلاتی رہیں۔ گویا اس کے لیے مخصوص پیغامات بھیجے جا رہے تھے۔ باج بھی ایک کائیاں تھا۔ جی میں حیران بھی تھا کہ کہیں ایسا نہ ہو کسی روز سردارنی بنل گیر ہو جائے۔ کچھ دیر سردارنی کی حرکات سے محظوظ ہونے کے بعد وہ قلانچ بھر کر اسٹول سے اترا اور دوسری قلانچ میں وہ سردارنی کے قریب پہنچا۔ مرونڈے لیتے وقت اس سردارنی کی پسلیوں میں کہنی کا ایک ٹھوکا بھی دیا۔ کیونکہ۔۔ اب اتنا حق تو ضرور تھا سردارنی کا اس پر۔

بونگا آج بہت لاڈ میں آیا ہوا تھا۔ باج کے پاس بیٹھنے کے بجائے وہ چھوٹی سردارنی کے قریب جا بیٹھا اور بندر کی طرح بڑے مبالغے کے ساتھ منہ آگے کو بڑھا کر اور چپ چپ کی آوازیں نکالتا ہوا مرونڈے چبانے

لگا۔اسی وقت نکّی کو قریب سے خاص انداز میں اٹھتے اور ذرا غیر قدرتی انداز میں چلتے دیکھ کر بونگے نے چھوٹی سردارنی سے مخاطب ہوتے ہوئے بڑی بیباکی سے کہا:

''او جی! نکّی کا پاؤں بھاری دکھائی دیتا ہے''

باج نے بھی یہ بات سن لی۔اس نے غور سے دیکھا تو اسے بھی یقین سا ہونے لگا اس نے سوچا۔آخر بات کیا ہے۔آج بونگا سچ ہی بولے جا رہا ہے۔

--۹--

رفتہ رفتہ نکّی کا پاؤں اور زیادہ بھاری ہو گیا تو حویلی میں کچھ چہ مہ گوئیاں ہونے لگیں اور پھر دفعتاً نکّی غائب ہو گئی۔پہلے تو یہ افواہ اڑی کہ وہ جل ککڑ کے ساتھ غائب ہوئی لیکن جل ککڑ حسبِ معمولی کام پر آتا رہا۔ سب سے اہم بات یہ تھی کہ جس روز نکّی غائب ہوئی تو اس کے گھر والوں نے پریشانی کا اظہار بالکل نہیں کیا۔تیسرے دن گھکی نے دبی زبان سے اعتراف کیا کہ موسی گاؤں سے آئی تھی۔وہ اسی کے ساتھ چلی گئی تھی۔موسی کب آئی تھی؟ بس وہ آئی اور چلی گئی۔لیکن نکّی نے کبھی کہیں جانے کا ارادہ ظاہر نہیں کیا تھا۔۔ان سب سوالوں کا ٹال مٹول کے سوا کوئی جواب نہیں تھا۔۔اگر کوئی اور زیادہ کرید کر پوچھتا تو گھکی کو کھانسی چھڑ جاتی۔وہ کھانستے کھانستے بے حال ہوتی۔یہاں تک کہ بات آئی گئی ہو جاتی۔

ماہِ اکتوبر ختم ہونے کو تھا لیکن اگست سے جو فسادات شروع ہوئے تھے، ختم ہونے ہی میں نہ آتے تھے۔ حویلی کے طویل وعریض صحن کے ارد گرد متعدد کوٹھڑیاں بنی ہوئی تھیں۔بہت سے کاریگر شہر کے خطرناک حصوں سے نکل کر معہ بال بچوں کے عارضی طور پر وہاں مقیم تھے۔چنانچہ رات کو کارخانے میں کافی رونق ہو جاتی۔کھانے سے فارغ ہو کر کاریگر گئی رات تک آپس میں گپ شپ ہانکتے اور مغربی پنجاب میں جو مظالم ہندوؤں اور سکھوں پر ڈھائے جا رہے تھے۔ان کی دل کھول کر مذمت کرتے۔

ایسی ہی ایک رات تھی۔

کھانا کھانے کے بعد کاریگروں کا ایک گروہ کارخانے میں گھسا گپ شپ میں مصروف تھا۔ٹھنڈی ہوا چلنے لگی تھی۔اسی لیے اندر سے کنڈی چڑھا دی گئی تھی بلکہ بونگا تو سلگتے ہوئے اپلوں کی مٹی کی انگیٹھی رانوں میں دبائے بیٹھا تھا۔کس نے آوازہ کسا:

''ابے بونگے اچھی جوانی ہے سالے، انگیٹھی رانوں میں دابے ہے''

''جار! جن انگیٹھیوں کی گرمی تھی ان میں سے ایک کی سادی ہو گئی اور دوسری گائیب۔۔''

"ہاں بھئی ڈیڑھ مہینہ ہو گیا نگّی کو گیب ہوئے"

ایک بولا "جار اچھی بات جاد دلائی مجھے، آج ایک آدمی ملا تھا جو نگّی کی موسی کے گاؤں کے قریب والے گاؤں میں رہتا ہے"

"کیا نگّی کی کوئی کھبر ملی؟" ایک نے دو نے دلچسپی لی۔

"ہاں"

"کیا؟"

"اس نے کنویں میں چھلانگ لگا دی تھی"

"ہرے رام!!"

"اس نے جیہہ بھی بتایا کہ اس کے بچہ ہونے والا تھا"

"ہو۔۔او۔۔پھر؟"

"اس نے بتایا جیادہ کھبر نہیں۔ سنا تھا کہ لڑکی بچ جائے گی"

باج نے رائے دی۔ میرے کھیال میں تو دیوی داس نے اس کی حالت دیکھ کر گاؤں بھیج دیا ہو گا تاکہ وہیں کہیں بچے سے جان چھڑا کر لوٹ آئے گی تو جلدی سے سادی کر دی جائے گی اس کی"

افسوس ناک واقعہ کا سب کے دلوں پر اثر ہوا اور ہنستی بولتی محفل پر خاموشی طاری ہو گئی۔۔ اتنے میں دروازے پر دستک کی آواز آئی۔

"کون؟" باج نے دریافت کیا۔ لیکن جواب میں پھر مسلسل دستک کی ہلکی ہلکی آوازیں آتی رہیں۔

سب کو یہ بات عجیب سی معلوم ہوئی۔ باج اپنی جگہ سے اٹھا لیکن اس کے دل میں کھد بُد کھد بُد ہو رہی تھی کہ کہیں بڑی سردارنی نہ ہو۔ موقع پا کر اس نے چڑھائی کر دی ہو شاید۔

باج نے کنڈی کھول دی۔

باہر سے دروازے کو بہت آہستہ آہستہ دھکیلا گیا۔

چراغ کی تھر تھراتی ہوئی لو کی مدھم روشنی میں ایک لڑکی اندر داخل ہوئی۔

سانولی!!

باج دو قدم پیچھے ہٹ گیا۔

حاضرین میں سے سب کی آنکھیں دروازے پر لگی ہوئی تھیں۔ سانولی کو دیکھ کر قریب تھا کہ ان کے منہ

سے بے اختیار مختلف آوازیں نکل جائیں۔ لیکن باج کے اشارے پر وہ اسی طرح چپ چاپ بیٹھے رہے۔

سانولی اور آگے بڑھی۔ اس کا گول چہرہ، نوخیز جوانی کی حدت سے تمتمائے ہوئے چہرے کی جلد، قدرے موٹے اور بھر پور ہونٹ۔ چکنے گال۔۔ ان سب چیزوں کے حسن کو پہلے کبھی کسی نے قابلِ توجہ نہیں سمجھا تھا۔ ان سب دل لیوا خوبیوں کے ساتھ ساتھ اس کے چہرے پر شیر خوار بچے کا سا بھولپن ہویدا تھا۔

لیکن اتنی رات کو وہ وہاں کیا کرنے آئی تھی؟

سانولی نے ہاتھ پھیلا کر اس کی اونچی اور بھاری بھرکم میز کا سہارا لیا۔ جس پر باج فرنیچر بناتے وقت مختلف حصوں پر رندہ کیا کرتا تھا۔ لڑکی نے منہ کھولا اور سرگوشی میں بولی: ''باج، چاچا!''

''ہاں'' باج نے داڑھی پر ہاتھ پھیرا۔

سانولی نے گردن ادھر اُدھر گھما کر کوئی اور آواز سننے کی ناکام کوشش کی۔ اس وقت اس کے نیم وا منہ کے اندر دانتوں کی قطار کے پیچھے اس کی جیبھ چھوٹی سی مچھلی کی طرح متحرک تھی۔ پھر اس نے رازدارانہ لہجے میں دریافت کیا ''تم اکیلے ہو؟''

یہ سن کر سب نے گردنیں آگے کو بڑھائیں۔ ان کی آنکھیں پھیل گئیں۔

باج نے آواز کا لہجہ بدلے بغیر جواب دیا۔

''ہاں سانولی! میں اکیلا ہوں''

'' کہاں ہو؟'' یہ کہہ کر وہ بازو پھیلا کر ہاتھ ہلاتی ہوئی آگے بڑھی۔ پھر اس نے اسے چھو لیا۔

''یہ رہے تم!'' وہ اسے چھو کر بہت خوش ہوئی۔

''سانولی! تم اس بخت یہاں کیوں آئی ہو؟''

'' کیوں اس بخت کیا ہے؟''

''اب بخت رات ہے تم۔۔ تم جوان ہو۔۔ کریب کریب''

''میرے لیے رات اور دن ایک برابر ہیں''

''لیکن اس بخت رات کے گیارہ بج چکے ہیں۔۔ اور پھر تم اکیلی ہو''

یہ سن کر سانولی کے صاف ستھرے چہرے پر اذیت کے آثار پیدا ہوئے۔ وہ حیران ہو کر بولی:

''پر باج چاچا! بھلا تمہارے پاس آنے میں کیا برائی ہو سکتی ہے۔ تم تو دیوتا ہو۔۔''

باج ٹھٹھک کر پیچھے ہٹا۔

"تم نہیں جانتے چاچا" سانولی نے پھر کہنا شروع کیا "تمہاری دنیا اور ہے اور اندھوں کی دنیا اور۔ چاچا تم کتنے اچھے ہو، کتنے مہربان ہو۔ جب میں تمہاری آواج سنتی ہوئی تو گھنٹوں اس کی مٹھاس اور پیار کے بارے میں سوچتی رہتی ہوں۔ جب کبھی لالہ (باپ) مجھے گسے ہوتا ہے تو میں سوچتی ہوں کہ کوئی بات نہیں میرا باج چاچا جو ہے۔ وہ مجھے لالہ سے کم پیار تو نہیں کرتا۔۔ ٹھیک ہے نا"

اس دوران میں باج مونچھ کا ایک سرا دانتوں میں ہلکے ہلکے چباتا رہا اور اس کی بات ختم ہو جانے پر اس نے تامل کیا اور اس کے بدنما چہرے پر ایک دلکش مسکراہٹ پیدا ہوئی اور اپنا کھردرا ہاتھ اس کے سر پر رکھ کر بولا "ہاں سانولی! یہ سچ ہے۔۔ لیکن۔۔ اس بخت تم جاؤ"

"نہیں، نہیں چاچا تم سے باتیں کرنے آئی ہوں"

"اچھی لڑکی بنو سانولی! اس ٹیم جاؤ۔ کل کریں گے باتیں۔۔"

"او نہیں چاچا، کل تک صبر ہو سکتا تو میں بستر سے اٹھ کر کیوں آتی؟"

سب دم بخود۔ کارخانے کے کمرے میں ایک بار پھر سانولی کی آواز گھنٹی کی طرح گونج اٹھی "باج چاچا، تم سمجھتے نہیں۔ میں تم سے باتیں کرنے آئی ہوں۔ اس بخت یہاں کوئی نہیں۔ جبھی تو میں تم سے باتیں کرنا چاہتی ہوں"

"کیا باتیں کرنا چاہتی ہو؟"

"باج چاچا!" اب سانولی کی آواز بدل گئی۔ اس نے توقف کیا اور پھر بولی "باج چاچا! ۔۔ کلدیپ بابو بہت اچھے ہیں۔۔ وہ کہتے تھے کہ میری آنکھیں ٹھیک ہو سکتی ہیں میں جنم کی اندھی نہیں ہوں نا! اس لیے۔۔ اور۔۔ وہ۔۔ کہتے تھے کہ تم سے بیاہ۔۔ بیاہ کروں گا"

اس پر باج نے اپنی داڑھی کو مضبوطی سے مٹھی میں پکڑ لیا "کون کلدیپ؟"

"وہ جو نئے آئے تھے، وہی ناں!"

"کیا کہتا تھا وہ۔۔"

"وہ کہتے تھے سانولی! تم مجھے بڑی پیاری لگتی ہو۔ میں کہتی میں اندھی ہوں، بھلا اندھی لڑکیاں بھی کسی کو پیاری لگتی ہیں۔ وہ کہتے باؤلی! پیار کیا نہیں جاتا، ہو جاتا ہے۔ میں تمہیں پیار کرتا ہوں اور پھر تم جنم کی اندھی نہیں ہو۔ تمہارا علاج ہو سکتا ہے۔ تم دیکھنے لگو گی۔۔ پر چاچا! ان کو گئے پندرہ دن ہو چکے ہیں۔ لوٹ کے نہیں آئے۔۔ اور۔۔ اور۔۔"

یہ کہتے کہتے سانولی نے اپنی بے نور آنکھوں کو اور پھیلایا اور جیسے کچھ دیکھنے کی کوشش کر رہی ہو اور پھر جھینپ کر بولی: "۔۔اور میرا پاؤں بھی بھاری ہے۔۔"

باج نے دفعتاً کھل جانے والے اپنے منہ پر ہاتھ رکھ لیا۔

سانولی کچھ دیر کے لیے خاموش ہو گئی اور بغیر جوش و خروش کے ذرا غم میں ڈوبی ہوئی آواز میں اس نے پھر سلسلہ کلام جاری کر دیا "آج بستر پر لیٹے لیٹے میں سوچ رہی تھی کہ اگر وہ نہ آئے تو۔۔؟ لالہ بہت دکھی ہے۔وہ کہتا ہے گھکی اور نگّی دونوں کھراب ہیں۔ایک کو ایسا روگ لگ گیا ہے جس سے بچنا محال ہے۔ دوسری کا پاؤں۔۔ سچ باج چاچا۔لالہ بے حد دکھی ہے۔وہ رات رات بھر روتا رہتا ہے۔۔وہ مجھ سے پیار کرتا ہے۔ مجھے گلے سے لگا کر کہتا ہے۔ یہ میری رانی بٹیا ہے۔اسے پاپ چھو کر بھی نہیں گیا۔۔لیکن اسے نہیں ملوم کہ میرا پاؤں بھی۔۔ میں سوچتی ہوں کہ اگر کلدیپ بابو نہ آئے تو۔۔لالہ کو ملوم ہو جائے گا۔وہ مر جائے گا۔ایک دم مر جائے گا۔۔ یہ سوچتے سوچتے مجھے رونا آ گیا۔مجھے کچھ نہیں سوجھا تو جی کا بوجھ ہلکا کرنے کے لیے تمہارے پاس چلی آئی۔۔لیکن وہ جرور آئیں گے۔۔ ہیں! چاچا! وہ آئیں گے نا؟"

سب لوگ دم سادھے بیٹھے رہے۔

باج نے ایک بار پھر اپنا بھاری بھرکم ہاتھ اس کے سر پر رکھا اور اسے تسلی دیتے ہوئے کہا "ہاں سانولی! کلدیپ آئے گا۔۔ وہ جرور آئے گا۔۔"

تھرتھراتی ہوئی مدہم روشنی میں باج نے دیکھا کہ سانولی کی بے نور آنکھوں کے گوشوں میں آنسو دمک رہے ہیں۔ "اور اب سانولی تمہیں واپس جانا چاہیے۔۔"

یہ کہہ کر باج نے دروازہ آہستہ سے کھولا اور سانولی کی پیٹھ پر ہاتھ رکھ کر اسے آگے بڑھایا۔وہ قدم بہ قدم چلنے لگی۔

باج دروازے پر ہی رک گیا۔وہ سانولی کو جاتے ہوئے دیکھتا رہا۔ ہر چہار جانب خاموشی کی حکومت تھی۔ تاروں کی مدہم روشنی میں سانولی ایک سائے کے مانند دکھائی دے رہی تھی۔اس کے لیے اندھیرا اجالا ایک برابر تھا۔وہ بلا کسی ہچکچاہٹ کے بڑھتی چلی جا رہی تھی۔

باورچی خانے کے کونے سے گزر کر حویلی کی پُرشکوہ لیکن سیاہ دیوار کے سایہ تر سائے تلے سے ہوتی ہوئی جب وہ بڑے پھاٹک پر بنی ہوئی اونچی محراب کے تلے پہنچی، جس کے نیچے سے تین ہاتھی اوپر تلے آسانی سے گزر سکتے تھے تو باج کو میلے کچیلے کپڑے پہنے وہ اکہرے بدن کی ہلکی پھلکی اندھی لڑکی بہت کمزور، بے

حقیقت اور بے دست و پا دکھائی دی۔ جیسے وہ کوئی رینگتا ہوا حقیر کیڑا ہو۔

باج وہیں پر کھڑا رہا۔ اس نے آسمان کی وسعتوں، حویلی کی بلند و بالا دیواروں، بے جان عمارتوں کے سلسلوں اور پھر اس طویل و عریض دالان پر نگاہ دوڑائی جس کی فضا میں کئی کچے کنوارے قہقہے گونجتے گونجتے دفعتاً درد ناک چیخوں میں تبدیل ہو گئے تھے۔۔

رات، کوئی رات اس قدر کالی اس کے دیکھنے میں پہلے کبھی نہیں آئی تھی۔۔ اور تارے خون کی چھینٹوں کے مانند دکھائی دے رہے تھے۔

--۱۰--

جوں جوں دن گزرتے جا رہے تھے۔ توں توں سانولی کے رازداں کاریگروں، خصوصاً باج کی پریشانی میں اضافہ ہوتا جا رہا تھا۔ وہ نہیں چاہتے تھے کہ سانولی اپنی بہنوں کی طرح برباد ہو۔ نل کے پاس یا دروازے کی سیڑھیوں پر، یا اونچی محراب تلے بیٹھی ہوئی اندھی سانولی کی حالت انہیں بڑی قابلِ رحم دکھائی دیتی تھی۔ آتے جاتے جب بھی ان کی اس سے مڈبھیڑ ہوتی تو سانولی نے کبھی اس سے یا باج سے دوبارہ اس کے بارے میں کچھ نہیں کہا۔ بیس دن اور بیت گئے۔

پنجاب برباد ہو رہا تھا۔ وارث شاہ کا پنجاب، گندم کے سنہرے خوشوں والا پنجاب، شہد بھرے گیتوں والا پنجاب، ہیر کا پنجاب، کونجوں اور رہٹوں والا پنجاب، اور اس کی ایک بے نور آنکھوں والی حقیر سی بیٹی بھی برباد ہو رہی تھی۔

ایک رات جب کہ سب کاریگر کھانے دانے سے فارغ ہو کر حسبِ معمول کارخانے میں بیٹھے باتیں کر رہے تھے تو قدرتی طور پر سانولی کا ذکر شروع ہو گیا۔ ان سب کی دل تمنا یہی تھی کہ کاش! سانولی کا اپنی بہنوں کا سا حال نہ ہو۔ لیکن وہ اس بات کو بخوبی سمجھتے تھے کہ یہ ناممکن ہے اور یہ سوچنا پرلے درجے کی حماقت ہے۔

باج کھلے دروازے میں کھڑا کالے آسمان کی طرف دیکھ رہا تھا۔ بونگے کو سردی محسوس ہوئی تو اس نے چلا کر کہا "اوئے موں دیا مترا اڑا دروا جہ بند کر دے، سالے تو سانڈ ہو رہا ہے پھول کر، ہم غریبوں کا تو خیال کر"

اور کوئی موقع ہوتا تو باج بونگے کی گالی کے جواب میں کوئی نئی اور بھاری بھرکم گالی کی اختراع کرتا۔ لیکن اس وقت اس نے چپکے سے دروازہ بھیڑ دیا اور خود بڑی میز پر ہاتھ ٹیک کر کھڑا ہو گیا۔

سب اسے ہنسنے بولنے کے لیے اکساتے رہتے لیکن جب اس کا موڈ ٹھیک نہیں ہوا تو انھوں نے بڑے

اصرار سے پوچھا۔ ''بئی باج ! آج کیا بات ہے''

''میں سوچ رہیا ہوں''، بونگے نے سردی لگنے کے باوجود اٹھ کر جھٹ سے کبڈی کھیلنے والے کھلاڑی کا سا پوز بنایا اور قریب آ کر بولا ''سچے پادشاہ ہو! کیا سوچ رہے ہو؟''

باج نے اس کی جانب فلسفیانہ انداز سے دیکھا تو اسے ہنسی آ گئی۔ لیکن باج کے تیور ویسے کے ویسے رہے۔ بونگے کو تمسخرانہ انداز سے اپنی جانب دیکھتے ہوئے باج کے کلّے کے اندر زبان گھمائی اور پھر سر کو حرکت دے کر اس نے بونگے اور دیگر ساتھیوں پر چھا جانے والی نظروں سے دیکھا اور کہا:

''میں ایک بات سوچ رہا ہوں''

'' کیا؟'' سب کو اس کا فلسفیانہ موڈ دیکھ کر ہنسی آ رہی تھی جسے وہ بمشکل روکے ہوئے تھے۔

بان نے سر کو یوں جھٹکا دیا جیسے وہ بہت بھاری جہاں دیدہ بزرگ ہو اور پھر میز کو دونوں ہاتھوں سے مضبوطی سے پکڑ کر بولا:

''پنجاب میں کتنا جلم ہو رہا ہے۔ ایسا کھون کھرابا نہ دیکھا نہ سنا ٹھیک ہے؟''

''ٹھیک''

''۔۔اور پھر ہندو اور سکھ عورتوں کی جو بجتی (بے عزتی) پچھمی پنجاب میں مسلمان کر رہے ہیں۔ وہ سب تم کو مالوم ہے۔ ٹھیک؟''

''ٹھیک''، سب نے ذرا جوش میں آ کر جواب دیا۔

اب کچھ دیر تامل کرنے کے بعد دھیرے دھیرے سپاہیانہ انداز میں سیدھا کھڑا ہو گیا اور ایک لفظ پر زور دے کر بولا: ''پر۔۔ میں سوچتا ہوں کہ مسلمان گسے میں آ کر جو بیا کوپھی (بیوقوفی) کر رہے ہیں، وہی بیا کوپھی ہم چنگے بھلے اپنی بہنوں اور بہو بیٹیوں کے ساتھ کر رہے ہیں۔ بتاؤ مسلمانوں کو دوش دینے سے پہلے ہمیں کھد کو شرم مسوس نہیں ہونی چاہیے''

محفل پر سناٹا چھا گیا۔

ننھے سے چراغ کی پتلی سی تھرتھرائی لو کی روشنی میں باج نے اپنی موٹی اور لمبی انگلی اٹھاتے ہوئے سلسلۂ کلام جاری رکھا:

''ایسے ہی پاکستان میں گھکی، نکّی اور سانولی کی ہزاروں لاکھوں بہنیں ہوں گی، تو پھر سوال یہ پیدا ہوتا ہے کہ ہم یا وہ کس عجت (عزت) کے لیے لڑ رہے ہیں۔ کیوں ایک دوسرے کو جانگلی کہتے ہیں؟''

اتنے میں دروازہ بڑے دھماکے کے ساتھ کھلا۔ سب نے ادھر نگاہ ڈالی تو دیکھا کہ سانولی دروازے کے بیچوں بیچ کھڑی ہے۔ اس کے اعضا میں لرزش ہے۔ پیش تر اس کے کہ کوئی بولتا، وہ زور سے چلائی:

''باج چاچا! باج چاچا!'' زندگی میں پہلی بار باج کا کلیجا دھک سے رہ گیا۔

''باج چاچا! باج چاچا!''

سانولی کی آواز فضا میں دوبارہ گونجی۔

''ہاں، ہاں سانولی بول۔ گھبرائی ہوئی کیوں ہے تو، بول۔۔''

''وہ آ گئے؟''

'' کون؟''

'' کلدیپ بابو آ گئے''

'' آ گیا وہ؟'' سب خوشی کے مارے چلا اٹھے۔

''اور آتے ہی وہ مجھے ڈاکٹار (ڈاکٹر) کے پاس لے گئے۔ ڈاکٹار نے کہا آنکھیں ٹھیک ہو جائیں گی۔ لیکن علاج بہت دن کرنا پڑے گا۔۔''

باج نے بڑھ کر سانولی کے دونوں کمزور کندھوں کو اپنے ہاتھوں میں دبوچ لیا اور اسے ہلا کر بولا:

''سچ، کب؟''

''ہاں سچ۔ ان کی ماتا جی بھی ساتھ آئی ہیں''

''اری تو وہ اتنے دن کہاں گیب رہا''

''انھوں نے مجھے بتایا کہ پہلے ان کی بات کوئی نہیں مانتا تھا۔ انھوں نے بھوک ہڑتال شروع کر دی۔ بڑی مشکلوں سے انھوں نے ان کی بات مان لی۔ وہ کہتے ہیں کہ ایسا رگڑا جھگڑا ہوا کہ گھت بھی نہ لکھ سکا۔ لکھتا بھی تو کیا لکھتا''

''اوہو ہو ہو'' سب بے اختیار ہنسے۔

سانولی نے جھوم کر کہا۔

''وہ میری منتیں کرنے لگے، کہنے لگے، سانولی مجھے ماپھ کر دو۔۔ اگر تمھیں کوئی دکھ پہنچا ہو۔ ہم کوئی امیر نہیں ہیں، لیکن سب کام ٹھیک ہو جائیں گے۔۔ ہم تمھیں دِلّی لے جائیں گے۔۔''

اب سب لوگ سانوی کی طرف بڑھے اور اپنے اپنے انداز اور لہجے میں خوشی کا اظہار کرنے لگے۔

آخر باج نے دونوں ہاتھ اٹھا کر کہا:

''بھائیو! ٹھہرو۔ میرے کھیال میں اب سانولی کو آرام کرنا چاہیے اسے رات کے سمے گھر سے باہر نہیں رہنا چاہیے۔۔ سانولی ہم بوہت کھش ہیں۔ اب کل باتیں ہوں گی۔ چلو۔۔ اب تم جلدی سے گھر جاؤ''

سانولی کے ساتھ کسی کا جانا مناسب نہیں تھا۔ کیونکہ وہ گھر والوں سے چوری چھپے آئی تھی۔ سب اسے انتہائی پیار سے کارخانے کے دروازے تک چھوڑنے گئے۔

آٹھ دس منٹ بعد جب سارا ٹولہ بازار جانے کا پروگرام بنا کر باہر نکلا تو اونچی محراب تلے سے گزرتے وقت انہیں دیوار کے ساتھ ایک مٹیالا بت سا نظر آیا۔

وہ سب رُک گئے۔

باج نے آگے بڑھ کر غور سے دیکھا تو معلوم ہوا کہ سانولی ہے۔

''سانولی! تم ابھی گھر نہیں گئیں؟''

سانولی نے خلا میں گھورتے ہوئے کہا۔

''باج چاچا! نہ جانے میرے دل کو کیا ہو گیا ہے۔ کچھ سوجھتا ہی نہیں کہ کیا کروں۔ ذرا دم لینے کے لیے رک گئی۔۔ باج چاچا! سوچتی ہوں۔ ایسی کھشی کی بات کیسے ہو سکتی ہے۔ لیکن چاچا تمہیں میری بات پر یکین ہے نا؟''

باج نے گھوم کر اپنے ساتھیوں کی جانب سوالیہ انداز سے دیکھا سب چپ تھے۔ وہ بھی چپ رہ گیا۔

سب کو خاموش پا کر سانولی نے اپنا سوال دہرایا ''آپ سب کو یکین نہیں آتا؟''

باج کی آنکھوں کے گوشے پُر آب ہو گئے۔ اس نے ہاتھ بڑھا کر سانولی کے سر پر رکھ دیا اور پھر دھیمی آواز میں بولا:

''ہمیں یکین ہے۔۔ اور دیکھو تمہیں بے بخت گھر سے باہر نہیں رکنا چاہیے اور پھر سردی پڑنے لگی ہے۔ کہیں تم بیمار نہ ہو جاؤ''

سانولی نے اس کی مضبوط کلائی کو اپنی کمزور انگلیوں سے چھو کر پوچھا ''پر باج چاچا آپ سب لوگ بے وَخت کہاں جا رہے ہیں؟''

''ہم'' باج نے پدرانہ پیار سے لرزتے ہوئے اس کے گال کو چھوتے ہوئے جواب دیا۔۔ ''سانولی بیٹی! ہم اس کھوشی میں برفی کھانے جا رہے ہیں''